FAUX-SEMBLANTS AVEC LE MILLIARDAIRE

ICE DRAGONS HOCKEY ROMANCE, LIVRE UN

WILLOW FOX

SLOWBURN
PUBLISHING

Faux-semblants avec le Milliardaire

Ice Dragons Hockey Romance, Livre Un

Par Willow Fox

Publié par Slow Burn Publishing

© 2023

Traduction par sarahlrnt

Relecture par marie_frcy

vi

Couverture par Slow Burn Publishing

Cover Design by GetCovers

UN

EMERSON

LA PLUIE s'abat sur le ciment et éclabousse le parapluie cassé. J'ai réussi à le tenir ouvert, mais si je bouge la main ne serait-ce qu'un peu, il se referme sur moi.

C'est à peu près comme ça que se passe ma semaine.

Merdique.

J'ai un nouveau travail en vue, enfin, une nouvelle mission pour l'équipe de Tactique de l'Aigle. C'est un contrat qu'ils m'ont confié. Ils ont besoin d'un garde du corps à plein temps, et aucun de leurs membres ne peut s'occuper du travail sur la côte est. Ils sont basés à Breckenridge, dans le Montana, et je suis sous le déluge à New York.

Ce n'est pas vraiment le job de mes rêves, mais ce n'est plus une option.

De plus, j'ai besoin d'argent.

Et d'après ce que j'ai vu, le type que je vais protéger en a beaucoup.

J'ai pris le métro et j'ai parcouru le dernier kilomètre et demi sous la pluie jusqu'à sa porte d'entrée. La maison est nichée derrière un décor de fer, offrant un faux sentiment de sécurité.

Je ne regarde pas seulement l'ensemble de la propriété, mais aussi les détails. Il y a une caméra de surveillance à l'entrée et d'autres caméras braquées sur la clôture en fer sur le côté. Si quelqu'un décide de l'escalader, les flèches pointues au sommet devraient l'en dissuader.

En supposant qu'il n'y ait pas d'angles morts. Je dois examiner les images, les caméras et l'ensemble de la maison pour m'assurer que tout fonctionne comme il se doit. L'équipe m'a présenté le client, M. Kyler Greyson, et sa fille, Bristol.

Les gars de Tactique de l'Aigle ont mis en place le système de sécurité il y a plusieurs années, lorsque Kyler a emménagé dans la propriété.

Il est bien connu, pratiquement célèbre si vous aimez le sport.

C'est un joueur de hockey.

Et moi, je n'ai jamais assisté à un match de hockey.

Je n'ai jamais assisté à un match de hockey et je n'ai jamais passé plus de quelques secondes à regarder une chaîne de télévision. C'est l'idée que je me fais d'un sport.

J'appuie sur la sonnette alors que des éclairs illuminent le ciel. Le tonnerre gronde au-dessus de ma tête et le portail se déverrouille avant que je n'aie le temps de parler.

Il ne me demande pas de montrer mes papiers d'identité ou de prouver qui je suis par le biais du système de surveillance. Bien qu'il s'attende à me voir, étant donné que je suis ici pour protéger sa famille, je ne suis pas satisfaite de la façon dont la sécurité de la maison est gérée.

Rapidement, je franchis le portail et me hâte de traverser l'allée pavée jusqu'à l'avant de la maison. On ne peut pas dire qu'il s'agisse d'une maison, compte tenu de sa taille grandiose. À côté, un manoir ressemble à une cabane.

Je ferme mon parapluie sous le porche et le laisse dehors, ne voulant pas faire de dégâts en entrant.

La porte d'entrée s'ouvre et un homme vêtu d'un jean foncé et d'un t-shirt blanc me regarde fixement.

Il a une épaisse chevelure sombre dans laquelle je me retiens de passer mes doigts.

Un coup d'œil et je le reconnais.

Comment ne pas le reconnaître après avoir fait mes propres recherches avant de le rencontrer ? J'avais besoin de savoir quel genre de personne voudrait le harceler, lui ou son enfant.

C'est étrange, mais je suppose que le fait d'être sous les feux de la rampe a cet effet. Les gens pensent qu'ils vous connaissent parce qu'ils ont assisté à votre match ou vous ont vu à la télévision.

Il doit avoir des dizaines de femmes qui font la queue pour être la prochaine Mme Greyson, qui le supplient de leur accorder son affection et son attention.

— Bonjour, dis-je.

Ce n'est pas la présentation la plus correcte et la plus professionnelle, mais la pluie froide semble avoir volé les mots de ma bouche. Je m'essuie les pieds, mes talons n'ayant pas été épargnés par l'eau ou les flaques de boue que j'ai traversées en venant ici.

— Vous êtes mouillée.

Son regard noir me transperce.

Je frissonne.

Il n'a pas tort.

Mais ce n'est pas le fait que je sois trempée par la pluie qui me donne des frissons.

Il me fixe comme si j'étais nue, il voit à travers moi, il m'épingle avec ses yeux sombres et ses longs cils épais. Il est le rêve humide de toutes les femmes.

— Je n'avais pas remarqué, dis-je avec un sourire en coin.

— Je peux vous aider ? demande-t-il en me regardant de haut en bas.

Il croise les bras sur sa poitrine, m'autorisant à entrer mais m'empêchant d'aller plus loin.

— Je suis le nouveau garde du corps, dis-je.

J'aspire une grande bouffée d'air.

— Personne ne vous a prévenu que je venais ? Je suis Emerson Ryan.

Je tends la main pour me présenter.

— J'ai été engagée par Tactique de l'Aigle pour protéger la fille de M. Greyson, Bristol.

Il se moque et recule comme si je l'avais brûlé.

— Et puis quoi encore ? Il n'y a aucune chance que vous soyez capable de protéger ma fille. On m'a dit que M. Ryan serait là pour protéger Bristol.

— Mme Ryan, le corrigé-je. Et je suis tout à fait capable de protéger votre fille.

Son regard se promène sur mon corps, s'attardant un peu trop longtemps sur mes seins.

J'écarte mon pied et le fait tomber sur les fesses, le fixant sur le parquet.

— Vous voyez, je suis tout à fait capable. Vous n'avez pas à vous inquiéter. J'ai été formée à Quantico.

Je lui tends la main pour qu'il se lève, mais il ne la prend pas. Il époussette son jean, mais il a l'air d'aller bien, si ce n'est que son ego est un peu meurtri.

J'enlève mon manteau mouillé et me trouve un espace vide pour l'accrocher près de la porte, me mettant ainsi à l'aise.

— Pourquoi ne travaillez-vous plus pour le FBI ?

Il se retourne et s'éloigne de l'entrée principale.

— Vous venez ? demande-t-il avec désinvolture, attendant que je me mette en ligne avec lui.

Je me dépêche de le rattraper. Il fait près de trente centimètres de plus que moi et ses enjambées sont énormes. Il n'est pas étonnant qu'il soit un athlète. Cet homme est fait pour ça.

— J'ai démissionné du FBI, dis-je.

Je n'ai pas envie de m'étendre davantage sur le sujet.

— Ou vous avez été virée ?

Il se retourne pour me faire face alors que nous

sommes dans le couloir, un peu trop près l'un de l'autre.

Je sens ce grésillement entre nous et je fais tout ce que je peux pour repousser ce sentiment. L'enterrer. Il n'a pas le droit de tenir mon cœur.

— J'attends, claque-t-il.

Je refuse de m'effacer devant lui, même s'il se tient à un mètre au-dessus de moi. Je le fixe, inébranlable.

— J'ai démissionné parce que mon patron me harcelait sexuellement.

L'histoire ne s'arrête pas là, mais ce n'est pas un chemin de mémoire que j'ai envie d'emprunter.

— Vous ne l'avez pas fait remonter à la chaîne de commandement ?

Ses sourcils se tendent et sa lèvre inférieure se fronce. Il y a une certaine douceur dans ses traits, une chaleur qu'il dégage lorsqu'il se montre inquiet. Je ne sais pas si c'est pour moi ou parce qu'il est déçu.

— Je l'ai fait, et c'était sa parole contre la mienne, dis-je en étant mal à l'aise. Comme je vais passer du temps avec votre fille, j'imagine que je n'aurai pas de problème.

— Vous n'avez pas à vous inquiéter, dit Kyler.

— Bien sûr.

Je me force à sourire. La tension qui règne entre nous réchauffe la pièce de plusieurs degrés. Ou peut-être est-ce le fait que son regard n'a pas quitté le mien, et que je n'ai pas l'habitude d'être l'objet d'une telle attention.

Cela ne durera pas. Il est à cent pour cent hors limites.

Et j'ai juré de ne pas m'engager avec un homme marié.

Je jette un coup d'œil à la main gauche de Kyler. Il n'y a pas d'alliance.

Cela n'a pas d'importance. Il est toujours le client. Mon patron. Et rien ne peut se passer entre nous, ni ne devrait se passer. En ce qui me concerne, je serais heureuse de ne plus jamais sortir avec quelqu'un. Les hommes, le sexe. Tout cela est très surfait.

Et comme si ce n'était pas une raison suffisante, il doit être un playboy. Cet homme est un athlète vedette dans une équipe de la NHL. Il peut avoir toutes les filles qu'il veut. Qu'est-ce qui me fait penser qu'il me regarderait deux fois ?

— Bien, dis-je, et je me racle la gorge quand il se tient un peu trop près de moi et me fixe trop longtemps.

— Je ne suis toujours pas convaincu que vous

soyez la meilleure personne pour ce poste, dit-il en s'appuyant sur le mur.

Attend-il que je le convainque ?

— Donnez-moi deux semaines, dis-je.

— Je vous en donne une.

DEUX

KYLER

IL EST difficile de ne pas fixer le nouveau garde du corps que l'équipe de Tactique de l'Aigle m'a envoyé. Ils m'ont assuré que Ryan Emerson était le meilleur et qu'il était très doué avec les enfants.

Ce à quoi je ne m'attendais pas, c'est que Ryan soit son nom de famille et que je me retrouve face à une jeune brune minuscule qui ne semble pas capable de s'occuper d'elle-même, et encore moins de ma fille.

Mais elle m'a fait tomber par terre. Je la félicite pour cela, mais j'ai encore des doutes. Bien sûr, elle a travaillé pour le FBI, mais elle aurait pu être gratte-papier toute la journée là où il n'y avait pas de danger, et ne jamais avoir eu besoin d'utiliser ses compétences.

D'ici la fin de la semaine, elle sera partie. Elle ne survivra pas à Bristol, à ma fille et aux menaces qui pèsent sur ma famille.

Et ce ne sont pas des menaces en l'air.

Si je ne fais pas exactement ce qu'on me demande, ils ont promis de s'en prendre à ma fille et de la tuer.

Le seul problème, c'est que je ne sais pas qui ils sont.

Je pourrais quitter la ligue, quitter le hockey et devenir père au foyer. Mais cela ne résoudrait pas vraiment le problème.

Qui que soient ces hommes qui menacent ma famille, ils ne s'arrêteront pas si je quitte la NHL. Et je ne suis pas près de quitter mon travail. Je vis et je respire le hockey. Ce serait comme si on me volait la dernière parcelle d'oxygène dont j'ai besoin pour survivre.

Et comme si cela ne suffisait pas, la mafia italienne est à quelques centimètres de ma porte. Mais j'ai caché cela à l'équipe de sécurité que j'ai contactée. Tout ce qu'ils savent, c'est qu'il existe une menace crédible contre ma famille et ma fille.

C'est tout ce qu'ils ont besoin de savoir pour l'instant.

Les tenir dans l'ignorance, c'est protéger Bristol.

Je suis leurs demandes, je fais ce qu'ils exigent de moi. Et personne, pas même mon jeune frère, n'est au courant de la véritable menace.

— Puis-je rencontrer Bristol ? demande Emerson, déjà familière avec la mission : ma fille.

— Elle dort dans son lit.

Il est bien plus de vingt-et-une heures, et si elle ne dort pas assez, elle est incroyablement lunatique, comme l'était sa mère.

— Vous la rencontrerez demain. En attendant, je vais vous emmener à l'étage et vous montrer votre chambre. Si vous n'êtes pas fatiguée, n'hésitez pas à redescendre et nous pourrons continuer notre conversation.

La brune aspire une grande bouffée d'air.

— Je crois que je vais aller me coucher, dit-elle.

C'est sans doute mieux, même si cache ma déception.

À côté de l'entrée principale se trouve sa petite valise. J'ai du mal à imaginer qu'elle puisse contenir une semaine de vêtements.

— C'est tout ce que vous avez apporté ? demandé-je en soulevant la poignée.

Elle est plus lourde qu'elle n'en a l'air. Je ne suis pas de taille à la porter, mais j'imagine qu'Emerson aurait du mal à monter les escaliers avec.

— Je peux porter mes bagages, dit-elle.

— Vous pouvez, mais c'est moi qui m'en occupe, dis-je.

Je la conduis dans la cage d'escalier et lui propose la chambre d'amis voisine de celle de ma fille. Je suis juste de l'autre côté du couloir, mais je garde ce petit détail pour moi.

La maison est peut-être immense, mais je n'ai pas besoin qu'elle dorme dans l'aile opposée alors qu'elle est engagée pour veiller sur Bristol et la protéger.

J'ouvre la porte et j'allume la lumière, la laissant regarder autour d'elle pendant que je pose la valise sur le sol à côté du lit.

— Il y a une salle de bain privée de l'autre côté de la porte et un dressing attenant.

Contrairement à la plupart des femmes qui s'extasient devant la taille de la propriété et les possibilités de couchage, elle ne dit pas grand-chose. Bien que d'habitude, la plupart de ces femmes partagent mon lit et n'ont pas de chambre à elles.

— Ce n'est pas à votre goût ? lui demandé-je.

Ce n'est pas comme si j'attendais un compliment, mais elle n'a pas l'air impressionnée.

— Tout me semble parfait. Cela vous dérange si je regarde les vidéos de sécurité et les caméras ?

J'aimerais jeter un coup d'œil pour me familiariser avec la propriété avant d'aller me coucher.

Sa question me surprend.

C'est normal, mais il est tard et ce n'est pas l'heure de travailler. Cependant, un garde du corps résidant ne travaille pas nécessairement de neuf à cinq. Techniquement, elle ne commence que demain, mais j'ai insisté auprès de Declan sur le fait qu'elle n'avait pas besoin de prendre un hôtel pour la nuit.

Elle est arrivée par avion du Montana ou c'est une habitante du coin ?

Je me frotte l'arrière de la tête en la regardant. C'est difficile de ne pas l'observer et de ne pas se concentrer sur le balancement de ses hanches lorsqu'elle marche. Cela fait trop longtemps que je n'ai pas couché avec une femme. Avoir une fille de six ans rend les choses difficiles. Oh, et il y a aussi le statut de célébrité.

Cela ne veut pas dire que je n'ai pas eu ma part de femmes lorsque ma fille passait la nuit chez mon cousin ou mon frère.

Mais ce n'est jamais plus qu'un coup d'un soir.

Les femmes ont tendance à vouloir mon compte en banque. Elles se jettent sur moi, mais ce n'est jamais sincère. Et le fait que je sois devenu milliardaire avant de pouvoir légalement acheter de l'alcool n'aide pas. Ce n'est pas une histoire heureuse, mais c'est la mienne, que je le veuille ou non.

Cela me pèse lorsque je pense à l'investissement, à l'origine de l'argent et à ce qui s'est passé depuis.

La plupart des milliardaires s'éloigneraient du sport et prendraient leur retraite. Ils se reposeraient sur une plage quelque part dans le Pacifique Sud ou dans un endroit qui leur conviendrait.

Je ne suis pas comme la plupart des milliardaires.

J'aime le sport, le frisson de la glace sous mes patins et les cris des supporters à l'unisson. Il y a une poussée d'adrénaline que je ressens dans l'arène et que je ne ressens nulle part ailleurs.

Et j'ai essayé.

Sauter en parachute depuis un avion était amusant et excitant, mais cela ne m'a pas procuré la même satisfaction. Et le fait d'avoir un enfant a aussi la priorité. Je ne peux pas me jeter d'un avion. On pourrait dire la même chose de moi en tant que père et de mes matchs à l'extérieur, mais Bristol reste avec mon cousin ces jours-là et il adore ça.

— Monsieur ?

Comme je n'ai pas répondu assez vite à Mme Ryan, elle s'avance vers moi.

— Nous n'avons pas de temps à perdre, M. Greyson. Si la menace est sérieuse, nous devons sécuriser la maison, et je veux m'assurer que tout fonctionne correctement.

— C'est sérieux, d'accord, murmuré-je en la frôlant.

Je sens la chaleur de son regard dans mon dos alors qu'elle me suit dans les escaliers jusqu'au bureau de la sécurité. J'ouvre la porte, lui faisant signe d'entrer en premier.

Le mur du fond est couvert d'écrans de surveillance du sol au plafond. Ils sont haut de gamme et peuvent se fondre en un écran géant ou en vingt écrans individuels qui se concentrent chacun sur une caméra autour de la propriété. Il n'y a pas beaucoup de caméras à l'intérieur de la maison. L'une d'entre elles donne sur l'escalier du sous-sol, et il y en a à chaque entrée de la maison et du garage.

Je domine sa petite taille alors qu'elle se tient debout, les bras croisés sur la poitrine, et qu'elle jette un coup d'œil sur l'équipement.

— Montrez-moi les commandes, dit-elle.

Il y a un long bureau en bois avec un tableau de

commande et un ordinateur relié à toutes les caméras. Je la conduis au panneau et lui donne le mot de passe pour accéder au système.

En quelques secondes, elle tape sur le clavier, fait des zooms avant et arrière sur les caméras, jette un coup d'œil sur les écrans. Je ne sais pas trop ce qu'elle cherche ou fait, mais ce n'est pas la première fois qu'elle le fait.

Je me balance sur mes pieds, déplaçant légèrement le poids, craignant passer pour un vrai con pour ce que j'ai dit tout à l'heure et pire encore pour avoir pensé qu'elle était incapable sur la seule base de sa taille.

Elle est petite.

Elle est petite et tout à fait adorable, je m'en rends compte, plus je la fixe.

Mais il ne s'agit que d'affaires. Je ne l'ai pas fait venir chez moi pour avoir des pensées obscures sur la garde du corps. Je grimace.

Rien que le fait de penser à elle en tant que garde du corps me semble comique. Je me passe la main sur la nuque et pousse un gros soupir.

— Quelque chose ne va pas ? demande Emerson.

Elle me jette un coup d'œil par-dessus son épaule.

Je secoue la tête. Elle sait déjà que sa taille ne

m'impressionne pas. Mais si elle peut protéger Bristol, c'est tout ce qui compte.

— Vous semblez avoir une assez bonne idée de la façon d'utiliser le système de surveillance, dis-je en m'éclaircissant la gorge, essayant de me distraire du fait qu'elle est penchée en avant, la tête légèrement inclinée sur le côté, les joues rouges, probablement à cause de la fraîcheur extérieure et de la pluie.

Elle est toujours dans ses vêtements humides, bien qu'elle soit moins trempée depuis qu'elle a enlevé ses chaussures et qu'elle s'est débarrassée de sa veste. L'ourlet de son pantalon est mouillé, ses cheveux sont humides et en désordre, mais cela la rend encore plus irrésistible.

Putain.

Ma bite tressaille dans mon pantalon.

Je me racle la gorge et sors du bureau de la sécurité, la laissant seule. Si Declan lui fait confiance, je dois en faire autant. Et puis, elle est là pour m'aider, pas pour me compliquer la vie.

La chaleur se dissipe au fur et à mesure que je m'éloigne d'Emerson. Je me dirige vers la cuisine, ouvre le réfrigérateur et attrape une bouteille d'eau. J'enlève le bouchon et me retourne en jetant un coup d'œil à l'entrée de la cuisine. Elle semble m'avoir suivie.

Je ne l'ai pas entendue quitter le bureau de la sécurité.

Je n'ai même pas entendu ses pas sur le parquet. Je mets ça sur le compte de la distraction. Non pas que je doive écouter où va Emerson, mais je pensais qu'elle jouerait encore un peu avec le matériel de surveillance.

Et je ne veux vraiment pas qu'elle voie la tente que je suis en train de dresser. Heureusement, le comptoir se trouve sur le chemin, ce qui me met à l'abri de l'embarras.

Le hockey.

Les palets.

Tout ce qui peut me faire penser à autre chose qu'à ce qu'il y a sous les vêtements humides d'Emerson. Et ses tétons qui ont fait une apparition remarquée à travers son tee-shirt.

Mais j'ouvre la bouche et je ne peux pas m'arrêter. Ce soir, mon filtre semble avoir été brisé.

— Tu es encore mouillée, dis-je, décidant de la tutoyer.

Ses sourcils se froncent et elle penche à nouveau la tête de façon sexy.

— C'est juste à cause de la pluie. Je ne vais pas fondre.

— Tu devrais te sécher. Tu ne me serviras à rien si tu attrapes une pneumonie, dis-je.

Elle se mord la lèvre inférieure, et je ne peux pas dire si elle se retient ou si quelque chose d'autre se passe dans sa tête.

Est-ce que Declan m'a envoyé Emerson pour me faire une blague ? Nous nous connaissons depuis longtemps et nous vécus des péripéties ensemble. Il est au courant de ma situation avec ma fille. Je ne sors avec personne parce que Bristol est tout mon univers. Je ne veux pas faire entrer dans ma vie quelqu'un qui va tout faire foirer avec ma fille.

Et le simple fait d'être à proximité d'Emerson allume en moi un feu dont je n'avais pas réalisé qu'il était éteint.

Le hockey.

Les protège-dents.

Le banc des pénalités.

Les références sportives ne m'aident pas du tout. L'idée d'Emerson à un match, ne portant rien d'autre qu'un maillot, me traverse l'esprit alors qu'elle se penche sur le banc des pénalités, me provoquant.

Pour l'amour du ciel, j'ai besoin d'un bain glacé. Même une douche froide ne m'aidera pas à redescendre de l'état d'euphorie dans lequel je me trouve avec elle.

Et nous venons juste de nous rencontrer.

— Papa !

Bristol dévale les escaliers, ses pas ne sont pas le moins du monde silencieux.

Je jette un coup d'œil à l'horloge. Elle devrait être au lit, endormie.

Il y a peu de chances qu'Emerson ou moi l'ayons réveillée. Nous avons été suffisamment silencieux pour que le son ne se propage pas dans la chambre de ma fille, à l'étage.

Elle court dans la cuisine, passe devant Emerson et lève les bras en l'air pour que je l'attrape.

— Qu'est-ce que tu fais debout ? lui demandé-je en la prenant dans mes bras.

— J'ai fait un cauchemar, répond Bristol en entourant mon cou de ses bras.

Je lui frotte le dos et sa tête tombe dans le creux de mon cou.

Elle renifle. Ses joues sont rouges, ses yeux sont assortis aux larmes séchées qui ont récemment coulé sur son visage.

— Tu es ma nouvelle nounou ? demande ma fille, en tournant la tête juste assez pour croiser le regard d'Emerson.

Celle-ci ouvre la bouche et je l'arrête avant

qu'elle ne puisse expliquer quoi que ce soit à ma fille de six ans.

— Oui, elle est ici en tant que nounou, dis-je en espérant qu'Emerson joue le jeu.

Je ne veux surtout pas effrayer Bristol. Les cauchemars se sont multipliés ces dernières semaines. Si j'explique à ma fille qu'une menace pèse sur notre famille, elle risque de ne plus jamais dormir.

Je ne veux pas imposer ce fardeau à la petite. Elle ne le mérite pas.

— Oh, dit Bristol en reniflant.

Elle frotte son nez humide contre mon t-shirt. Merci, petite. Je suis presque sûr qu'il est couvert de crottes de nez.

— Bonjour, Bristol. Je m'appelle Emerson.

Je retiens pratiquement mon souffle, attendant de voir si elle va accepter de mentir à mon enfant. C'est pour le bien de Bristol. L'effrayer n'apportera rien de bon. Elle a déjà assez de craintes. Je ne veux pas qu'elle ait peur du noir et qu'elle ne veuille jamais être seule.

Au moins, le fait de croire qu'Emerson est sa nounou pourrait l'aider à s'habituer à avoir quelqu'un constamment autour d'elle pour la protéger.

Bristol ne dit rien, se contente de regarder Emerson pendant quelques secondes avant de renifler à nouveau.

— Papa, je peux dormir dans ton lit ?

SA FILLE EST ABSOLUMENT ADORABLE. J'ai découvert qu'elle a six ans, qu'elle est en CP et qu'elle est inscrite dans une école privée. Je ne m'attendais pas à moins de la part d'un homme aussi riche.

Je ne suis pas sûre de sa fortune exacte, mais Forbes la situe entre le millionnaire et le milliardaire.

J'ai fait une recherche sur Google.

Je n'en suis pas fière.

J'appelle ça de la recherche à but professionnel.

Il y a beaucoup de photos de lui. Il n'y en a pas beaucoup de sa fille. Il fait bien de la protéger des projecteurs.

J'ai aussi fait ma part d'enquête sur ses

antécédents pour déterminer la crédibilité de la menace qui pèse sur sa famille et la raison pour laquelle j'ai pour mission de surveiller Bristol.

Ne devrais-je pas aussi protéger Kyler Greyson ?

Je veux dire, je peux le protéger quand il est chez lui, mais je ne peux pas le protéger quand il est sur la glace. Mais au moins, l'arène a des gardes et une sécurité, un personnel complet formé pour protéger les joueurs.

Je sirote ma tasse de café, la crème au caramel macchiato lui donnant un goût pas du tout amer. Un dessert dans une tasse. C'est bien. Le café m'aide à rester alerte le matin, une nécessité quand on emmène Bristol à l'école.

La petite est en CP d'une école privée éclectique. C'est le top du top, super chic, et ça l'aidera probablement à se frayer un chemin pour entrer un jour à Harvard ou dans une autre université de la Ivy League.

Je suis sûre que c'est pour cette raison qu'il envoie sa fille dans cette école, pour qu'elle reçoive la meilleure éducation possible et qu'elle ait un avenir radieux. Les parents riches ont tendance à choyer leurs enfants, à leur donner tout ce qu'ils peuvent pour les encourager à devenir ce qu'ils veulent.

Ce n'est pas à moi de lui faire comprendre que le monde est cruel et injuste.

— Emmie, dit Bristol alors que je m'assois à côté d'elle sur la banquette arrière de la berline.

Kyler a un chauffeur privé, Mitchell, qui nous emmène partout. Je ne sais pas si c'est parce qu'il n'a pas confiance en ma conduite, qu'il n'a jamais vue, ou parce qu'il est tellement riche qu'il a de l'argent à dépenser pour un chauffeur.

Elle m'a donné le surnom d'Emmie, et je ne l'ai pas corrigé. Elle préfère Emmie à Emerson. Certains adultes pourraient trouver cela vexant ou irrespectueux, mais je le prends comme une victoire.

J'ai besoin que Bristol me fasse confiance pour que je puisse bien faire mon travail et la protéger. En revanche, je n'apprécie guère que Kyler ait choisi de mentir à sa fille sur les raisons pour lesquelles j'ai été engagée.

Lorsque le chauffeur s'arrête devant l'école de Bristol, je descends avec elle, attendant qu'elle prenne son sac à dos sur la banquette arrière.

— Tu viens avec moi ?

Elle me regarde avec des yeux écarquillés, sans méfiance.

Une nounou ordinaire la déposerait et la reprendrait.

— Je dois parler au directeur, dis-je en lui tapotant l'épaule tandis qu'elle enfile son sac à dos.

Il est pratiquement plus grand qu'elle, mais il n'a pas l'air trop lourd ou encombrant.

Elle me fait un signe de la main pour me dire au revoir et s'en va rejoindre ses amis qui se pressent à l'intérieur de l'école. Les enfants sont tous vêtus d'uniformes bleus et gris. Elle se fond dans la masse, ce qui est à la fois bien et mal.

De l'extérieur, tout semble normal. Banal. Kyler a-t-il informé le directeur que je viendrais ? Que sait-il de la menace qui pèse sur la famille Greyson ?

Le chauffeur m'attend devant l'entrée principale et ferme la porte du véhicule alors que je me dirige vers l'intérieur de l'école. Je suis immédiatement accueillie par un professeur ou un membre du personnel.

— Je peux vous aider ? demande la femme.

Elle porte un cordon autour du cou avec une étiquette d'identification. Je devrais être soulagée de voir qu'ils sont très attentifs à la sécurité, mais il n'y a pas de détecteurs de métaux ou d'autres systèmes de surveillance que je puisse voir. Pas de caméras. Aucun équipement de haute technologie.

— Oui, je suis Emerson Ryan. Je voudrais parler au directeur de l'école.

— Avez-vous un rendez-vous ? demande la femme en me regardant de haut en bas.

Ses sourcils se froncent et elle regarde sa montre.

Elle doit probablement être bientôt en classe avec ses élèves. La cloche sonne et les enfants commencent à se dépêcher d'entrer dans leurs classes respectives.

— Non, dis-je. M. Kyler Greyson m'a assuré que je n'aurais pas besoin de rendez-vous.

Ses yeux s'écarquillent et la femme acquiesce.

— Oh, je vois. C'est à propos de Bristol et Liam.

— Oui, dis-je, même si je ne suis pas sûre de ce qui s'est passé entre les deux élèves.

Kyler m'a tenu dans l'ignorance, mais ce n'est que ma première semaine de travail. Les informations que nous avons trouvées en essayant de nous concentrer sur les menaces potentielles concernaient Kyler. Personne ne s'est penché directement sur Bristol. Après tout, elle a six ans.

— Venez avec moi, dit la femme en me guidant dans le couloir, à travers l'agitation qui règne lorsque les élèves entrent en classe et que la deuxième cloche sonne.

Elle est rapide et légère, et ses pas m'obligent à trottiner pour la suivre.

La porte du bureau principal est grande ouverte et elle me conduit à l'intérieur jusqu'à l'accueil.

— Ils pourront vous aider ici, dit-elle avant de se précipiter vers sa salle de classe.

Je ne peux qu'imaginer le chaos qu'il y a à laisser seuls une salle remplie d'enfants d'âge élémentaire, et plus précisément d'élèves de CP. Je suppose que cette femme était l'une des enseignantes de Bristol. Sinon, pourquoi aurait-elle su qui était la petite et aurait-elle été au courant d'un quelconque accrochage entre elle et Liam ?

Peut-être que je tire des conclusions hâtives. Pour ce que j'en sais, ils auraient pu être surpris en train de s'embrasser dans la cour de récréation.

Mais j'en doute.

Je me présente à la femme derrière le bureau, et elle me fait prendre un siège en attendant que le directeur soit disponible.

Quelques minutes s'écoulent et je suis mal à l'aise, n'aimant pas l'idée que Bristol soit seule. Mais si c'est d'un autre enfant qu'il s'agit, c'est bien moins inquiétant pour moi qu'une menace réelle - celle qui implique de la violence et des hommes armés.

Finalement, on me fait entrer dans le bureau du directeur et je me présente.

— Bonjour, je suis Emerson Ryan...

Mais le directeur me coupe la parole avant que je ne puisse continuer.

— Je sais qui vous êtes, dit-il en me faisant signe de m'asseoir. Vous êtes ici au nom de Kyler Greyson. Il n'a pas pris la peine de se présenter ou de répondre à nos appels concernant sa fille.

J'expire un grand coup.

— Il est incroyablement occupé, comme vous pouvez le comprendre. Compte tenu de son image publique, de son statut et de sa richesse, on m'a demandé de protéger sa fille.

— La protéger ?

Il rit avec aigreur et se frotte le front. Il enlève ses lunettes et s'adosse à son bureau. C'est un homme d'un certain âge, dont le ventre proéminent dépasse de son bureau.

— C'est ce qu'il vous a dit ? Que sa fille a besoin d'être protégée de Liam Moretti ?

— Moretti, répété-je, le nom claquant sur ma langue. Comme la famille de criminels ?

Toute personne saine d'esprit n'aurait probablement pas posé cette question à voix haute, mais il m'est arrivé d'insister quand ce n'était pas toujours approprié.

Ayant travaillé pour le FBI ne serait-ce que pendant une courte période, je connais bien les familles criminelles de New York et de ses environs. Nous avions une équipe chargée de démanteler la Bratva russe. Elle n'a pas réussi au moment où j'ai quitté le bureau, mais ce n'était pas mon unité. Et je n'ai pas cherché à savoir s'ils avaient réussi à arrêter Mikhail Barinov ou ses hommes.

Le directeur s'éclaircit la gorge, repousse sa chaise et se lève. Il se dirige d'un pas vif vers la porte et la ferme avant de se retourner vers moi.

— Les murs ont des oreilles, Mme Ryan, dit-il. Il serait sage que vous vous en souveniez.

Je me mords la langue, préférant ne pas révéler que j'ai travaillé pour le FBI. Les poils de mes bras se hérissent à la vue du directeur de l'école. Il y a quelque chose qui cloche chez lui.

Peut-être est-ce le fait qu'il est parfaitement conscient que des élèves inscrits dans son école ont des parents impliqués dans le crime organisé. J'essaie de ne pas trop analyser la situation comme je le ferais en tant qu'agent fédéral. Le fait que ce type prenne de l'argent, qu'il s'agisse d'un don ou de frais de scolarité, est de l'argent sale.

Mais ce n'est pas à moi de m'en préoccuper ou de le découvrir.

Je suis ici uniquement pour protéger Bristol.

— J'ai été engagée par M. Greyson pour protéger

sa fille, Bristol, dis-je. M. Greyson a des raisons de croire que sa fille est en danger.

Il exhale un rire nerveux.

La sueur brille sur son front.

— Est-ce vraiment nécessaire ?

Il cherche son mouchoir dans sa poche et se tamponne le front.

Qu'est-ce qu'il cache ?

— C'est à vous de me le dire, dis-je en refusant de relâcher mon regard. Explique-moi. Que s'est-il passé entre Bristol et Liam dans l'enceinte de l'école ?

Il acquiesce et se dirige vers son bureau. Il trouve le fauteuil en cuir et s'assoit, son regard se déplaçant constamment dans la pièce. Il est anxieux, mais je ne peux pas dire si c'est par culpabilité ou par peur. Qu'est-ce que les Moretti ont sur lui ?

— Les deux enfants sont dans la même classe. Liam est assis derrière Bristol et a pensé qu'il serait amusant de soulever sa chaise avec ses pieds. C'était juste un petit flirt inoffensif.

L'homme fait un geste dédaigneux de la main.

— Elle est allée trop loin.

— Qu'a fait Bristol ?

— Elle l'a frappé.

Je me mords la lèvre inférieure pour ne pas dire

quelque chose que je ne devrais pas. J'ai une pléthore de questions, mais je soupçonne qu'il y a plus que ce que le directeur a laissé de côté.

— Je parlerai à Bristol et à M. Greyson lorsque je la ramènerai à la maison ce soir. Quand cet incident s'est-il produit ?

— Vendredi.

J'avais déjà prévu le travail avec Kyler Greyson bien avant vendredi dernier, ce qui signifie que l'incident avec la famille Moretti remonte à plus loin ou que c'est quelque chose d'autre qui menace Bristol et Kyler.

————

Après avoir discuté de la situation des enfants, je fais comprendre que j'ai besoin de voir les mesures de sécurité mises en place. J'ai trop facilement pu entrer dans l'école.

Que la famille Moretti soit une menace ou non, j'ai besoin de savoir que Bristol est en sécurité dans sa classe.

Une fois convaincue que Bristol n'est pas en danger immédiat, je retourne à la voiture et l'homme m'ouvre la porte arrière.

— M. Greyson vous a demandé de le rejoindre au stade de hockey sur glace.

Le stade engage sa propre sécurité privée, je suis donc un peu décontenancée par sa demande de le rencontrer sur place.

— A-t-il dit de quoi il s'agissait ? lui demandé-je, espérant recueillir au moins quelques informations avant d'arriver.

Mitchell n'est pas très loquace. Il se contente de secouer la tête et de fermer la portière de ma voiture avant de se diriger vers l'avant du véhicule.

Je jette un coup d'œil à mon téléphone. Il n'y a aucun message de Kyler ou de l'équipe de Tactique de l'Aigle. Declan m'a confié le travail, mais il n'a ni appelé ni envoyé de texto. Non pas que je m'attende à ce qu'il vérifie comment les choses se passent. Je suis tout à fait capable de m'occuper de cette mission.

Je glisse mon téléphone dans mon sac à main. Mon estomac se crispe, et je ne sais pas si c'est parce que je laisse Bristol à l'école, où je sais qu'elle est en sécurité, ou parce que quelque chose ne tourne pas rond.

Qu'est-ce que Kyler cache ? C'est forcément quelque chose. Il n'y a aucune raison pour que sa vie soit en danger, ou plutôt celle de sa fille.

Je dois savoir quelle est la menace réelle et si elle est sérieuse. Comment peut-on attendre de moi que je fasse mon travail dans l'obscurité ?

La patinoire se trouve à l'autre bout de la ville. On nous fait entrer par une entrée latérale et Kyler sort du bâtiment à notre approche.

Il m'ouvre la porte arrière juste au moment où la voiture s'arrête.

— Tu es en retard, dit Kyler, comme si c'était de ma faute parce que je conduisais trop lentement.

Il y avait de la circulation et je devais m'assurer que Bristol était en sécurité avant de la laisser à l'école.

— Tu as oublié de dire qu'on avait un rendez-vous, dis-je en sortant du véhicule.

Il referme la portière derrière moi. Son regard sombre parcourt mon corps un peu trop longtemps. Sa mâchoire est serrée. Il est tendu. J'imagine qu'il n'a jamais de temps libre entre son travail et son rôle de père célibataire.

Il me demande si j'ai pris la peine de vérifier mon téléphone et me tend la main, paume en l'air.

Je le regarde d'un air absent.

— Ton téléphone, affirme-t-il en secouant la tête, attendant que je sois sur la même longueur d'onde que lui.

Nous sommes sur deux planètes différentes à ce stade.

J'attrape le téléphone portable qu'il m'a fourni et le lui montre.

Pendant ce temps, le chauffeur éloigne le véhicule du trottoir, me laissant seule avec Kyler. Enfin, pas tout à fait seule. Nous nous trouvons à l'extérieur de l'arène, qui nous domine.

Kyler m'arrache le téléphone des doigts et me le présente pour le déverrouiller.

— Très classe, marmonné-je dans mon souffle.

Il ne fait aucun commentaire et feuillette le téléphone jusqu'à ce qu'il trouve l'application calendrier qu'il a manifestement jugé nécessaire de me montrer, tout de suite, dehors, au bord du trottoir. Apparemment, ça ne pouvait pas attendre.

C'est son genre. Celui qui doit faire les choses immédiatement et qui ne veut pas se reposer deux minutes pour se détendre. Il est probablement du type A, c'est-à-dire que si ce n'est pas fait à sa façon, il y retournera et recommencera.

Cela devrait être amusant.

Je me mords la lèvre inférieure lorsqu'il me montre le rendez-vous qu'il a fixé à l'arène. Je jette un coup d'œil à ma montre.

— J'ai trois minutes de retard. Et tu n'as pas parlé

de la bagarre entre Bristol et Liam à l'école. C'est le directeur qui me l'a raconté.

Je ne parle pas de la brève rencontre avec la professeure, qui était également au courant. J'ai l'impression qu'il veut que j'aille droit au but.

— Les enfants, dit-il en haussant simplement les épaules. Bristol se défendait. Je ne vois pas où est le problème.

— La violence n'est pas un problème ?

— Elle lui a dit d'arrêter. Il ne l'a pas fait. Alors elle a fait la meilleure chose à faire.

— Et tu ne penses pas que le mieux ce serait de le dire à un professeur ?

— Je n'ai pas élevé une rapporteuse.

Son regard est fixé sur le mien, inébranlable.

La chaleur entre nous grésille, j'expire brusquement et recule d'un pas. C'est trop chaud. Trop et trop vite.

Kyler est intense.

Son intensité se dégage de lui et s'infiltre dans mes veines.

Je ne sais pas si je l'aime ou si je le déteste.

Je me racle la gorge.

— Savais-tu que le père de Liam dirige la mafia ?

— Antonio Moretti ? Oui, j'en ai entendu parler.

Il n'a pas l'air ébranlé par la nouvelle comme je

m'y attendais, ce que je trouve légèrement troublant. Ce n'est pas un secret que la famille Moretti est impliquée dans le crime organisé. Pourtant, je ne m'attendais pas à ce que le commun des mortels ait les mêmes connaissances que moi, un ancien agent fédéral.

Je ne tiens pas compte de son commentaire. Le questionner sur ses connaissances peut sembler un peu déplacé, et j'ai besoin de gagner sa confiance.

— Je ne t'ai pas invitée ici pour parler de lui, dit Kyler, et son regard me transperce.

Il est sexy, mais du genre à savoir à quel point il est beau, ce qui le rend arrogant.

Une femme passe devant nous, vêtue d'une courte jupe crayon noire et d'un chemisier rouge foncé un peu trop ouvert.

— Bonjour, Kyler.

Elle lui adresse un sourire, et je n'arrive pas à savoir s'il est sincère ou si l'intérêt qu'elle lui porte est plus que superficiel. C'est l'un des meilleurs sur la glace. Et incroyablement beau.

Je ne la blâme pas de vouloir attirer son attention, mais mon estomac se serre d'effroi et je n'arrive pas à comprendre pourquoi.

— Bonjour, Brittney, dit-il.

Je me balance sur mes pieds tandis que son

regard suit la femme qui se dirige vers l'entrée principale. Il regarde ses fesses, et ses hanches se balancent, lui donnant tout un spectacle.

— Sérieusement ? marmonné-je un peu trop fort.

— Jalouse ?

Je me racle la gorge.

— De toi et Barbie ? Non. Elle cherche juste à coucher avec toi.

Je ne sais pas si c'est vrai, mais c'est sorti un peu trop vite avant que je ne puisse me taire.

— Tu es clairement jalouse.

Il sourit, ses yeux me dévorant.

Il fait chaud sous son regard. J'ai envie d'enlever mon costume et de me déshabiller, de laisser le vent frais caresser ma peau, mais je ne peux pas le faire ici. Je suis presque sûre que si je commençais à me déshabiller, quelqu'un me ferait arrêter.

Ce n'est pas le meilleur plan pour garder Kyler près de moi et le protéger, lui et sa petite fille.

Oui, il m'a engagée pour protéger Bristol, mais elle n'est pas ma seule responsabilité. Il a besoin que quelqu'un surveille ses arrières, et avec des femmes comme Brittney qui se disputent son attention, il va être difficile de le tenir en laisse.

— Tu vas m'inviter à entrer ? demandé-je, en faisant un geste vers le stade derrière lui.

— Viens avec moi.

Il se dirige vers la porte, saisit la poignée et l'ouvre d'un coup sec. Il y a des agents de sécurité à l'entrée, mais ils le connaissent et le laissent entrer. On me remet un laissez-passer de visiteur et me conduit dans un labyrinthe de couloirs.

— Le stade dispose d'une sécurité privée. Pourquoi as-tu besoin de moi ici ? Ne serait-il pas préférable que je reste avec ta fille ? lui demandé-je en trottinant presque pour suivre ses pas.

— Bristol est à l'école et tu es toujours en service.

Un sourire en coin effleure son visage, mais il n'est pas chaleureux et sincère. C'est presque comme s'il avait prévu quelque chose, et je vais regretter d'avoir accepté ce travail de Tactique de l'Aigle.

Merci, les gars, de m'avoir jeté en pâture aux loups - ou plutôt, à un seul loup, Kyler Greyson.

Ne vous méprenez pas. Le plaisir des yeux compense déjà ses habitudes ennuyeuses. Je n'ai passé que quelques jours chez lui au cours d'un long week-end, mais il aime mettre sa musique à fond quand il prépare le petit déjeuner et a tendance à laisser la vaisselle dans l'évier jusqu'au milieu de l'après-midi quand il la nettoie.

— Continue comme ça, M&M, dit-il en plaisantant.

— M&M ? Tu n'es pas sérieux quand tu me donnes ce surnom.

J'ai bien envie de lui botter le cul, mais cette petite voix au fond de ma tête me rappelle qu'il est mon patron.

— Tu es minuscule. Ça te va bien.

— Tu es un con, mais tu ne m'entends pourtant pas te traiter de trou du cul.

Il glousse sous son souffle.

— C'est mignon. Ça fait plaisir de voir que tu as le sens de l'humour, M&M.

Je me moque de son surnom et lui donne un coup de coude.

— Tu viens vraiment de m'agresser ?

Je m'arrête de marcher.

— Non, dis-je, et je ne sais même pas ce qu'il faut penser de son commentaire.

C'est lui qui invente des surnoms. J'ai juste riposté. Ce n'était pas si grave.

Il s'arrête de marcher et jette un coup d'œil en arrière quand il se rend compte que je ne lui ai pas couru après. Il est habitué à ce que toutes les filles lui courent après, probablement depuis l'école primaire.

— Détends-toi, grogne-t-il en me faisant signe de le rejoindre. Je ne mords pas. Enfin, pas si tu n'aimes pas ce genre de choses.

Et il me fait un clin d'œil.

— Vous flirtez avec moi, M. Greyson ? demandé-je et j'aspire un souffle nerveux.

Ma voix tremble, mais j'espère qu'il ne le remarque pas.

Kyler sourit quand je le rattrape, et il continue à marcher, tourne le coin, et je suis à ses côtés. Je jurerais qu'on a tourné en rond, mais peut-être que je ne fais pas assez attention à ce qui m'entoure tout en flirtant et en reluquant Kyler Greyson.

Je me mords la lèvre inférieure, la douleur me transperce légèrement, suffisamment pour me ramener à la réalité. Je dois me concentrer.

— Même pas en rêve, dit-il. Viens, je vais te faire visiter.

Nous arrivons à l'entrée des vestiaires et je m'apprête à demander si je peux suivre. Il me pousse à le faire en m'attrapant le bras.

La chaleur et le contact soudain me semblent naturels alors que ses yeux fixent mon âme. Cet homme pourrait me dire de me jeter d'un pont, et à ce moment-là, je ferais n'importe quoi pour lui.

Un homme arrive en trombe et arrache Kyler à mon emprise, en pointant une arme sur sa tête.

Instinctivement, mes doigts se portent à ma ceinture, où je range mon arme, mais je ne l'ai pas sur moi.

QUATRE
EMERSON

L'ARME dans la main de l'assaillant brille sous les lumières fluorescentes crues du plafond. L'adrénaline monte en flèche dans mes veines. Mon cœur bat dans ma poitrine et j'agis par instinct.

Je suis entraînée pour ce type de scénario et, bien que je n'aie pas eu à y faire face en dehors des entraînements à Quantico, physiquement, je suis ici maintenant, confrontée à la situation qui se présente.

Je suis la seule capable de calmer cet homme et de l'empêcher d'appuyer sur la gâchette.

— Vous ne voulez pas faire ça, dis-je, mon regard fixé sur l'agresseur qui garde un bras autour de Kyler et l'autre avec le canon de l'arme pointé sur son front.

Avoir mon arme en ce moment serait utile, mais je l'ai intentionnellement laissée derrière moi, enfermée dans le coffre-fort de la maison de Kyler, parce que je ne pouvais pas apporter une arme sur la propriété de l'école, certainement pas avant d'avoir rencontré le directeur et d'avoir obtenu l'approbation appropriée. Et comme Kyler a négligé d'obtenir cette autorisation et que Tactique de l'Aigle n'aurait pas pu le faire sans la permission expresse de Kyler, je suis actuellement dans la merde.

Je n'ai même pas de Taser sur moi.

Juste mon intelligence et mon charme. Plus mon entraînement et mon instinct.

— Je ne vois pas d'autre choix, grogne l'homme en jetant un bref coup d'œil derrière lui alors qu'il garde Kyler en otage, le faisant marcher à reculons.

Je ne connais pas bien l'arène. Il y a une autre porte, mais où mène-t-elle ? À la douche ? A la patinoire ?

L'homme armé est distrait. Juste assez pour que je puisse agir, et je me jette sur lui, arrachant l'arme en l'air tout en le luttant contre le sol, le plaquant et forçant l'assaillant à se mettre sur le ventre, lui mettant les bras dans le dos. Je parviens à éloigner l'arme de lui d'un coup de pied.

Il se renfrogne.

— Prends-moi des colliers de serrage, en jetant un coup d'œil à Kyler par-dessus mon épaule.

Il a un grand sourire et croise les bras sur sa poitrine en m'observant.

— Aide-moi, tu veux bien ? lui crié-je.

— Pour l'amour du ciel, laissez-moi partir, gémit l'agresseur en essayant de se libérer de mon emprise. Que quelqu'un lui dise !

— Me dire quoi ?

Plusieurs hommes en maillot émergent lentement du coin, leurs téléphones portables filmant tout l'échange, et je réalise que tout ceci n'était qu'une mise en scène élaborée.

— Tu peux lâcher Jasper, dit Kyler. Il fait quelques pas, se penche et saisit l'arme au sol.

— C'est mon frère. Et ce n'est pas un vrai Glock.

Pardon ?

— Tu es un connard.

Je devrais probablement faire attention à ce que je dis, vu que c'est mon patron, mais je m'en fiche.

— J'aurais pu tirer sur ton frère.

Il me jette un coup d'œil minutieux.

— Tu n'as pas ton arme sur toi.

Ce n'est pas une question, c'est comme s'il s'en

assurait, et je suis un peu déstabilisée par l'accusation, même si ce n'est pas voulu.

— Je ne pouvais pas apporter mon arme sur le terrain de l'école.

— Justement, dit-il avec un sourire en coin.

— Tu as tout planifié, dis-je, et je n'ai qu'une envie, c'est de lui botter le cul et de le mettre dans l'embarras devant ses copains. Tu ne penses que je ne peux pas protéger ta fille.

Je recule d'un pas, l'air autour de moi est chaud et suffocant. C'est peut-être aussi un peu de testostérone qui imprègne mes narines. La pièce est remplie d'hommes deux fois plus grands que moi.

Pendant ce temps, Kyler Greyson est calme.

Et moi, je suis dans tous mes états.

— J'avais besoin de voir de quoi tu étais capable et comment tu réagirais. Tu m'as surpris, dit Kyler.

Et ce sourire en coin est de retour, celui qui me donne envie de la frapper au visage. Comme s'il avait prouvé qu'il avait raison et que je ne m'étais pas ridiculisée devant lui ou ses coéquipiers.

— Tu es toujours un connard, dis-je et je sors en trombe du vestiaire.

J'essaie de me diriger dans la même direction que celle d'où nous venons. C'est un labyrinthe de couloirs, et Kyler est juste derrière moi.

Il grommelle quelque chose d'inintelligible sous sa respiration. Je ne sais pas s'il me maudit ou quoi, mais j'accélère le pas pour m'éloigner de lui.

Quelques secondes plus tard, il se promène à mes côtés.

Bon sang, ses longues jambes lui permettent de me rattraper sans effort.

— Si tu veux jouer, tu peux trouver quelqu'un d'autre. Je n'ai pas été engagée pour vous divertir, toi et ton frère.

— Hé, attends une seconde.

Kyler m'attrape le bras, et je me dégage de son emprise, mais je m'arrête de marcher, me tournant vers lui. Je ne sais pas pourquoi je lui en donne l'occasion. Rien de ce qu'il dira ne me fera pardonner son comportement puéril et inexcusable.

Je le regarde fixement, attendant ses grandes excuses.

Je me trompe lourdement.

— Tu ne peux pas démissionner, dit Kyler. J'ai signé un contrat.

— Tu peux te plaindre à Jaxson Monroe, le propriétaire de Tactique de l'Aigle dit tu veux, dis-je. Je démissionne.

Je tourne les talons et me précipite dans le couloir vers la sortie. Prendre son chauffeur me semble être une mauvaise idée, étant donné que je viens de démissionner. J'attrape donc mon téléphone portable et demande un service de covoiturage.

Je dois faire le tour de l'extérieur du stade pour attraper mon chauffeur. Ce n'est pas idéal, mais au moins il fait encore jour.

Je regarde mon téléphone. Il arrive dans dix minutes. Au loin, j'aperçois Kyler dans son maillot, qui se dirige vers moi.

Je ne peux pas l'éviter. Il n'est pas là pour se promener tranquillement.

— C'est génial, marmonné-je dans mon souffle. Tu es venu te prosterner ?

— Pas du tout.

Sa mâchoire est serrée et ses yeux sont perçants et acérés. Son regard m'envoie des papillons dans l'estomac tandis qu'il m'étudie.

— Je pensais que tu tiendrais une semaine, M&M. C'est dommage que tu ne puisses même pas te rendre compte que j'essayais de t'aider.

— Tu te fais des illusions si tu penses que tes petites manigances ont été utiles.

— Elles m'ont été utiles. J'avais besoin de voir que tu étais capable de maîtriser un homme deux fois plus grand que toi. Tu m'as prouvé que j'avais tort. Tu es tout à fait qualifiée pour protéger ma fille.

— Tu aurais dû y penser avant de m'humilier. Tu sais quoi ? Ce n'est même pas ça. Je me fiche que tu m'aies embarrassée devant tes coéquipiers. C'est le fait que tu m'aies menti de façon flagrante. Comment suis-je censée protéger quelqu'un qui ne peut pas être honnête avec moi ?

— Tu es censé protéger ma fille, dit-il.

— Pourquoi ta fille a-t-elle besoin d'être protégée ? lui demandé-je, en le regardant fixement.

Il est grand et sombre. Je déteste le fait qu'il soit beau, et je me mords la lèvre inférieure avec force, chassant toute pensée de ce genre de mon esprit.

— La mère de Bristol, Ashleigh, a des liens avec la mafia italienne.

CINQ
KYLER

JE N'AVAIS PAS l'intention de partager le secret d'Ashleigh avec qui que ce soit. J'avais juré à Ashleigh de mettre notre fille en sécurité, de lui donner un bon foyer et de la protéger de son oncle, Antonio Moretti.

Mais inscrire Bristol dans une académie privée s'est avéré plus difficile que je ne l'avais prévu. Il se trouve qu'Antonio envoie ses enfants dans la même école. Je suis sûre que c'est une coïncidence. L'établissement est réputé pour être élitiste et très demandé.

Mais le fait que son fils et ma fille soient dans la même classe est troublant. J'ai essayé d'y voir une simple coïncidence. Antonio ne sait rien d'Ashleigh, la mère biologique de Bristol. D'après ce qu'Ashleigh m'a dit, Antonio a disparu avant sa naissance. Il a été kidnappé, mais un de ces tests ADN à domicile a confirmé ses soupçons bien avant qu'elle ne soit enceinte de Bristol.

Il ne devrait pas savoir pour Ashleigh. Mais il ne serait pas difficile pour lui de la trouver. C'est pourquoi, lorsqu'elle est tombée enceinte de Bristol, elle a voulu protéger notre fille par tous les moyens nécessaires.

Je ne m'attendais pas à ce qu'Ashleigh s'éloigne de moi ou qu'elle me laisse en tant que parent célibataire. Mais c'est du passé.

Ashleigh m'a accordé la garde complète avant de disparaître.

— Comment ça, la mère de Bristol a des liens avec la mafia italienne ? demande Emerson.

Elle est agitée par la nouvelle. Ses yeux sont écarquillés et brillants tandis qu'elle croise les bras, tapotant ses doigts contre son avant-bras.

— Cela n'a pas d'importance. Elle n'est plus dans le coup. Mais si les Italiens découvrent que Bristol est de leur sang, je ne sais pas ce qu'ils pourraient faire.

— De quel degré de parenté parlons-nous ?

Elle tape du pied, et je peux sentir les rouages

tourner dans sa tête, essayant de reconstituer le tout avec les éléments que je lui ai donnés.

Étant donné qu'elle est une ancienne du FBI, je m'attends à ce qu'elle connaisse relativement bien la famille Moretti. C'est la seule organisation de la mafia italienne dans la région de New York. Bien sûr, il y a aussi la mafia russe dirigée par les Barniov, mais je dois m'estimer heureux que ma fille n'ait pas de liens avec eux.

— C'est important ?

Je fais de mon mieux pour garder le secret d'Ashleigh tout en protégeant Bristol.

— Et Antonio Moretti a ses enfants, Liam et Sophia, inscrits à Briarwood, dit Emerson, répétant ce que je lui ai déjà dit.

— Oui.

J'acquiesce, attendant d'autres instructions de sa part.

Elle pousse un juron en retenant son souffle au moment où le véhicule qu'elle a engagé s'arrête sur le trottoir. Elle ouvre la porte arrière, lui dit qu'elle annule la course, puis se retourne pour me faire face.

— Si tu continues à faire les mêmes conneries que tout à l'heure, je te descends moi-même. Avec mon vrai pistolet.

— Compris, M&M.

— Et plus de surnoms stupides.

Elle enfonce son doigt dans ma poitrine.

Emerson est mignonne quand elle est énervée. Ses joues rougissent et ses yeux m'épinglent, ce qui fait durcir ma bite. Les choses que je pourrais lui faire si on me donnait une nuit ensemble. Une nuit sauvage, abandonnée. Ne dit-on pas que les bonnes choses viennent dans de petits paquets ?

Elle est définitivement un petit paquet que j'aimerais déballer lentement et méthodiquement. Je prendrais mon temps pour la déshabiller, savourant chaque centimètre de sa peau nue.

— On verra bien, dis-je, silencieusement soulagé qu'elle reste dans les parages.

Je ne sais pas trop pourquoi, étant donné qu'une heure plus tôt, je doutais de sa capacité à assurer la sécurité de ma fille.

Est-ce que je voulais qu'elle soit là pour moi ?

C'était une pensée que je devais écraser avant qu'elle ne devienne carrément dangereuse. Mon petit M&M est hors limites.

Mon ?

Je me racle la gorge et la raccompagne à l'intérieur du stade, en faisant de mon mieux pour chasser toute pensée persistante d'Emerson. Je réussis tout de même à jeter un coup d'œil à son petit cul.

Ce que je donnerais pour la voir nue, se tordant sous moi, suppliant ma bite, abandonnant tout contrôle pour me laisser la prendre et la posséder.

Redescends, mon garçon.

Ce sont des pensées diaboliques qui me mèneront à l'eau bouillante et sans garde du corps pour Bristol.

— Tu peux prendre le reste de l'après-midi jusqu'à ce que Bristol sorte de l'école, dis-je.

Attendre d'Emerson qu'elle travaille vingt-quatre heures sur vingt-quatre, sept jours sur sept, n'est pas juste pour elle. De plus, elle ne m'est d'aucune utilité si elle est épuisée ou distraite.

———

Dès qu'Emerson s'éloigne de l'arène, Jasper déboule dans le couloir et se dirige droit sur moi.

— Où est la jolie garde du corps ?

Il agite ses sourcils de façon suggestive.

Il est le seul à savoir pour la mère de Bristol. C'est lui qui m'a suggéré d'engager quelqu'un pour veiller sur ma fille quand je ne peux pas être là. Cela fait des années qu'il est sur mon dos, et avec les récentes menaces, j'ai finalement franchi le pas.

Et l'équipe, ils pensent tous que j'ai engagé Emerson après un incident de harcèlement avec un fan trop zélé.

— Je l'ai renvoyée chez elle pour qu'elle se repose ou je ne sais quoi, dis-je en faisant un geste de la main. Je n'ai pas à m'inquiéter d'une quelconque menace ici, et si elle est épuisée avant que Bristol ne rentre de l'école, je suis foutu.

— Elle te plait, dit Jasper avec un sourire malicieux.

Il a raison, mais ce n'est pas la question.

— C'est la garde du corps de ma fille. Je ne vais pas coucher avec elle.

— Enfin, pas encore, en tout cas. On est toujours d'accord pour ce week-end ?

Je suis reconnaissant à Jasper d'avoir réussi à détourner la conversation d'Emerson, mais j'avais complètement oublié la réunion que j'avais prévue avec mes coéquipiers.

— Putain.

— Tu as oublié.

Jasper croise les bras sur sa poitrine et me jette un coup d'œil.

— J'espère que la garde du corps est invitée, ajoute-t-il.

Je n'ai pas le temps d'organiser une réunion, même si elles n'ont généralement rien d'extravagant. Quelques-uns de mes amis se réunissent, boivent un verre et dînent, et amènent leurs compagnes si elles le souhaitent. Lorsque le temps le permet, nous aimons nous asseoir autour du feu dans l'arrière-cour et à nous détendre.

Ce serait bien de voir les gars et de se détendre pendant quelques heures.

— Je suis sûr qu'Emerson a mieux à faire que d'assister à un barbecue, dis-je.

— Si tu ne l'invites pas, elle va se sentir exclue.

— Si je l'invite, ce sera très gênant. Et si elle et la femme de Levi commencent à parler sur moi ?

— Oh, tu peux compter dessus, dit Jasper en me donnant une tape dans le dos. Si elle ne le fait pas, je m'en assurerai. Ce sera amusant de... euh, comment les jeunes appellent ça de nos jours, spill the tea.

— Tu es un trou du cul. Tu le sais ?

— Je sais que tu me gardes dans les parages parce que tu m'aimes, répond Jasper. Et j'aime te faire souffrir.

EMERSON

— EMMIE !

Bristol se précipite hors de l'école et traverse la pelouse où je l'attends. Je suis toujours dans l'enceinte de l'école, et la maîtresse grogne sous son souffle, car les enfants ne semblent pas écouter et attendent que leurs parents les rayent de la liste.

Je m'approche de l'enseignante de Bristol, la jeune femme avec laquelle j'ai discuté plus tôt, lorsque je suis arrivée avant le début de la journée scolaire.

— Je dois voir votre carte d'identité, dit-elle en souriant poliment.

Au moins, elle sait que je viens chercher Bristol. Je soupçonne que Kyler a appelé le bureau de l'école pour confirmer mon arrivée.

Je paraphe la feuille comme demandé et l'enseignante me rend mon permis de conduire.

J'inspire un grand coup lorsqu'Antonio Moretti se dirige vers nous. Il a une petite fille qui lui tient la main et une femme magnifique à son bras. Elle semble essayer d'attirer le petit garçon vers elle.

Apparemment, le mafieux est marié ou du moins en couple avec cette femme. Je n'avais pas fait mes recherches sur cette famille. Je n'ai découvert que plus tôt dans la journée la relation entre Bristol et les Moretti.

Son regard est dur, sa mâchoire tranchante lorsqu'il fixe Bristol. Si les regards pouvaient tuer, il l'aurait déjà assassinée.

Je me retiens de faire une scène. La dernière chose que je veux, c'est mettre Bristol encore plus en danger qu'elle ne l'est déjà. Je devrais peut-être discuter du transfert de Bristol hors de l'académie Briarwood et lui suggérer d'aller dans un endroit moins problématique. Une école privée où la mafia n'inscrit pas ses enfants.

— M. Moretti et Mme Ryan, dit le professeur en nous faisant signe de patienter un instant. J'aimerais que nous organisions une réunion avec les deux familles pour que nous puissions discuter des problèmes que nous avons rencontrés en classe.

— Je ne vois pas pourquoi nous devrions y assister, dit Antonio. Mon fils n'est pas le problème.

— Et vous dites que c'est Bristol ?

Je suis consternée qu'il pense que son fils n'a aucune responsabilité dans les problèmes qui se posent.

— S'il vous plaît, si vous le permettez, dit le professeur en se forçant à sourire. Il est préférable de laisser cette question aux parents. Pourriez-vous transmettre le message à M. Greyson pour nous et nous faire savoir quand il sera en mesure d'assister à la réunion au nom de sa fille ?

— D'accord.

Ma mâchoire se crispe. Il n'y a aucune chance que je laisse M. Moretti et M. Greyson seuls ensembles, même si Bristol n'est pas présente.

— Je transmettrai le message.

Bristol et moi nous précipitons sur la pelouse, ma main saisissant la sienne alors que je la tire pratiquement vers le chauffeur.

— Ce n'est pas ma faute, gémit Bristol alors que je la précipite vers le véhicule qui l'attend.

Mitchell ouvre la porte arrière et Bristol monte en première. Je me glisse à côté d'elle et je jette un coup d'œil en arrière pour voir Antonio Moretti monter dans le véhicule derrière nous. Lui aussi a un chauffeur qui le conduit, lui et sa famille.

Je vais demander à Declan ou à Jaxson de faire une petite reconnaissance de la famille Moretti. S'ils sont la principale menace pour Bristol, ce n'est pas en s'asseyant avec eux pour discuter du comportement des enfants à l'école que le problème va disparaître.

Il faut l'éloigner le plus possible d'Antonio et de ses hommes.

— Tu as l'air en colère, dit Bristol en me regardant fixement.

— Mets ta ceinture de sécurité.

Mitchell attend qu'elle attache sa ceinture dans le siège d'appoint avant de s'engager dans la circulation.

— Papa va-t-il être fâché contre moi ? demande Bristol.

Elle boucle sa ceinture et se déplace dans son siège d'appoint pour me faire face.

Je ne connais pas suffisamment Kyler pour savoir s'il va être contrarié, déçu ou simplement trop inquiet. Peut-être qu'il y a un peu des trois.

———

Kyler n'est pas là quand nous arrivons après l'école. J'ai la clé de la porte d'entrée, alors je laisse Bristol entrer et je fais un rapide tour d'horizon pour m'assurer que nous ne sommes que toutes les deux.

Je ne suis pas la nounou de sa fille. Je suis son garde du corps.

Pourquoi n'est-il pas là ?

— J'ai faim, gémit Bristol.

Elle dépose son sac à dos près de la porte d'entrée, ainsi que son manteau et ses chaussures.

— À quelle heure ton père rentre-t-il normalement ? lui demandé-je.

Bristol hausse les épaules.

— Il vient me chercher à l'école.

Je murmure sous mon souffle.

— C'est un crétin.

Les yeux de Bristol s'écarquillent.

— Tu dois mettre un dollar dans le pot à gros mots.

Elle m'attrape par la main et m'entraîne dans la cuisine. Sur le comptoir en marbre, il y a un bocal en verre rempli de billets d'un dollar.

— Et si on ne disait pas à ton père ce que j'ai dit ?

J'essaie de négocier avec la petite. Ce n'est pas par rapport au dollar. Je n'ai pas besoin qu'elle raconte la situation à Kyler. Il doute déjà de mes capacités en tant que garde du corps de sa fille. Je n'ai pas besoin de lui donner plus de munitions.

— Deux dollars.

Bristol lève deux doigts.

Elle sait négocier. J'acquiesce et je sors deux billets d'un dollar de mon portefeuille, que je glisse dans le pot.

— Qui reçoit tout cet argent, d'ailleurs ?

— Papa dit que c'est pour mes études, mais j'économise pour une licorne, s'exclame-t-elle avec enthousiasme.

Ce n'est pas moi qui vais faire éclater cette bulle. Au moins, elle n'économise pas pour un cheval ou une autre créature coûteuse qu'elle pourrait réellement acheter.

Mon téléphone sonne et je le sors de ma poche, jetant un coup d'œil à l'écran.

Je suis en retard. Je serai à la maison pour préparer le dîner.

Bien sûr. Mon travail n'est pas de cuisiner et de faire le ménage pour la famille Greyson. Je suis censé protéger Bristol, et si je suis distraite par son divertissement, je ne peux pas faire mon travail.

— C'est papa ? demande Bristol en essayant de regarder mon téléphone.

Je le lui montre et ses yeux se rétrécissent, essayant de lire le message. Il lui faut une minute avant de comprendre ce qui est écrit.

— Tu peux me préparer à manger ?

— Tu n'as pas déjeuné à l'école ?

Je m'adosse au comptoir, croise les bras sur ma poitrine et lui lance le regard le plus acerbe que l'on puisse imaginer.

— Si, mais c'était il y a des heures. J'ai faim, gémit-elle comme si elle n'avait pas mangé depuis des semaines. Je vais mourir si je ne mange pas.

— Tu ne vas pas mourir en quelques heures.

Je me dirige vers le frigo et l'ouvre d'un coup d'œil à l'intérieur.

— Tu vois quelque chose que tu veux ? Je lui demande.

Elle hausse les épaules et me montre le bac à fruits.

J'ouvre le bac en plastique et attrape une boite de framboises, que je rince avant de lui tendre le récipient humide.

— C'est mouillé ! s'exclame-t-elle en m'envoyant de l'eau de ses petits doigts.

Merci, petite.

— Prends une serviette en papier.

Je fais un geste vers le comptoir, essayant de la rendre autonome.

— C'est trop haut. Je ne peux pas l'atteindre, et papa met les fruits dans un bol en plastique pour moi.

Bristol montre le placard et agite le doigt, attendant qu'il s'ouvre.

— Tu sais faire de la magie ou quelque chose comme ça ? demandé-je en la regardant. Parce que la dernière fois que j'ai vérifié, remuer un doigt n'ouvre pas les portes d'un placard. Sauf si tu vas à Poudlard, mais je suis presque sûre qu'il n'y a pas de cours de magie à Briarwood.

— Il faut une baguette, mais c'est possible ! s'esclaffe Bristol. Abracadabra, ouvre le placard.

En secouant la tête, je cède et, d'un seul doigt, je l'ouvre. Je sors un bol en plastique rose et je tends la main pour prendre la boîte de framboises. Je verse le contenu dans le bol et j'attends qu'elle prononce les mots magiques que je cherche. Un « s'il te plaît » ou un « merci » suffiraient.

— Merci, dit-elle avec un sourire enthousiaste aux yeux écarquillés, et je lui remets les fruits dans le bol.

Elle est mignonne. Gâtée à l'extrême, mais ce n'est pas sa faute. Son père est milliardaire.

Pendant les deux heures qui suivent, je la fais asseoir à la table de la cuisine pour réviser ses devoirs, qui sont bien plus nombreux que ceux que je me rappelle avoir faits en CP.

Le bruit d'une portière de voiture qui claque fait monter mon adrénaline.

— Reste ici, dis-je en sortant de la cuisine et en me dirigeant vers l'avant de la maison, tout en jetant un coup d'œil ostensible par la fenêtre.

Kyler se tient à l'extérieur, son téléphone portable collé à l'oreille, il parle avec animation à son interlocuteur. Il n'a pas l'air particulièrement satisfait.

— Emmie ! m'appelle Bristol.

J'expire un grand coup et je retourne dans la cuisine.

— C'est bon ? demande-t-elle, voulant que je vérifie son travail.

Heureusement, elle n'est qu'en CP. Je peux facilement jeter un coup d'œil à son travail, sauf pour les mathématiques, qui sont mon pire cauchemar. Je n'arrive même pas à comprendre comment elle a pu trouver la réponse qu'elle a donnée, mais elle est juste.

— Oui, ça a l'air bien, dis-je en grimaçant.

— Alors pourquoi tu fais cette tête ? me demande Bristol en me fixant.

Nous sommes sauvées par le bruit de la porte d'entrée. Kyler entre dans la maison, Bristol se lève de la table de la cuisine et se précipite dans le couloir, glissant sur le parquet en chaussettes pour saluer son père.

— Papa !

Elle pousse un cri d'excitation, et il lui tend les bras alors qu'elle court vers lui. Il la soulève, la fait tourner et la serre dans ses bras.

La petite a six ans. Ce n'est pas un bébé, mais aucun des deux ne semble s'en soucier. Elle s'amuse et il peut encore la soulever sans se faire mal au dos.

— Tu es en retard, dis-je un peu plus sèchement que je n'en avais l'intention.

Son regard passe de Bristol à moi.

— Je ne peux pas quitter l'entraînement parce que tu veux que je rentre à la maison.

— Donne-nous une minute, chérie, dis-je à Bristol, en tirant Kyler hors du couloir et loin des petites oreilles de sa fille.

— Je ne savais pas qu'on commençait à se donner des noms d'animaux, me dit Kyler en plaisantant.

Il essaie de désamorcer la situation. Du moins, je

crois que c'est son intention, car la colère qui grésille semble se dissiper quand ses yeux brillent, presque comme s'il souriait.

— Il s'agit d'un arrangement professionnel. Je ne suis pas la nounou de ta fille. Je suis le garde du corps. Tu ne devrais pas t'attendre à ce que je la garde.

— Compris. Je vais engager une nounou, dit-il un peu trop vite.

— Et qu'est-ce que tu comptes dire à Bristol ? Puisqu'elle pense que je suis sa nounou.

Je croise les bras sur ma poitrine, attendant qu'il trouve une excuse géniale pour nous sortir de la situation délicate dans laquelle il nous a mis tous les deux.

— Évidemment, ce n'est pas la vérité, dit-il, son regard me faisant frissonner.

Plus son regard s'attarde, plus mes entrailles se réchauffent, et je sens la chaleur de son souffle contre mes joues. Il s'approche d'un pas, me plaquant contre le mur.

Il ne me touche pas.

Il n'a pas besoin de le faire que je tiens déjà difficilement sur mes jambes. Le mur me soutient tandis que j'expire nerveusement.

Il n'y a aucune chance qu'il m'embrasse.

Mais son regard s'attarde sur mes lèvres un peu trop longtemps avant qu'il ne ramène ses yeux sur mon regard.

— On pourrait lui dire la vérité, qu'on sort secrètement ensemble et que tu es ma petite amie.

Ses paroles me font rire.

Il n'est pas sérieux.

— Tu l'as dit. Je ne peux pas avoir deux nounous. Ce serait stupide ? Et j'ai besoin de quelqu'un capable de protéger ma fille. C'est ton travail. Tu peux m'aider à embaucher la nounou parfaite.

— Tu veux que je sois ta fausse petite amie ?

Je n'arrive toujours pas à me sortir ses mots de la tête.

— C'est de la folie !

Je parle un peu trop fort, et il porte sa main à mes lèvres, son doigt effleurant ma bouche, me faisant taire.

— Bristol aime écouter aux portes. Elle veut être espionne, et je ne peux pas la laisser dévoiler nos secrets si nous ne voulons pas que le monde entier soit au courant. T'engager comme fausse petite amie serait une bonne publicité pour moi.

Ses yeux s'illuminent et je suis presque sûre qu'il parle sans réfléchir.

Je secoue la tête.

— Je n'ai pas donné mon accord.

Je glisse ma main entre nous, le poussant doucement vers l'arrière.

— Je suis le garde du corps de ta fille. C'est tout, Kyler.

Je jette un coup d'œil dans la pièce.

— Il y a des caméras cachées ? Est-ce que c'est une sorte d'émission de télé-réalité où tu me dis que c'est une blague ?

J'échappe rapidement à son emprise, et il passe une main dans ses cheveux défaits.

Je n'ose pas admettre qu'il a l'air d'un ado avec ses cheveux en bataille. Il vient de se doucher et sent encore le savon après son match.

Il tire la langue au coin de ses lèvres et me regarde fixement.

— Je te paierais pour tes services.

— Jamais assez pour que je fasse semblant de sortir avec toi, dis-je un peu trop vite.

— C'est vrai ?

Est-ce que je viens de le défier ?

Ce n'était pas prévu. Pas plus que de faire semblant de sortir avec mon patron. Il est mon patron, techniquement. Nous avons un contrat que nous devons tous deux respecter, mais il semble qu'il veuille en changer les termes.

Typique d'un milliardaire. Ils cherchent toujours à obtenir ce qu'ils veulent.

Et qu'en est-il de ce que je veux ?

Avoir ses bras puissants autour de moi n'a pas l'air si mal. Je pourrais même accepter d'être la cible des paparazzis. Comment cela pourrait-il être mauvais de prétendre sortir avec un joueur de hockey vedette ?

Mon estomac frémit devant toutes ces possibilités, mais mon cerveau me hurle que c'est une très mauvaise idée. Ce matin, il m'a fait croire qu'il était sous la menace d'une arme.

— Que vont penser tes coéquipiers ? Ils m'ont vu dans les vestiaires. Ils ne vont pas croire que je suis ta petite amie.

Il est fou s'il pense que son plan peut fonctionner.

Et pire encore, il faudrait qu'on mente à Bristol. Nous le faisons déjà, mais je ne veux pas lui briser le cœur quand elle découvrira la vérité.

— Et le directeur de l'école ? lui demandé-je. Il sait déjà que je suis le garde du corps de ta fille. Tu ne peux pas garder le secret éternellement.

Le sourire de Kyler s'élargit encore.

— C'est vrai. Je l'ai appelé et que je lui ai tout expliqué après que tu l'aies rencontré ce matin.

— Expliqué quoi ?

Je n'aime pas la tournure que prennent les événements.

— Je lui ai dit que tu avais concocté l'histoire du garde du corps pour ne pas mettre la pression sur notre relation naissante, surtout avec les médias qui cherchent à croquer les détails les plus coquins de nos vies. Il pense déjà que nous sommes ensemble.

— Et ton frère ? Peut-il garder le secret ?

— Il pense déjà qu'on baise ensemble. Il ne lui faudra pas longtemps pour gober l'histoire que je lui vendrai.

Je lui donne un coup sur le bras et il m'attrape le poignet, refusant de me lâcher.

— Tu viens de me frapper ?

— Tu crois ?

Il tire mes deux bras au-dessus de ma tête, me poussant contre le mur, cette fois-ci en m'emprisonnant. Je n'ai nulle part où aller, et bien que je puisse le déjouer avec mes jambes, la vérité est que je n'en ai pas envie.

C'est un jeu dangereux, et je veux voir où cela va me mener.

Va-t-il m'embrasser ? Me toucher ? Me goûter ?

Ma respiration s'intensifie au fur et à mesure qu'il me maintient contre le mur, ma poitrine se soulève et s'affaisse. Je ne suis pas la seule à sentir la chaleur grésiller entre nous.

Je jurerais que sa bite me pique, et j'ai envie de jeter un coup d'œil, mais si je le fais, je crains qu'il s'éloigne de moi. J'en ai encore moins envie.

— Tu donnes ta langue au chat ? demandé-je en le regardant.

Ses yeux se sont assombris et il se penche vers moi. Je jure que ses lèvres vont frôler les miennes, mais il ne m'embrasse pas. Son souffle s'attarde sur ma bouche, la chaleur se fond, se mélange comme un aphrodisiaque, et je suis sous son charme.

— Alors, c'est d'accord ?

Sa voix est plus épaisse, plus lourde. Le parfum qu'il porte est un musc lourd qui imprègne tous mes sens. Il sent très bon, et j'ai envie de lui lécher le cou, de le taquiner, de le pousser à bout. Je veux qu'il me supplie de le chevaucher.

Mais je suppose que c'est moi qui le supplierai.

— Quels sont les termes ?

Je force les mots à franchir mes lèvres. Ma mâchoire est lourde tandis que mes jambes flageolent sous son charme.

— On devra s'embrasser, faire des démonstrations publiques d'affection, faire croire aux gens qu'on est un vrai couple en public.

Je pensais que ce petit jeu visait à convaincre sa fille que nous étions ensemble, parce qu'avoir deux nounous me semble scandaleux.

— Pourquoi le public se soucie-t-il de ce que tu fais ? murmuré-je, fixant ses yeux bleus perçants.

Mes entrailles palpitent, mais cette fois, ce n'est pas mon estomac qui danse. Je le désire plus que je n'ai jamais désiré quoi que ce soit ou qui que ce soit.

Je mets ça sur le compte de sa proximité. Le fait qu'il m'ait poussée contre le mur et qu'il ne semble pas vouloir me lâcher de sitôt.

Son souffle me chatouille la nuque alors qu'il se penche près de mon oreille.

— Il n'y a pas que ma fille qui a besoin d'être convaincue que c'est réel. Nous aurons une nounou qui devra croire que nous sommes ensemble. Et l'équipe, dit-il en effleurant mon oreille.

— L'équipe à laquelle tu as révélé que j'étais garde du corps ?

A-t-il miraculeusement oublié ce qui s'est passé avec Jasper ?

— Ils croiront n'importe quelle histoire que je leur vendrai, dit Kyler, un peu trop sûr de lui.

Mes yeux se ferment involontairement et je sens un frisson silencieux parcourir mon corps. Cet homme sait comment m'exciter, même quand je lutte. Et pour information, je lutte. Mais peut-être pas assez fort. Je presse mes lèvres l'une contre l'autre, réfléchissant à ses paroles.

— Mais ce n'est pas le public, dis-je. Quel est ton objectif final ?

Il doit y avoir quelque chose de plus, quelque chose qu'il attend de tout cela.

— Cela éviterait à ma fille d'être sous les feux des projecteurs

Et c'est une raison suffisante pour que je sois d'accord.

Je ferais mon travail. Protéger Bristol.

— Tu n'es pas convaincue, dit-il en se reculant légèrement.

Je gémis en signe de protestation contre le manque de chaleur, et l'électricité qui bourdonne dans mon corps a depuis disparu. Il relâche son emprise sur moi.

— Je te paierai six chiffres en plus du contrat initial.

— Sept. Je veux sept chiffres, dis-je. Si je dois te supporter et faire semblant de t'aimer, je ne le ferai pas pour un centime de moins.

Il sourit et tend la main.

— Marché conclu.

SEPT

KYLER

J'AI MIS par écrit que je paierai à Emerson un minimum de 1,2 million de dollars pour qu'elle supporte mes manigances. Bon, ce n'était pas dans ces termes exacts. Et oui, elle m'a soutiré deux cent mille dollars de plus quand elle a réalisé que l'arrangement se poursuivait jusqu'à ce que la menace avec la famille Moretti soit éteinte.

C'est la seule menace dont je lui ai parlé. Mais ce n'est pas la pire des menaces.

J'ai accepté de lui verser cent mille dollars par mois pendant la mission et le reste en une seule fois si l'opération est achevée plus tôt.

Cela l'incitera à jouer mon jeu. Et si nous dépassons l'année - ce que je ne pense pas être une possibilité réaliste, puisque nous prétendons être ensemble - nous renégocierons un nouveau contrat.

Je ne laisserai pas cela se produire.

Elle n'aura pas davantage de mon argent. Elle est peut-être douée avec Bristol, mais la payer sept chiffres comme nounou, c'est de la folie. Oui, c'est une garde du corps, mais elle est correctement rémunérée par son employeur.

Et je la laisse doubler sa rémunération. Elle est payée à la fois par Tactique de l'Aigle et par moi. Et oui, l'équipe de Tactique de l'Aigle sera mise au courant de cet arrangement parce que je ne veux pas qu'ils la virent ou qu'ils me mettent à la porte en tant que client.

— Il vaut mieux que ce soit intéressant, dis-je en répondant à mon téléphone.

Je suis douché et habillé avant que le soleil ne se lève. C'est un jour d'entraînement et je dois me préparer pour l'entraînement. Ce qui signifie au moins que je sortirai tôt aujourd'hui.

— Pourquoi ? Je t'ai interrompu en train de te taper la garde du corps sexy ? demande Jasper en riant. Il est impossible que tu l'aies engagée pour ses compétences. Dis-moi, combien de fois par semaine tu lui fais des avances ?

Je grogne à son insinuation.

— Tu veux perdre quelques dents ?

— Je n'ai pas appelé pour parler hockey, dit Jasper, et je jure qu'il arbore probablement le plus grand sourire sur son visage. Tu as besoin que j'apporte quelque chose à la fête ?

— C'est ce soir ? demandé-je, ayant déjà oublié le barbecue dans l'arrière-cour et la réunion que j'avais prévue.

En fait, c'est mon jeune frère qui a proposé qu'on se retrouve tous chez moi pour boire un verre et se détendre, parce que son appartement était trop petit pour organiser une fête.

Je joue dans la ligue depuis quatre ans. C'est peut-être la première année de Jasper, mais il connaît les gars depuis ma première année. J'ai fait en sorte de l'inclure chaque fois que j'organisais une réunion avec l'équipe.

Il a été un peu impressionné au début, mais maintenant ils sont comme une famille pour lui, et il est ravi de faire partie de l'équipe. Nous avons de la chance qu'il n'ait pas été repêché dans une autre ville.

— Oui, la fête que tu organises a lieu ce soir, dit-il. Tu veux que j'apporte quelque chose ?

— Tu n'as pas l'âge de boire de la bière, dis-je en

me moquant, et je jure que je l'entends me répondre par un grognement.

Il est à deux semaines de son vingt-et-unième anniversaire.

— Je peux t'en apporter si tu es si désespéré de te taper la garde du corps.

— C'est la nounou, dis-je en le corrigeant, en lui rappelant que c'est ainsi qu'il est censé la désigner - jusqu'à ce que je rende public le fait qu'elle n'est pas la nounou et qu'elle est ma petite amie.

La dernière chose dont j'ai besoin, c'est qu'il gaffe devant sa nièce.

— Je ne comprends rien. Tu es sûr que tu ne t'envoie pas en l'air avec elle ? Parce que si ce n'est pas le cas, j'aimerais bien avoir ma chance avec...

— Tu es un connard.

Il a de la chance de ne pas être à proximité de moi, sinon je lui donnerais un coup de poing.

— Un connard que tu aimes, s'esclaffe Jasper. Je te verrai à l'entraînement. J'apporterai des chips et de la sauce ce soir.

Je glisse mon téléphone dans ma poche et sors de ma chambre. Bristol dort encore à poings fermés, mais Emerson ouvre la porte de sa chambre alors que je me dirige vers le couloir.

— Tu es debout tôt, dis-je en lui jetant un coup d'œil.

D'habitude, je ne la vois pas avant l'entraînement.

— J'allais aller courir sur ton tapis de course. J'espère que ça ne te dérange pas.

J'ai créé une salle de sport à domicile de taille convenable, mais je ne l'utilise pas beaucoup. La plupart de mon travail se fait avec l'équipe, mais c'est bien le soir, si je veux me changer les idées, de faire de la musculation ou d'aller courir en salle.

Cela ne veut pas dire que je n'aime pas courir à l'extérieur. Je préfère ça, mais Bristol ne peut pas suivre mon rythme, et je ne peux pas demander à mon cousin ou à mon frère de venir m'aider avec ma fille chaque fois que je veux sortir de la maison. Une salle de sport à domicile était donc la solution la plus logique. C'est pratique, même si je n'en profite pas autant que je le devrais.

— Aucun problème.

— Tu as eu l'occasion d'examiner quelques CV de nounous ? demande Emerson.

— J'ai une liste sur mon bureau, mais je ne l'ai pas encore réduite. Je dois encore faire des recherches sur elles.

— Je vais le faire, dit-elle un peu trop rapidement.

— C'est bien. Oh, aussi, ce soir, je reçois quelques gars de l'équipe...

— Tu veux que je parte. J'ai compris. A quelle heure dois-je prévoir de revenir ?

Je suis surpris qu'elle pense que je veux qu'elle parte quand mes coéquipiers viennent boire un verre.

— En fait, j'aimerais que tu sois là quand ils arriveront.

— Pour surveiller Bristol ? devine-t-elle. Tu te souviens que je ne suis pas vraiment la nounou de ta fille et...

— Je sais, dis-je avec un gros soupir et je descends les escaliers.

Elle est sur mes talons, même si elle doit se dépêcher pour me suivre. Elle a de petites jambes comparées aux miennes. C'est plutôt mignon.

— Peut-être que ce soir, on dira la vérité aux gars, que tu es ma petite amie.

Elle se tait, et je lui jette un coup d'œil par-dessus mon épaule lorsque j'arrive en bas.

— Ça te pose un problème ?

Est-ce qu'elle a des doutes sur notre arrangement ? Je n'ai pas encore versé le premier paiement sur son compte en banque. Elle ne recevra rien avant que nous soyons reconnus publiquement. J'ai besoin de savoir qu'elle ne fait pas marche arrière.

Elle sourit, mais c'est forcé. N'importe qui pourrait le voir, ce qui signifie qu'elle va devoir travailler sur notre fausse relation.

— Bien sûr que non.

Sa main s'agrippe à la rampe de l'avant-dernière marche, à bout de bras.

Elle a des doutes, mais je ne sais pas si c'est parce qu'on ment à ma fille ou s'il y a autre chose qu'elle ne me dit pas.

Je suis sûr que ce ne sera pas facile pour elle d'être le centre d'attention pendant un certain temps, mais c'est pour cela que je la paie suffisamment pour la dédommager des maux de tête qui vont de pair avec une relation avec moi. Non pas que je doive payer quelqu'un pour avoir une vraie relation, mais c'en est une fausse.

Elle descend d'un pas et nous sommes à la même hauteur. Ma main se pose sur sa hanche, l'attirant contre moi, mes lèvres écrasant les siennes, lui prouvant que nous pouvons le faire. C'est aussi une tentative de me prouver à moi-même que je ne suis pas en train de commettre une erreur encore plus grave.

Emerson est rigide, et tout ce qui se passe avec elle semble forcé. Il ne fait aucun doute que même Bristol se rendra compte de la supercherie.

Les lèvres d'Emerson sont scellées. Elle ne m'autorise pas à franchir sa bouche. C'est un baiser chaste.

Si cela doit fonctionner, j'ai besoin de plus d'elle. Il est évident qu'il y a une attirance. Je ne nie pas le fait qu'elle est magnifique et sexy, et je suis certain qu'elle ressent quelque chose pour moi. La plupart des femmes se jettent à mes pieds.

Mais Emerson est différente.

Qu'est-ce qui la fait vibrer ?

Elle aime les hommes, n'est-ce pas ?

Peut-être qu'elle n'aime pas les gentils. Certaines filles aiment les mauvais garçons. Les rudes, les non raffinés dont elles savent qu'ils sont mauvais. C'est son genre ? Ou quelque chose entre les deux ?

Cela ne devrait pas avoir d'importance. Ce n'est rien de plus qu'un arrangement. Mais je veux savoir ce qui rend Emerson folle. Elle est trop coincée et guindée.

Comment a-t-elle pu devenir un agent du FBI ? Je ne la vois certainement pas jouer les infiltrées si elle ne peut même pas faire semblant de m'embrasser comme si elle le voulait.

Sauf si c'est moi.

Elle n'est pas attirée par moi. Je ne la fais pas craquer comme les autres.

Mon cœur bat la chamade dans ma poitrine. L'imaginer avec un autre homme me fait bouillir le sang. Qui est cet autre homme ? Pourquoi le laisserait-elle l'embrasser ? Je plonge mes doigts dans ses cheveux, j'enserre ses longues mèches et je penche sa nuque en arrière, guidant sa bouche plus loin vers moi, prenant le contrôle.

Elle halète, légèrement déconcertée par ma force, et ses lèvres s'écartent.

J'en profite pour explorer sa bouche, ses lèvres et sa langue.

Cette fois, elle n'est pas aussi froide et rigide que lors du premier frôlement de nos lèvres. Elle se fond à mon contact, ses doigts s'accrochent à ma chemise, resserrant son emprise sur moi alors qu'elle succombe à ses désirs.

Ou alors c'est une actrice fantastique, mais je doute que ce soit ça, vu les premières secondes où nos lèvres sont restées collées l'une à l'autre.

Ses doigts descendent jusqu'à l'ourlet de ma chemise, taquinent mes hanches et mon ventre, ses ongles traînent sur ma peau, ce qui réchauffe mes entrailles.

Je la serre contre moi, ma bite palpitant sous l'effet d'un simple baiser.

Je me sépare et je jure que je l'entends gémir. Ses paupières s'ouvrent et ses joues sont rouges. Elle est légèrement essoufflée.

— C'était pour quoi faire ? Il n'y a personne, dit-elle.

Son attitude est douce et gentille, contrairement à ce que j'ai l'habitude de voir lorsqu'elle me pose des questions. D'habitude, c'est un interrogatoire.

— J'avais besoin de m'assurer que tu pouvais jouer le rôle de ma petite amie. Et je ne voulais pas que notre premier baiser se fasse devant tout le monde.

— Ça veut dire qu'il y en aura un deuxième, murmure-t-elle.

Je ne réponds pas. Je la laisse là tandis que je me dirige vers la porte, où mon chauffeur m'attend déjà.

— Bonjour, Mitchell, dis-je alors qu'il m'ouvre la porte arrière et que je me glisse sur le siège.

———

La journée se déroule sans encombre et, le soir venu, les gars arrivent chez moi. La plupart du temps, il s'agit de l'équipe, mais j'invite aussi quelques amis que je me suis faits au fil des ans, dont Levi Luxenberg, propriétaire de la chaîne hôtelière Luxenberg.

Nous nous sommes rencontrés il y a quelques années lorsque nous avons partagé un jet privé à la suite d'une erreur d'horaire, et le reste appartient à l'histoire.

Nous sommes réunis dans l'arrière-cour, un feu de camp est en train de prendre vie tandis que les gars s'assoient autour. Levi a amené Clare, sa femme, mais ils ont laissé les enfants à la maison avec une baby-sitter. Elle est blottie sur ses genoux alors qu'ils partagent l'une des chaises Adirondack.

Ses bras entourent sa taille de manière possessive. Il n'a pas à s'inquiéter, aucun des hommes ne la volerait, mais si elle était célibataire, il aurait une sacrée concurrence.

— Alors, où est la nouvelle nounou sexy ? plaisante Jasper en me faisant un clin d'œil.

— C'est quoi ce regard ? demande Noah.

Il est l'un des trois gardiens de but de notre équipe. Son travail consiste à communiquer, et je jure que cela va bien au-delà de la glace lorsqu'il lit le langage corporel. Ce n'est pas vraiment un secret non plus, avec mon jeune frère qui se moque de moi.

— Elle est occupée dans la maison, dis-je en

faisant de mon mieux pour ne pas me retourner et jeter un coup d'œil par-dessus mon épaule sur les stores ouverts de la fenêtre. Je veux la chercher, la trouver, la traîner dehors et montrer à tout le monde qu'elle est à moi.

Même si c'est un faux, je n'en ai pas l'impression.

— Alors, j'ai entendu dire que cette nouvelle « nounou » était sexy.

Owen sourit et utilise des guillemets.

— Attends, c'est la fille qu'on a rencontrée à l'entraînement quand elle a plaqué Jasper au sol ? Elle est célibataire ?

— Elle n'est plus sur le marché depuis peu, dis-je en m'éclaircissant la gorge.

Les flammes du feu s'élèvent vers le ciel. Je me sens mal à l'aise à cause de la chaleur et je recule ma chaise d'un pas.

— Qu'est-ce qu'elle faisait à ton entraînement de hockey ? demande Clare. As-tu rencontré l'insaisissable petit ami ?

Elle m'observe et se montre curieuse. Ses yeux se resserrent et elle jette un coup d'œil à la maison.

— Elle sort. Je vais lui parler de lui...

J'ouvre la bouche pour l'arrêter, mais il est trop tard.

— Joins toi à nous.

Clare lui fait un signe amical de la main et lui fait signe de venir.

Je jette un coup d'œil par-dessus mon épaule et Emerson tient une bouteille de bière à la main. Elle se dirige méthodiquement vers nous et je me lève, me dirigeant vers elle.

— Qu'est-ce que...

Avant qu'elle ne puisse terminer sa question, je la prends dans mes bras et la ramène à ma place, montrant à tout le monde qu'elle est à moi.

— C'est toi le petit ami ? dit Clare, abasourdie en me regardant, bouche bée. Je suis vraiment idiote.

Emerson boit une gorgée de sa bière. Un de ses bras est enroulé avec précaution autour de mon cou alors que je la porte.

— Tu parles de nous ? demande-t-elle avec un sourire narquois. Je croyais qu'on allait le faire ensemble.

Elle me fixe droit dans l'âme, son regard ne quittant jamais mon visage, et je suis sûr que j'ai le sourire le plus stupide que l'homme ait connu qui couvre mes lèvres.

Jouer le rôle de son petit ami me rend bien trop heureux. Je ne devrais pas jouer avec le feu, mais qu'est-ce qui pourrait arriver de pire ? J'ai déjà été brûlé.

— Comment ça marche ? demande Owen en se penchant en avant, un peu trop curieux de notre situation. Il te paie pour tes services de nounou et de petite amie ?

— Donne-moi ta bière, grogné-je à l'adresse d'Emerson, prêt à la lui jeter à la figure.

Elle hausse un sourcil. Je ne sais pas comment elle fait, mais le geste est sexy.

— Pourquoi ? demande-t-elle en la tenant loin de moi, juste à portée de main, pour me taquiner.

— Il mérite qu'on lui jette quelque chose.

— Et gaspiller une bière parfaitement bonne ?

Elle se moque de ma suggestion et porte la bouteille à ses lèvres, penchant la tête en arrière et avalant le contenu.

Mon Dieu, elle rend tout sexy.

Avec sa jolie petite bouche enroulée autour du goulot de la bouteille, ma bite tressaille.

Elle se déhanche sur mes genoux, ce qui ne fait que me rendre plus dur. Est-ce qu'elle le fait exprès ? Est-ce qu'elle joue avec moi parce qu'elle me veut, ou est-ce que c'est un jeu pour elle, et qu'elle est vraiment douée pour son petit numéro ?

— Je suis heureux pour vous deux, dit Noah. C'est bon de voir mon homme heureux pour une fois. Peut-être qu'un peu de cette chance va enfin déteindre sur la glace. J'en ai assez de notre série de défaites. Tu as des sœurs ?

— J'en ai une, mais elle aime les chattes, dit Emerson, et la bouche de Noah se ferme.

Je ne sais pas si elle invente des conneries ou si elle essaie juste de m'exciter un peu plus, ce qui fonctionne. Chatte ? Ces mots qui sortent de ses lèvres sont alléchants.

— Bon sang, grommelé-je sous mon souffle en attrapant sa bière alors qu'elle n'y prête pas attention.

— Si tu jettes cette...

— Elle est vide.

Je me renfrogne. J'avais l'intention de la boire. La jeter à Owen n'est plus une priorité.

Elle sourit d'un air trop entendu, et je ne peux pas rester là à encaisser les insultes sans rien faire. Je me penche vers elle et lui coupe le souffle en l'embrassant fougueusement.

Levi, le mari de Clare, siffle tandis que le monde autour de nous s'évanouit. Mes doigts s'emmêlent dans les cheveux d'Emerson, tirant ses lèvres vers le haut, sa bouche s'ouvre tandis que je me perds dans l'instant avec elle.

Je ne cesse de me rappeler que tout cela n'est

qu'une comédie. Je dois convaincre mes coéquipiers qu'Emerson est à moi.

Elle déplace son poids, se frotte à moi et me repousse contre la chaise. Je jure que je vois des étoiles, et ce n'est pas le ciel nocturne que je regarde parce que j'ai les yeux fermés, et elle illumine le ciel alors que je ressens des choses enfouies au plus profond de moi.

Le baiser que nous avons partagé dans les escaliers était pâle comparé à la chaleur qui grésille et qui émane entre nous maintenant.

Mon cœur bat assez fort pour que tout le monde puisse l'entendre dans un rayon de huit kilomètres.

— Bon sang, vous deux, prenez une chambre avant de faire un autre rejeton ici.

— Un rejeton ?

Cela attire mon attention et je tourne la tête, jetant un coup d'œil à Jasper. Je pourrais le tuer tout de suite.

— Oui, tu sais, la petite chose qui court ici et qui récite l'alphabet en version chantée.

Il fait référence à mon enfant, évidemment. Mais Bristol n'a pas fait ça depuis des années.

— Ma fille est bien plus adulte que toi, dis-je à mon frère.

Emerson me tapote la poitrine d'un air rassurant.

— Calme-toi. Je suis sûre qu'il te taquine.

Je marmonne sous mon souffle, agacé qu'il ait réussi à interrompre un bon moment entre Emerson et moi. Même si ce n'est pas réel et qu'on fait semblant de sortir ensemble, j'aime ça.

Probablement parce que ça fait des mois que je n'ai pas mis ma bite dans quelqu'un.

Non pas que j'ai l'intention de le faire avec Emerson. C'est une limite que nous ne franchirons pas, étant donné qu'il s'agit d'une transaction commerciale.

Et c'est Emerson.

Elle me couperait probablement la queue si elle en avait l'occasion. Cette fille est un vrai pétard. Et bien que je sois à l'aise pour prétendre qu'elle est ma petite amie, il n'y a aucune chance que cela se concrétise.

Nous nous entretuerions sans doute d'abord.

Mais c'est une bonne actrice qui me fait croire qu'elle a envie de moi. Même mon corps la croit. Mon cœur devrait pourtant le savoir.

Owen se lève et s'étire les jambes, s'approchant du feu.

— Combien de temps s'est-il écoulé avant que vous ne vous mettiez ensemble ? Elle est la

« nounou » de ton enfant depuis quoi, une semaine ?
Tu t'es bien occupé d'elle on dirait.

Je me lève, je fais descendre Emerson de mes
genoux et je me dirige vers Owen, je balance mon poing
en arrière et je lui assène un coup en plein sur la joue.

Je n'en ai pas fini avec lui. Je suis loin d'en avoir
fini.

— Ne parle plus jamais d'Em comme ça, dis-je
en grognant, en l'attrapant par les genoux et en le
poussant à travers la pelouse.

Nous sommes à quelques mètres du feu qui
brûle à côté de nous, et les trois gars assis le plus
près de nous se lèvent pour l'intercepter.

Owen me donne un coup de poing dans la
poitrine, me poussant en arrière, pas le moins du
monde intéressé à s'éloigner.

C'est bien.

Moi non plus.

C'est une véritable bagarre entre nous deux.

Jasper attrape Owen, le tire en arrière,
l'empêchant de s'élancer vers l'avant. Il faut que Levi
et Noah m'empêchent de briser son visage en
dizaines de petits morceaux.

Les autres membres de l'équipe se lèvent.

— Laisse tomber, dit Asher.

Il me regarde comme si c'était de ma faute. Je rêve ?

— Papa.

La voix de Bristol est douce et pleine d'inquiétude.

Je me retourne et la trouve debout près de la porte, en pyjama. Elle s'accroche à son singe en peluche. Ce jouet me donne la chair de poule avec ses yeux, mais elle l'adore.

— Qu'est-ce qu'il y a, ma chérie ? demandé-je, en traversant la cour et en revenant vers la maison.

— Le film est terminé, dit-elle en levant ses grands yeux pleins d'âme. Je peux regarder le film sur les sirènes ensuite ?

Je jette un coup d'œil à ma montre en entrant dans la maison. Je suis sur le point de fermer la porte quand je regarde par-dessus mon épaule et réalise qu'Emerson me suit. Est-ce à cause de ce qui s'est passé dehors ? Je ne peux pas m'occuper d'elle pour l'instant.

— Bien sûr, dis-je à Bristol et je la suis dans le salon.

Elle grimpe sur le canapé et se blottit sous la couverture. Elle s'étire, pose sa tête sur l'oreiller et fixe l'écran pendant que je change de film.

En quelques secondes, je mets La Petite Sirène

en marche et elle est joyeusement fixée sur l'écran. Elle sait pourtant changer de chaîne et trouver le film qu'elle veut, mais je pense qu'elle voulait voir ce que nous faisions dehors.

Je dépose un baiser sur la joue de Bristol, qui me repousse.

— Papa, je ne vois rien.

— D'accord, d'accord !

Je ris en levant les mains en signe de reddition. Je me dirige vers le couloir et je remarque qu'Emerson nous regarde tous les deux.

Elle me demande si j'ai besoin d'aide, mais je soupçonne que ce n'est pas le cas. Elle a bien précisé qu'elle n'était pas la nounou de Bristol. Je ne peux pas attendre d'elle qu'elle m'aide à border ma fille ou à la préparer pour le coucher. C'est ma responsabilité.

Elle est là pour la protéger.

Je passe une main dans mes cheveux. L'idée me paraît encore étrange, une fille protégeant ma fille, surtout à cause de sa taille et de sa stature. Mais elle a fait ses preuves dans les vestiaires, et je ne peux pas continuer à la tester autant que je le voudrais.

— C'est bon. Elle voulait juste un autre film, dis-je en faisant signe à Emerson de me suivre dans le couloir vers la cuisine.

Je m'assure d'être hors de portée de voix de Bristol lorsque j'ajoute la dernière partie.

— Et je pense qu'elle voulait secrètement voir ce que faisaient les adultes.

— Qu'est-ce que c'était ça, d'ailleurs ? demande Emerson.

Elle se lèche les lèvres et croise les bras sur sa poitrine.

— Je n'aimais pas la façon dont Owen parlait de toi.

Je me rapproche, empiétant sur son espace personnel, essayant de désamorcer la tension qui monte autour de nous. Elle est irritée par moi. C'est du moins ce que sa position et son ton me disent, et je n'ai pas besoin qu'elle prenne la mouche alors que je n'ai fait que protéger son honneur.

Elle se moque et me fixe, son regard ne faiblissant pas.

— Je n'ai pas besoin que tu te battes pour moi. Je peux m'occuper d'Owen ou de n'importe lequel de tes amis masculins.

— Non, dis-je.

Je m'approche encore d'un pas et elle recule légèrement, se cognant au comptoir derrière elle.

Elle n'a nulle part où aller.

— Non ? grince-t-elle.

Sa voix la trahit. Plus je fixe ses yeux, plus ils s'assombrissent. Ses joues sont d'un rose pâle et ses lèvres s'entrouvrent.

Pense-t-elle que je vais l'embrasser ?

Je ravale cette pensée et toutes celles qui mènent à la chambre à coucher. Non pas que je ne puisse pas la baiser sur le comptoir de la cuisine, mais les stores sont grands ouverts et les gars auraient droit à un sacré spectacle.

Ma bite s'agite à l'idée de passer ma main sous sa robe. Sa culotte est-elle trempée ? La rougeur de son visage me dit qu'elle a envie de moi.

Même si la plupart des filles se jetteraient à mes pieds pour une nuit endiablée avec un joueur de hockey professionnel.

Mais d'après ce que j'ai vu, Emerson n'est pas comme la plupart des filles. C'est peut-être pour ça qu'elle m'attire. Elle ne fait pas semblant d'être intéressée, du moins la plupart du temps.

— Les gars nous regardent, dis-je.

Tant que nous sommes censés faire semblant d'avoir une relation, autant profiter de l'occasion qui se présente.

Je ne me donne pas la peine de regarder les rideaux ouverts pour voir si les gars nous observent vraiment ou s'ils ont le dos tourné et sont toujours assis autour du feu de camp.

Honnêtement, ils n'en ont probablement rien à foutre de ce qu'Emerson et moi faisons, si ce n'est de me taquiner parce que c'est ce que nous faisons tout le temps. Ils me font chier. Je leur réponds. Ça fait partie de la camaraderie de l'équipe.

— N'importe quoi, dit-elle en me prenant au mot, et alors qu'elle tourne la tête pour voir s'il y a des regards sur nous, je passe à l'action.

Mes lèvres s'écrasent sur les siennes, dures et féroces. J'emmêle mes doigts dans ses cheveux, je la serre contre moi, je presse mon corps fermement contre le sien. Je veux qu'elle sente ma bite à travers mon jean et qu'elle sache que je la veux.

Tout cela n'est qu'un jeu.

Une guerre pour voir qui tiendra le plus longtemps sans se briser.

Je veux la baiser ici et maintenant.

Sa bouche s'ouvre et, qu'elle sache ou non que les gars ne regardent pas, elle me donne ce que je désire.

La baiser avec la langue est amusant, mais ce n'est pas suffisant. C'est loin d'être satisfaisant quand je lui tire la tête sur le côté et que ma bouche descend sur son cou, mordant et mordillant sa peau.

J'ai l'intention de la marquer.

Je veux que tout homme qui aperçoit sa clavicule sache qu'elle m'appartient. S'il lui vient à l'esprit de sortir avec un autre homme, il se posera des questions s'il voit ma marque.

Merde.

Pourquoi est-ce que je pense à ce qu'elle sorte avec un autre homme ? Elle m'appartient.

J'ai payé pour son temps, son corps et sa capacité à être ma fausse petite amie. Cela va de pair avec l'exclusivité, du moins de sa part.

— Kyler, râle-t-elle, et ses mots sont doux et sulfureux.

Ils rendent ma bite encore plus dure.

D'une main enfouie dans ses cheveux, je goûte à nouveau ses lèvres avec force, ayant besoin de satisfaire le désir qui monte en moi.

Je fais glisser mon autre main le long de sa cuisse, sous sa petite robe noire, et je sens sa culotte trempée lorsque je plonge mes doigts à l'intérieur.

— Tu es tellement mouillée pour moi.

Je lui mords les lèvres, voulant la faire jouir.

— Ce n'est pas pour toi, dit-elle, me refusant toute satisfaction.

— Menteuse.

Je ne la crois pas.

Elle montre tous les signes de l'excitation. Sa respiration est plus forte et plus épaisse, ses paupières tombent et sa culotte est trempée.

— Si ce n'est pas moi, qui t'a fait mouiller ?

J'attrape sa chatte, attendant qu'elle réponde.

Elle presse ses lèvres l'une contre l'autre, essayant de garder son calme.

J'ai l'intention de l'abattre.

— Ton frère, dit-elle avec un sourire en coin, et mes yeux s'écarquillent.

Je suis sûr qu'elle essaie de me rendre jaloux et de m'énerver. Et bien, ça marche. Toutes les crises de jalousie imaginables s'infiltrent dans mes veines. Elle a gagné cette bataille.

— Tu veux baiser mon frère, Jasper ?

Je n'arrive pas à la croire. Je la fais tourner et je desserre le bouton et la fermeture éclair de mon jean, sortant ma bite. J'en caresse la longueur d'une main tout en continuant à serrer sa chatte, la tenant contre moi mais ne lui donnant pas la satisfaction qu'elle veut.

Je ne la doigte pas et ne la baise pas encore.

— Tu vas me supplier pour ma bite, dis-je.

Ses hanches se tortillent contre ma paume quand je n'utilise pas mes doigts pour la taquiner.

J'en ai envie. Je veux plonger mes doigts dans sa chaleur et lui faire crier mon nom.

Mon nom.

Pas celui de mon crétin de frère.

— Je jure que si tu prononces le nom de Jasper, je vais te prendre le cul.

— Jaloux ?

Elle pousse contre ma paume, essayant de prendre son pied, et je frappe sa chatte.

Elle halète, et je suis presque sûr que c'est un chœur de pur plaisir alors qu'elle se balance contre ma main.

— Encore, murmure-t-elle.

— Encore quoi ? demandé-je, mes lèvres contre son oreille alors que je frappe sa chatte et que j'attrape ma queue, la faisant glisser sur ses fesses.

— Oh.

Elle frissonne, et je ne l'ai même pas encore baisée.

— Tu aimes jouer avec ton cul ? lui demandé-je, en lui mordillant le cou et l'épaule.

— Je ne sais pas, balbutie-t-elle. Je n'ai jamais...

Sa voix s'interrompt lorsque je retire ma main de sa chatte et que j'écarte ses fesses.

— Dis encore une fois le nom de mon frère et je te baise à fond dans ton petit cul serré, l'avertis-je.

Son souffle se bloque dans sa gorge.

— À moins que tu n'aimes les choses sales, murmuré-je.

Elle penche la tête sur le côté et je lui mords les lèvres.

— Baise-moi, dit Emerson, et j'en ai envie, plus que tout.

— Non, pas tant que tu ne m'auras pas supplié de le faire, ordonné-je.

Je glisse deux doigts dans sa chatte et mon pouce effleure sa petite fente rose.

Ses hanches se déplacent et elle s'agrippe au comptoir, se penchant en avant.

— Putain, souffle-t-elle, et elle n'est pas du tout silencieuse.

J'ai bien envie de la faire taire, mais je veux que les gars l'entendent crier mon nom. Qu'ils sachent que je la baise. Qu'ils viennent regarder s'ils le veulent.

J'enfonce deux, puis trois doigts dans sa chatte serrée, et mon pouce fait le tour de sa fente rose. Elle resserre ses entrailles et se contracte en poussant contre ma main.

— Je vais te baiser, princesse, mais tu dois me supplier pour ma bite.

— Oh mon Dieu ! crie-t-elle en se déhanchant et

en girant, tandis qu'elle se penche encore plus en arrière, à moitié courbée vers le comptoir, ce qui me donne une vue parfaite de son cul et des lèvres de sa chatte par derrière.

Je caresse ma bite ; le préservatif est en haut et hors de portée. Je ne veux pas risquer de la mettre enceinte, ce qui ne nous apportera rien de bon.

— Baise-moi.

Elle serre les dents, ses entrailles frémissent alors que la première vague commence à se répandre en elle.

— Pas avant que tu ne me supplies, dis-je.

Je guide ma bite contre les lèvres de sa chatte, en la taquinant avec le bout.

— Dis-moi que tu veux ma bite dans ton cul.

Elle halète et tremble, les parois de sa chatte s'agrippent à mes doigts tandis que l'orgasme la traverse de part en part. Elle se tend, ruisselante et haletante. Je retire mes doigts, souhaitant que ce soit ma bite. Je la fais tourner sur elle-même et je les porte à ses lèvres.

— Suce, dis-je en mettant mes doigts dans sa bouche.

Emerson ouvre la bouche et je guide mes deux doigts enduits du jus de sa chatte à travers ses lèvres. Elle obéit et les suce.

Je risque d'exploser.

Ma bite tressaille et palpite. La regarder sucer mes doigts, se goûter, c'est putain d'excitant, et la plupart des filles refusent de le faire.

Elle me regarde fixement, sa robe retombe autour d'elle, et à part ses cheveux en désordre et le rouge de ses joues, personne ne saurait ce qu'elle a fait.

Je lui ordonne de se mettre à genoux, en poussant son épaule vers le bas, et elle tombe instantanément sur le sol, ses lèvres s'écartant pour prendre ma bite dans sa bouche.

Sa langue est comme le paradis alors qu'elle me prend entre ses petites lèvres. Mes doigts s'emmêlent dans ses cheveux noirs et mes yeux se ferment tandis qu'elle me prend plus profondément dans sa bouche.

Ma bite palpite et me fait mal, se rapprochant de plus en plus lorsque la porte arrière s'ouvre et que deux des gars, Jasper et Noah, entrent dans la pièce pour assister à l'impressionnante fellation.

— Whoa ! dit Jasper en se couvrant les yeux. Mettez une chaussette sur la poignée de la porte ou quelque chose comme ça.

Noah sourit comme un idiot quand Emerson libère sa bouche de ma bite.

Je suis dur comme de la pierre, même avec deux spectateurs. Trois, si l'on compte Emerson qui regarde ma queue scintillante comme s'il s'agissait d'une sucette et qu'elle voulait y goûter à nouveau.

— Dehors ! crié-je aux deux hommes près de la porte.

— Hé, les gars, vous voulez voir Kyler se faire sucer par sa nouvelle copine ? crie Jasper par-dessus son épaule à l'équipe.

— Je vais te tuer, putain, grogné-je à l'adresse de mon jeune frère.

Emerson se lève et essuie la saleté imaginaire de sa robe.

Ne t'inquiète pas, princesse. Personne ne te regarde.

Je vais avoir tellement mal aux couilles. J'enfonce ma bite dans mon jean au moment où plusieurs autres membres de l'équipe arrivent en trombe vers l'entrée arrière.

— Sérieusement ?

Je n'arrive pas à le croire.

— Je ne pensais pas que vous étiez des voyeurs, murmuré-je.

— Qu'est-ce qui se passe ? demande Levi.

— Qu'est-ce qu'on regarde ?

Owen est le suivant. Il passe la tête derrière les autres gars.

Peut-être qu'ils n'ont pas vraiment entendu ce que Jasper a dit, seulement qu'ils devaient venir voir, et j'ai envie de botter le cul de mon frère pour avoir gâché une bonne pipe avec Emerson.

Je ne suis même pas sûr qu'il y aura une seconde chance après ce qui vient de se passer entre nous. C'était sexy, mais le faux arrangement n'incluait ni sexe, ni doigtage, ni pipe.

Emerson se faufile vers le frigo à quelques mètres de là, et l'ouvre en y enfouissant sa tête. Elle essaie probablement de se rafraîchir, ou peut-être espère-t-elle qu'ils oublieront sa présence dans la pièce.

— Apporte-moi de l'eau, lui dis-je, ramenant l'attention sur elle.

— Tue-moi maintenant, murmure-t-elle dans le frigo.

Elle prend deux bouteilles d'eau, m'en jette une et en garde une pour elle.

DEUX SEMAINES, quinze jours en fait, se sont écoulées depuis l'orgasme incroyable que Kyler Greyson m'a donné. Deux semaines depuis que mes lèvres se sont enroulées autour de son énorme bite qui, étonnamment, ne m'a pas étouffée. C'était une première.

Et nous n'en avons pas reparlé depuis.

Je n'aurais sans doute pas dû lui dire que je voulais son frère, ce qui était d'ailleurs un mensonge. Jasper est un gentil garçon, mais ce n'est pas mon genre.

J'essayais de rendre Kyler jaloux, et ça a semblé marcher. Il sait que je ne suis pas intéressée par son frère. Pas vrai ?

Depuis deux semaines, Kyler est occupé sans cesse.

Avec les matchs à domicile et à l'extérieur, je m'occupe de Bristol sans pause, sauf quand elle est à l'école.

Apparemment, j'ai réussi à convaincre l'équipe que j'étais la petite amie de Kyler. Se mettre à genoux et sucer un homme est un acte suffisamment convaincant pour que nous n'ayons pas encore eu à faire d'apparitions publiques.

Je garde un œil sur Bristol pendant que Kyler passe des entretiens avec des nounous potentielles pour un poste qui consiste à s'occuper de sa fille.

Non pas que je ne puisse pas m'occuper d'elle, mais je ne peux pas faire un travail adéquat en regardant les vidéos de surveillance et en m'assurant que tout est sécurisé pendant que je lui prépare son dîner ou qu'elle se prépare à prendre son bain avant d'aller au lit.

— On doit trouver une nounou, dis-je en montrant les dossiers éparpillés sur le comptoir de la cuisine.

J'ai eu du mal à coincer Kyler suffisamment longtemps pour qu'il trouve quelqu'un d'autre.

— Tu pars, Emmie ? demande Bristol en levant les yeux du tableau sur lequel elle travaille.

Cette gamine a un don pour le dessin. À six ans, je faisais encore des bonhommes bâtons.

— Non, ma chérie. Ton père et moi, nous pensons que ce serait une bonne idée que tu aies une nouvelle nounou, dis-je en jetant un coup d'œil à Kyler et en attendant qu'il s'explique.

C'est lui qui devrait expliquer à sa fille pourquoi il engage une nounou. Il n'aurait jamais dû lui mentir et me mettre dans cette situation difficile.

— Mais je ne veux pas que tu partes, dit Bristol en faisant claquer son crayon de couleur sur la table. Je veux qu'Emmie me surveille.

— Et Emerson sera ici avec toi, dit Kyler en se penchant à son niveau. Mais c'est ma petite amie.

Mon estomac a un millier de petits papillons qui battent des ailes à son admission. Parce que ce n'est pas réel, même s'il me fait ressentir des choses qui semblent l'être, ce n'est qu'une ruse.

Et mentir à nouveau à Bristol ne me semble pas être la bonne chose à faire. Elle sera effondrée quand elle réalisera que nous ne sommes plus ensemble parce que c'est la seule issue viable quand tout se sera calmé et qu'elle ne sera plus en danger.

— Tu sors avec la nounou ? dit Bristol.

Ses yeux s'écarquillent et elle passe de son père à moi.

— Ça veut dire que tu seras ma mère ?

Heureusement, Kyler répond avant que je n'aie à décevoir la petite fille de six ans.

— Non, ma chérie. Emerson et moi ne nous marierons pas. Nous sortons juste ensemble, comme nous en avons parlé. Le truc qu'on fait quand on a trente ans.

Son nez se fronce et elle me jette un coup d'œil.

— Tu es sûre de vouloir embrasser mon père ? C'est dégoûtant.

Un sourire effleure mon visage et je fais de mon mieux pour ne pas rire.

— C'est vraiment dégoûtant, dis-je avec un sourire malicieux. Mais le plus important, c'est que je ne vais nulle part. Je serai toujours ici avec toi et ta nounou. Mais elle t'aidera à préparer le dîner quand ton père sera en déplacement et quand...

— Oh, donc c'est comme un chef ! dit Bristol, ses yeux s'illuminant. Tant mieux, parce que ta cuisine est nulle.

Je n'ai jamais prétendu être la meilleure cuisinière, mais je ne considérerais pas ma nourriture comme immangeable.

— Je ne comprends pas pourquoi Emmie ne peut pas me surveiller. Tu as juste à engager un cuisinier.

Bristol n'en démord pas, mes compétences culinaires sont insuffisantes.

— Emmie s'occupe d'affaires importantes pour moi pendant mon absence. Elle ne peut pas faire ça et te surveiller tout le temps.

Kyler dépose un baiser sur le front de sa fille.

Emmie ?

Je presse mes lèvres l'une contre l'autre, trouvant ce surnom bien plus attachant que M&M. Peut-être qu'il restera dans la tête de Kyler.

— Tu veux vérifier la liste des candidates potentielles ? demande Kyler, en montrant les chemises en papier sur le comptoir de la cuisine.

— Je pensais que tu ne le demanderais jamais, lui dis-je en souriant, tout en jetant un coup d'œil rapide à chacun d'entre elles.

Je vais devoir mener une enquête plus approfondie sur chaque nouvelle recrue potentielle. Plus précisément, c'est Tactique de l'Aigle qui devra vérifier les antécédents, mais je peux traquer les candidates potentielles sur les médias sociaux et voir si des red flags évidents apparaissent en creusant un peu.

Chaque dossier comporte une photo ainsi que le curriculum vitae de la candidate. Ils sont bien plus impressionnants que mon expérience de « nounou », mais encore une fois, je n'ai jamais été nounou, et cela n'a servi qu'à convaincre Bristol de la raison pour laquelle j'étais là et que je veillais sur elle.

Nous avons passé suffisamment de temps ensemble ces deux dernières semaines pour que, espérons-le, lorsque je l'accompagnerai à l'école et que je viendrai la chercher, elle n'en pense rien.

— Toutes les nouvelles recrues sont-elles jeunes et belles ?

Je ne peux m'empêcher de ressentir une pointe de jalousie dans mes veines. Elles ont toutes une vingtaine d'années, comme moi, mais elles sont mignonnes, et je jure qu'elles pourraient toutes être des pom-pom girls ou n'importe quel type de fille qui court après un joueur de hockey.

Est-ce qu'il y a des pom-pom girls aux matchs de hockey ?

— Je n'ai pas fait attention, dit Kyler, et je le regarde, mais il ne sourit pas.

Il semble sincère dans sa reconnaissance.

— Je vais te laisser choisir les trois meilleures qui répondent à tes attentes pour la sécurité de ma fille, et ensuite je les interrogerai.

— Aucune d'entre elles n'a des dizaines d'années d'expérience, dis-je.

J'espérais qu'il aurait choisi une femme plus

âgée, quelqu'un avec qui il n'envisagerait pas de coucher.

Je suis vraiment jalouse.

— Je me suis dis que Bristol s'entendrait mieux avec quelqu'un de plus jeune.

Je me mords la langue parce que je ne pense pas que ce soit à Bristol qu'il pense quand il s'agit de s'entendre avec quelqu'un. J'attrape la pile de dossiers et les empile les uns sur les autres. Je les enfonce dans sa poitrine.

— Trouve quelqu'un de plus qualifié.

— Toutes ces filles ont un diplôme d'enseignement élémentaire. Certaines d'entre elles ont passé les deux dernières années à enseigner à l'école primaire.

— Tu n'engages pas une prof. Tu as besoin d'une nounou, dis-je comme si cela soulignait mon point de vue, mais je ne pense pas que ce soit le cas.

— Et elles sont tout à fait qualifiées. Mais si tu ne penses pas que ce sont les meilleures candidates, pour quelque raison que ce soit, je vais contacter l'agence et leur demander de t'en suggérer une douzaine d'autres que tu pourras examiner.

Il se passe une main dans les cheveux et pousse un gros soupir.

Suis-je injuste ?

Je veux ce qu'il y a de mieux pour Bristol, et si l'une de ces filles est ce qu'il y a de mieux pour elle, ne devrais-je pas faire abstraction du fait qu'elles sont mignonnes ? Peut-être que l'une d'entre elles est heureuse en ménage et que je n'aurai pas à m'inquiéter... Je grimace à mes propres pensées.

— Qu'est-ce qui ne va pas ? me demande Kyler en m'étudiant.

Je déteste qu'il puisse lire en moi, et bien que j'essaie de garder mes pensées et mes sentiments enfouis, je ne suis pas très douée pour ça.

— Ce n'est rien.

Il se rapproche.

— Dis-moi, dit-il d'un ton sévère. Si cela implique une nounou ou ma fille, dis-le moi.

J'inspire brusquement et expire nerveusement.

— Je ne veux pas que quelqu'un se fasse de fausses idées quand tu embaucheras une nounou plus mignonne que moi.

— Tu es jalouse, affirme-t-il.

C'est une accusation, pas une question.

Je baisse la voix, m'assurant que Bristol ne nous entende pas, et je me rapproche.

— Je m'inquiète juste pour ton image. Si tu me paies pour être ta petite amie, qu'est-ce que tout le monde va penser quand tu ramèneras à la maison une nounou encore plus sexy ?

Son regard vacille et il m'observe comme s'il étudiait mon corps, essayant de décider si j'ai raison ou non.

— Je ne vais pas engager une femme de cinquante ans pour garder mon enfant. Quelqu'un de plus âgé ne serait pas capable de suivre Bristol et toutes ses activités extrascolaires.

— Je ne suis pas jalouse, déclaré-je, mais mon cœur se heurte à ma cage thoracique et mon estomac est noué.

Il acquiesce lentement, mais il ne croit pas à mon histoire.

— Il faudra que tu viennes à quelques-uns de mes matchs. Personne ne croira que tu es ma petite amie si tu n'es jamais là.

Mes yeux s'illuminent d'inquiétude.

— Et ta fille ? Je ne peux pas la protéger si je suis à l'arène.

— Tu l'amèneras avec toi, et la nounou pourra venir aussi, dit Kyler en haussant les épaules. Ce sera plus crédible si tu sors avec moi et les autres pour boire un verre. On ne peut pas amener un enfant au bar, et la nounou peut ramener Bristol à la maison et la mettre au lit.

— Je ne peux pas protéger Bristol si je ne suis pas près d'elle, dis-je.

A-t-il oublié pourquoi il m'a engagée ?

Son regard vacille.

— Oui, je sais. Ce n'est pas grave si Mitchell ramène Bristol et la nounou à la maison en tant que chauffeur. Il a été formé par les forces spéciales et peut faire face à tout ce qu'on lui lance.

— Pourquoi n'est-il pas le garde du corps de Bristol ?

— Il l'est quand il la conduit, mais j'ai besoin de quelqu'un qui puisse veiller sur moi aussi. Il ne peut pas être à deux endroits à la fois.

— Attends. C'est ton garde du corps ?

Pourquoi personne n'a mentionné que Kyler avait un garde du corps ?

— Je n'ai besoin de personne pour me protéger, mais j'ai confiance en Mitchell, et je préfère avoir quelqu'un à ma solde qui a son niveau d'expertise.

— Exactement ! C'est pourquoi je pense que ces nounous sont moins que parfaites. Elles sont trop jeunes pour avoir assez d'expérience.

L'argent ne peut pas être un facteur déterminant pour l'embauche. Il en a beaucoup, compte tenu de sa fortune.

— Cette discussion est terminée, dit Kyler.

Secouant la tête, il sort de la cuisine, essayant probablement de s'éloigner de moi.

———

J'envoie la liste des candidates potentielles à Jaxson, chez Tactique de l'Aigle, pour qu'il fasse une analyse détaillée des antécédents de chacune des filles qui postulent pour le poste. Il faut quelques jours pour obtenir les résultats, mais toutes sont irréprochables, avec pas même une contravention ou une infraction au code de la route, jamais.

Aucun casier judiciaire.

Elles ont toutes obtenu leur diplôme avec mention et ont des lettres de recommandation irréprochables. C'est presque comme si elles étaient trop belles pour être vraies, mais je choisis trois candidates et je lui laisse les dossiers sur le comptoir de la cuisine.

Kyler peut choisir la nounou qu'il veut engager parmi les trois. Je vais devoir accepter que quelqu'un d'autre fasse partie de sa vie. Non pas que ça ait de l'importance. Je suis engagée comme garde du corps de sa fille.

Mais pourquoi dois-je me rappeler sans cesse ce

fait ? Il est évident que si Kyler s'intéresse à moi, c'est uniquement pour soigner son image.

Il doit signer un nouveau contrat à la fin de la saison, et se faire connaître en se mettant en avant dans les médias aide sa carrière. Il est vrai que c'est un excellent joueur, mais le fait d'être partout dans les médias lui donne un avantage. Cela l'aide à obtenir un contrat plus important.

Il rentre tard après un match et Bristol est déjà au lit. Je suis assise sur le canapé, en train de lire un nouveau roman d'amour qui vient de sortir, quand il passe la tête dans le salon.

— Comment était-elle ce soir ?

Il a un sacré bleu sur la joue.

— Je suis déçue que tu n'aies pas pu la border dans son lit. Mais je lui ai fait prendre son bain, je lui ai brossé les dents et je lui ai lu une histoire. Ça va ?

Il fait un geste vers son visage.

— Ça a l'air pire que ça ne l'est. Tu es sûre que tu n'es pas secrètement la nounou parfaite ? dit Kyler en venant s'asseoir à côté de moi sur le canapé.

Je referme mon livre, laissant la quatrième de couverture ouverte pour qu'il ne puisse pas voir le titre de cette histoire d'amour à l'eau de rose.

— J'en suis presque sûre, dis-je avec un léger sourire. Je t'ai laissé trois candidates potentielles sur le comptoir. Et elles prétendent toutes avoir des compétences culinaires.

— C'est parfait. Bristol sera ravi.

Il me donne un coup d'épaule.

— Tu as des projets pour vendredi soir ?

— A part surveiller ta fille ? demandé-je.

Ce serait bien qu'il fasse commencer la nounou d'ici là pour que je n'aie pas à faire deux travails en même temps. Le seul temps libre que j'ai, c'est quand Bristol est à l'école. Le travail de garde du corps n'est pas de quarante heures par semaine.

— Ma cousine est prête à la garder pour la nuit. Toi et moi avons une fête à laquelle nous devons assister.

— On a une fête ? demandé-je, et ma bouche devient soudain sèche. Quel genre de fête ?

— L'équipe participe à un événement caritatif, et nous sommes censés amener une cavalière. Ce qui veut dire que tu vas être le clou de la soirée.

— J'en doute, dis-je en riant. Quel genre d'événement ? Quelle est la tenue ?

— Il s'agit d'une collecte de fonds pour l'hôpital local pour enfants. Tous les deux mois, l'équipe va rendre visite aux enfants malades. Nous signons des maillots et apportons un peu de lumière dans leur vie morose. Pour le gala, on est habillé en cravate noire, très chic.

Il penche la tête et jette un coup d'œil à mon livre.

Kyler essaie de le feuilleter nonchalamment avec son doigt. Mais ma poigne de fer l'empêche de jeter un coup d'œil au titre.

Il me taquinera jusqu'à la fin des temps s'il voit ce que je lis.

— Non.

Je serre le livre contre ma poitrine, la couverture enfouie contre moi.

— Oh, vraiment ?

Ses yeux brillent et son sourire de garçon fait palpiter mon cœur.

En quelques secondes, il me coince sous lui, essayant d'arracher le livre d'une main, et ses doigts chatouillant mon ventre de l'autre.

Il est plus grand que moi et bien plus fort. Mais cela ne veut pas dire que je dois me battre à la loyale. À Quantico, j'ai eu mon lot d'hommes plus forts que moi qui pensaient pouvoir me renverser et gagner.

Les apparences peuvent être trompeuses.

J'emmêle nos jambes et nous fais basculer sur le sol assez brutalement. Kyler atterrit sur le dos et grogne sous l'effet du choc. Il grimace. Il ne s'attendait pas à ce que je me défende.

Je suis allongée au-dessus de lui, le livre niché entre nous.

— On ne plaisante pas avec une fille, dis-je en le fixant du regard.

Je suis à califourchon sur ses hanches, et la position est vraiment séduisante, avec son corps dur comme le roc sous moi.

Il me faut tout ce qui est en mon pouvoir pour ne pas remuer mes hanches contre les siennes et le taquiner.

— C'est vrai ?

Kyler sourit, assez content de lui.

Il saisit mes poignets et les lie d'une main, nous faisant rouler et me plaquant sur le dos contre le sol.

Ses hanches me chevauchent, mais le livre n'est plus pressé entre nous. Il repose sans cérémonie contre ma poitrine.

— N'y pense même pas, préviens-je.

— Ou quoi ?

D'une main, il me maintient au sol, et de l'autre, il fait tomber le livre par terre, réussissant à le retourner.

— Lady porn, c'est mignon.

Je me moque de sa suggestion.

— Ce n'est pas du porno.

— Alors pourquoi essayais-tu de le cacher ? demande-t-il.

Je lui donne un coup de genou dans les cuisses, en prenant soin de ne pas le blesser à l'aine ou de ne pas lui faire trop mal puisqu'il a un autre match demain, et je me retire rapidement de dessous lui.

— Qu'est-ce que tu connais aux désirs des femmes ?

Je ris en m'asseyant par terre, le dos contre le canapé.

— Je dirais que je sais comment faire gémir une fille.

Kyler sourit et me regarde fixement.

— Tu veux qu'on passe au deuxième round ? Cette fois, pas d'interruption.

La pièce est plus chaude de plusieurs degrés et je ris nerveusement en détournant le regard. J'attrape mon livre, le ramène sur mes genoux et le sur ma poitrine.

— Nous faisions semblant, pour le bien de tes amis, dis-je.

Le béguin inoffensif que je ressens pour Kyler n'est pas si inoffensif si j'éprouve des sentiments pour lui. Et ce n'est pas une option.

C'est un joueur de la NHL. Je suis juste moi. Il y a

un million de filles qui défonceraient sa porte pour passer une nuit avec lui.

Je ne suis pas cette fille.

Non pas que je n'aimerais pas vivre une nuit avec lui, mais je dois être réaliste et ne pas m'exposer à un nouvel échec.

— Dommage que mes amis ne soient pas là, dit-il en s'asseyant à côté de moi et en s'appuyant sur le canapé.

Il passe son bras sur les coussins, et je jurerais que c'est une manœuvre pour me faire un câlin. Sauf qu'il ne pose pas son bras sur mon épaule comme je l'aurais cru.

J'essaie de masquer ma déception.

— Oh oui, nous avons une réunion à l'école de Bristol demain matin, dit Kyler.

Il se trouve que demain, c'est lundi. C'est une façon de commencer la semaine sur les chapeaux de roues.

— Celle avec la famille Moretti ?

— La seule et unique, dit-il en soupirant lourdement. J'aimerais que tu sois là, mais je veux aussi savoir que Bristol est en sécurité.

— Je surveillerai Bristol, dis-je en guise d'accord.

Ce n'est pas vraiment à moi d'assister à la réunion parents-professeurs.

— Le directeur a demandé à ce que Bristol assiste à la réunion. Je pense qu'il attend des excuses de sa part.

Kyler grimace et se frotte le front.

— Tu es inquiet, dis-je. A propos de la famille Moretti ou de Bristol ?

Il se tait, et l'air est épais, nous entourant. Cela ne ressemble pas à Kyler de ne pas dire ce qu'il pense.

— Les deux.

— Je serai là. Je ne laisserai rien arriver à ta fille.

— Merci, murmure-t-il.

———

À la fin de la journée scolaire, Kyler et moi nous rendons à Briarwood. Il a bien réussi à cacher l'ecchymose sur sa joue et ses articulations. Il s'est disputé avec quelqu'un sur la glace. Mais il ne veut pas m'en parler. Il se contente de dire qu'il s'agit d'un incident qui se produit pendant un match de hockey.

Les enfants se bousculent à la porte avec leur professeur, qui les rayent de la liste.

Je suis toujours en état d'alerte, à la recherche de menaces potentielles. Mais la plus importante se trouve là où nous nous rendons : dans le bureau du directeur.

Nous avons rendez-vous avec les Moretti, et l'idée de me retrouver dans la même pièce qu'Antonio, le chef de la mafia, ne m'enchante guère.

Je n'ai pas fait long feu au FBI, étant donné les circonstances de mon départ, et je n'ai donc jamais eu à travailler sur une affaire impliquant la mafia italienne. Ce qui est une bonne chose, étant donné qu'il me trouverait menaçante s'il savait qui j'étais dans une vie antérieure.

Un dernier coup d'œil, et voilà une femme au loin, devant les grilles en fer forgé. Elle observe l'école, les professeurs, et peut-être même nous.

Elle ne vient pas chercher son enfant à l'intérieur. Il y a quelque chose chez elle, mais je n'en tiens pas compte. Je ne ressens pas de danger ou de menace immédiate. Mais il y a quelque chose qui cloche.

Mes poils se hérissent à l'arrière de mes bras, mais c'est peut-être aussi parce que nous entrons à côté de la famille Moretti, Antonio et sa femme, Aleksandra. Elle pose une main sur son bras, c'est possessif, et son regard crispé hurle que si tu lui cherches des noises, il te tuera.

D'accord, c'est peut-être juste le fait que je sache

qu'il a tué des gens pour vivre qui me met mal à l'aise en sa présence.

Je me tiens entre Antonio et Kyler, faisant ce que je peux pour le protéger des Moretti.

Kyler est grand, il fait au moins un mètre quatre-vingt-dix, et si Antonio n'est pas petit, il n'est pas non plus bâti comme un joueur de hockey.

— Tu devrais me laisser me tenir à l'intérieur, me chuchote Kyler à l'oreille.

Il est difficile de l'entendre parmi l'agitation des quelques enfants qui restent à l'école pour les activités extrascolaires et le sport.

Il veut me protéger d'Antonio Moretti.

C'est charmant mais complètement inutile.

Kyler me tend la main, en signe de solidarité. Du moins, je pense que c'est ce qu'il veut. Il n'a pas de femme pour l'accompagner comme Antonio.

— Tu sors avec la nounou ?

Antonio voit apparemment le geste et ne peut s'empêcher de dire l'évidence.

Kyler rayonne, son visage s'illumine lorsque nous nous arrêtons, et il me tire par la main pour m'empêcher d'aller plus loin vers le bureau du directeur. Apparemment, Bristol peut nous attendre encore un peu parce que Kyler est prêt à tenir tête au chef de la mafia.

Ça ne peut pas être bon.

— C'est comme ça que tu appellerais ça, ma chérie ? dit Kyler en me regardant dans les yeux.

Il relâche sa prise sur ma main, pour la porter à mes joues. Ses paumes sont énormes et enveloppent mon visage.

— Je dirais que nous l'avons trompé, lui et le reste du monde.

Kyler sourit, et Antonio lève un œil curieux alors qu'il reste là, à tout absorber.

— Je me fiche complètement de ce que vous êtes tous les deux. Vous pourriez être des criminels pour ce que j'en ai à foutre. Gardez juste votre fille loin de mon fils.

Antonio fixe férocement Kyler.

— Je suis sa petite amie, annoncé-je fièrement. La nounou était une ruse, et ton petit cul est tombé dans le panneau.

— Et alors ? Qu'est-ce qu'on en a à foutre ? Et pourquoi tu as amené la nounou ?

Antonio nous regarde comme si nous avions perdu la tête. C'est peut-être le cas. La ruse n'était pas de convaincre Antonio de notre relation, mais peut-être pourrions-nous le convaincre que je suis en fait la mère biologique de Bristol.

— Tu ne trouves pas ça mignon ? Nous deux

avons finalement ravivé notre relation après toutes ces années. Et Bristol est ma fille, dis-je avec détermination. Je suis sa mère.

Kyler grimace et sa mâchoire est crispée.

D'accord, ce n'est pas exactement ce que je voulais. Il a l'air énervé, mais je suis un peu inquiète que ce regard soit dirigé vers moi et non vers le coupable, l'homme qui se tient en face de lui.

Aleksandra frappe le bras de son mari.

— C'est plutôt mignon. Ne fais pas le con, lui dit-elle.

— Sa mère, dit Antonio en soufflant. Tu as abandonné ton enfant pendant des années. C'est vraiment noble de ta part. Se montrer maintenant, alors que Kyler Greyson est très célèbre.

— Tu penses que je suis célèbre ?

Kyler sourit, essayant de désamorcer la situation.

— Tu veux un autographe ? Je n'ai pas de maillot sur moi, mais je parie qu'il y a un marqueur quelque part, et je peux signer ton bras. Je te donnerai même la permission de le faire tatouer pour toujours.

Je me couvre les lèvres avec ma main, essayant de ne pas glousser trop fort.

— Allons à la réunion, grommelle Antonio en se dirigeant vers le bureau du directeur.

Il entraîne sa femme à ses côtés et ils marchent

devant nous sur les quelque vingt derniers mètres qui nous séparent du bureau principal.

Kyler me tire un peu en arrière, nous éloignant ainsi d'Antonio et d'Aleksandra. Il s'appuie contre moi, son bras frôle le mien et il me murmure à l'oreille :

— C'est une sacrée bombe que tu viens de lâcher. Sa mère ?

Il me regarde fixement, la mâchoire serrée.

— J'ai dû agir vite, dis-je.

— Nous en reparlerons après, dit-il, son bras entourant ma taille et m'accompagnant dans le bureau principal.

Bristol est assise près de la porte, les jambes balançant nerveusement tandis qu'elle se tord les mains. À côté d'elle, un petit garçon la regarde d'un air renfrogné, Liam Moretti. Je le reconnais. Il a l'air un peu sauvage, mais je ne sais pas si c'est à cause de la saleté sur ses vêtements et sur sa joue.

— On peut rentrer à la maison ? demande Bristol dès qu'elle voit son père.

— Non, nous avons une réunion avec le directeur , dit Kyler en lui rappelant, bien que je doute qu'elle ait besoin d'être rappelée.

Il est plus probable qu'elle essaie d'échapper à la

situation. Je ne peux pas lui en vouloir. Je ferais la même chose.

— C'est nul, grommelle-t-elle dans son souffle.

La porte du directeur s'ouvre juste au moment où nous arrivons.

— J'aimerais d'abord parler aux parents, dit-il d'un ton sec.

Les yeux de Bristol s'écarquillent et elle me demande de l'aide. Ce n'est pas mon domaine de prédilection que de la sortir de ce genre d'ennuis.

— Tiens-toi bien, prévient Kyler avant de se rendre dans le bureau du directeur.

Il me jette un coup d'œil en arrière alors que je reste à l'entrée. Ce n'est pas vraiment à moi d'y assister, et ne vaut-il pas mieux que je sois aux côtés de Bristol pour veiller sur elle ?

— Allez, tu es sa mère, dit-il dans son souffle, en me tirant par la main et en m'entraînant pratiquement dans la pièce.

Merde.

C'est de ma faute.

— Asseyez-vous, dit le directeur en désignant les trois chaises qui se trouvent dans la salle. Il est évident qu'il a fait apporter deux sièges supplémentaires, probablement pour cette réunion.

— Vas-y, ordonne Kyler en me faisant signe de m'asseoir.

— Non, vas-y.

Ce n'est pas comme si j'avais prévu d'être dans la pièce, et je peux mieux assurer la sécurité de Kyler si je suis debout et en état d'alerte. En l'occurrence, je n'aime pas être dos à la porte. Je serre fermement sa main, essayant silencieusement de lui dire que je veux qu'il s'assoie sans faire d'histoires.

Son regard se crispe, puis il acquiesce et s'assoit sur la chaise. Je me tiens derrière lui, une main sur son épaule. Il est grand, et même assis, il est énorme.

Il a de l'allure et lorsqu'il entre dans la pièce, tout le monde le remarque. Je pensais que c'était parce qu'il était un joueur de hockey célèbre, mais plus je connais Kyler, plus je pense que c'est tout simplement lui.

Il est magnétique.

— Je croyais qu'on n'invitait que les parents à cette réunion, dit le directeur, et bien qu'il parle de moi, il regarde Kyler d'un air désapprobateur.

Antonio se racle la gorge.

— Il s'avère que c'est la mère de l'enfant.

La façon dont il le dit me met sur la défensive.

— Oh, dit le directeur, les sourcils froncés, et il fait un signe de tête. Alors je suppose que c'est une bonne chose pour elle d'être ici. Peut-être que le fait d'être à nouveau dans la vie de Bristol l'aidera à trouver un modèle féminin positif.

J'ai envie de le gifler, mais à la place, je m'enfonce les ongles dans la main.

— Comment vont les enfants depuis le dernier incident, il y a plusieurs semaines ? demande Aleksandra. Le professeur de Liam n'a pas mentionné d'autres incidents entre les enfants.

— Leur professeur va bientôt nous rejoindre, dit le directeur. Mais j'aimerais que les parents fassent front commun. Il est important que les enfants voient que les parents s'entendent bien, ce qui pourrait atténuer certains problèmes.

— Pardon ?

Je n'arrive pas à me taire. Qu'est-ce qu'il insinue ?

Le directeur me jette un regard comme pour me dire que je n'ai rien à faire ici, mais il continue avec l'idée saugrenue qui lui trotte dans la tête.

— Il serait bénéfique que les deux familles se réunissent pour dépasser les différences entre les enfants.

— Vous voulez qu'on les invite à faire un barbecue ? demande Antonio, choqué par cette suggestion. On ne reçoit pas des gens qu'on ne connaît pas.

— Précisément, dit le directeur. Je veux que vos deux familles apprennent à se connaître. Quelles que soient les différences entre vos enfants, nous devons être capables de les mettre de côté. C'est un moment d'enseignement.

C'est un moment de folie.

Heureusement, je suis assez rapide pour ne pas me laisser aller à cette pensée.

C'est une idée horrible. Laisser la famille Moretti entrer chez nous ou vice versa. Qu'est-ce que le directeur essaie de faire ? Il sait que les Moretti font partie de la mafia italienne.

D'une main, j'agrippe l'épaule de Kyler. Il est rigide et tendu, tout comme Antonio. Ni l'un ni l'autre n'a envie d'accepter cet arrangement.

— On va le faire, mais il faut que ça tienne compte de mon emploi du temps, dit Kyler.

Antonio lui jette un regard noir.

— Tu n'es pas le seul à avoir des réunions importantes.

Aleksandra prend la main de son mari.

— Sois gentil, l'avertit-elle.

Sa voix est douce et enjôleuse, et il semble se détendre à son contact.

Je devrais peut-être apprendre à connaître Aleksandra. Elle pourrait être une alliée dans la situation difficile dans laquelle nous nous trouvons. Cela ne veut pas dire qu'elle n'est pas de la mafia, parce qu'elle l'est, mais son nom me fait penser à une Russe, ce qui me laisse d'autant plus perplexe que les Russes et les Italiens ne s'entendent pas.

NEUF
KYLER

EMERSON A PASSÉ au crible les candidates potentielles que je pourrais engager comme nounou. Elles ont les qualifications requises et, sur le papier, elles sont parfaites, mais aucune d'entre elles n'est Emmie, comme Bristol aime l'appeler.

Mais je ne peux pas continuer à mettre la pression sur Emerson pour qu'elle garde Bristol, et j'ai besoin d'une nounou.

Lia est la meilleure sur le papier et répond à tous les critères que je peux attendre, mais j'apprécie l'opinion d'Emerson et j'ai besoin de voir comment elle interagit avec Bristol.

J'envoie un texto à Emerson, même si elle est juste derrière avec la petite dans le jardin. Je veux qu'elles rencontrent toutes les deux cette nounou.

Les autres étaient qualifiées mais ne m'intéressaient pas autant.

Quelques minutes plus tard, Bristol entre en trottinant. Em est à quelques pas derrière elle.

— Vous avez appelé, patron, dit-elle avec un sourire taquin.

— Lia, j'aimerais te présenter ma fille, Bristol, et ma petite amie, Emerson. Em sera peut-être un peu plus présente que ce à quoi tu es habituée, juste pour m'assurer que la transition se fasse en douceur, dis-je, ne voulant pas que la nounou soit au courant d'un quelconque danger inhérent à ce travail.

— Enchantée de vous rencontrer, dit Lia en serrant la main d'Emerson, puis celle de Bristol. Qu'est-ce que tu aimes faire pour t'amuser, Bristol ?

Je les laisse discuter, jetant de temps à autre un coup d'œil à leur échange. Bristol semble immédiatement s'attacher à elle, et je fais signe à Emerson de me rejoindre de l'autre côté du bureau pour que nous puissions parler tranquillement.

— Je crois que c'est la bonne, chuchoté-je, désireux d'obtenir son approbation.

Son regard se crispe pendant une seconde avant d'acquiescer. Elle ne quitte pas Lia et Bristol des yeux tout en parlant à voix basse pour que je sois la seul à l'entendre.

— Elle est qualifiée.

Il n'y a pas de question. C'est une affirmation.

Nous avons tous les deux parcouru la liste des candidates à plusieurs reprises avant d'en retenir trois qui étaient les meilleures pour le poste.

— Que penses-tu du fait qu'elle surveille Bristol pendant que nous assistons tous les deux au gala de charité ?

Je veux l'avis honnête d'Em. J'apprécie son avis.

Elle laisse échapper un léger soupir.

— Je préfère quelqu'un qui a d'autres qualifications, dit-elle en me jetant un coup d'œil qui me dit qu'elle veut quelqu'un qui puisse protéger ma fille, et pas seulement la garder.

— Mitchell sera garé juste devant, sauf quand il nous conduira au gala.

Elle serre les lèvres, peu convaincue.

— Je devrais m'assurer que ta fille est en sécurité, pas jouer ta petite amie.

Ses mots touchent une corde sensible en moi ; ça fait mal, mais je n'en laisse rien paraître.

— Et je te paie pour que tu m'accompagnes à ce genre d'événements, pour que tu sois ma petite amie, dis-je.

Je jette un coup d'œil à Lia, qui semble se concentrer sur Bristol, mais cette conversation doit prendre une autre tournure. Je ne veux pas qu'elle entende parler de mon arrangement avec Emerson.

— Papa, on peut l'embaucher ? demande Bristol avant que je n'aie le temps de prendre ma fille à part et de lui demander ce qu'elle pense de Lia.

— Quand peux-tu commencer ?

————————

Embaucher Lia a été une bonne décision. Elle n'est avec nous que depuis quelques jours, mais Em semble déjà moins débordée. Elle accompagne la nounou à l'école l'après-midi pour récupérer la petite, mais comme Mitchell est sur place, elle a la matinée libre.

Mais elle a insisté pour être encore là l'après-midi, ce que je trouve étrangement satisfaisant, comme si elle voulait faire partie de la vie de Bristol. Oui, je sais que ce n'est qu'un travail - elle est engagée pour protéger ma fille - mais je ne peux pas m'empêcher de penser qu'elle veut peut-être aussi être là.

Et avec cette prise de conscience, je me rends compte qu'Emerson ne partira pas. Elle est là pour rester, au moins tant que la menace pèse sur ma famille et qu'elle est ma fausse petite amie. Pour être honnête, je pourrais faire traîner les choses en longueur. J'aime bien avoir son attention sur moi, comme si j'étais le seul au monde à exister.

Je suis un salaud égoïste de lui faire jouer le rôle de ma petite amie, mais ça en vaut la peine. Surtout ce soir, à la soirée de charité.

Mitchell arrive en valsant par l'entrée principale, un sac à vêtements dans une main et un sac à provisions dans l'autre.

— M. Greyso, dit-il en annonçant sa présence.

De l'étage, je le vois par-dessus la rampe.

Je jette un coup d'œil au sac de vêtements.

— Tout s'est bien passé au magasin ?

— Parfaitement. J'ai ce que vous avez demandé pour ce soir.

— Parfait, apportez-le à l'étage.

Je lui fais signe de monter, puis je le conduis à la chambre d'Emerson, en lui demandant d'accrocher la robe à la porte du placard et de laisser les chaussures dans la boîte posée sur le sol à proximité.

— Vous êtes sûr que ça ira, monsieur ? Il ne vous reste que quelques heures avant l'événement de ce soir.

Il est plus préoccupé que moi par la robe et les chaussures.

J'ai jeté un coup d'œil dans son armoire pendant

qu'elle était absente et j'ai contacté l'un des stylistes que j'utilise pour garantir que la robe et les chaussures iront à Emerson.

Il y a des surprises que je n'aime pas, et le fait que la robe et les chaussures ne lui aillent pas le soir de l'événement en est une.

— C'est bon, Mitchell. Elle devrait revenir du parc avec Bristol d'une minute à l'autre.

Je le renvoie pour le reste de l'après-midi. Il devra nous conduire à l'événement et en revenir ce soir, et je ne veux pas qu'il soit fatigué au volant ou qu'il soit distrait.

La sonnette d'entrée retentit et j'attrape mon téléphone, laissant Lia entrer. Contrairement à certaines nounous qui vivent avec leur employeur, Lia est plutôt une nounou de jour. Elle aide avec Bristol pendant les heures de travail ou lorsque j'ai des matchs à l'extérieur. Il y a une chambre supplémentaire pour elle si elle a besoin de dormir chez moi, mais ce n'est pas une exigence du travail.

Je suppose qu'une partie de la responsabilité incombe toujours à Emerson, mais pas autant. Lia prépare les repas, met Bristol au lit et, une fois qu'elle est endormie, elle est libre de partir tant qu'Em est à la maison pour prendre le relais.

Cet arrangement semble convenir à tout le

monde. Emerson a plus de temps libre et Bristol est ravie d'avoir deux personnes qui l'adorent.

Emerson tape le code à la porte d'entrée lorsqu'elles reviennent du parc. C'est une courte promenade, à quelques pâtés de maisons, et comme il fait beau aujourd'hui, je suis heureux de voir Bristol sortir et courir un peu.

Mon téléphone sonne avec une image des deux filles revenant du parc. Je ne peux m'empêcher de sourire à leur vue et je range mon téléphone dans ma poche. Je dois me doucher et m'habiller rapidement pour le gala, mais je veux surprendre Em avec la robe et les chaussures que j'ai choisies juste pour elle.

Elle ouvre la porte d'entrée, surprise de me voir. D'habitude, si je suis à la maison et que j'ai un peu de temps libre, je suis enterré dans la salle de sport pour faire de la musculation.

— Pas d'entraînement cet après-midi ?

— J'ai eu un entraînement avec les autres ce matin, lui rappelé-je.

Je suis encore un peu endolori par la raclée que j'ai reçue sur la glace l'autre jour. L'ecchymose sur mon visage n'est rien comparée à celle que James m'a faite sur la poitrine.

Je ne me souviens même pas quand la dispute

entre nous a commencé, mais à chaque fois que nous jouons contre les Bruisers, il s'en prend toujours à moi, et je lui cloue le bec.

L'autre jour, on a eu l'impression de voir plus le banc des pénalités que la glace. On dirait qu'aucun de nous deux n'est prêt à oublier sa rancune.

Mais le gala a lieu ce soir et je suis reconnaissant de pouvoir m'absenter du travail. J'ai bien l'intention de profiter de la compagnie d'Emerson.

— J'ai une surprise pour toi, dis-je.

— Pour moi ?

Les yeux de Bristol s'écarquillent.

— Pour vous deux.

Je ne veux pas décevoir ma fille si la surprise n'est que pour Emerson.

J'avance prudemment, voulant en faire quelque chose d'amusant.

— Oh, qu'est-ce que c'est ?

Les yeux de Bristol s'illuminent et elle se précipite vers moi, toute excitée.

Elle est très gâtée, mais c'est de ma faute. Je veux tout lui donner.

— Lia va te garder ce soir. J'ai demandé à Mitchell d'aller chercher de la pâte à biscuits pour qu'elle puisse te préparer un délicieux dessert après le dîner.

Bristol sourit et tapote ses doigts l'un contre l'autre avec excitation.

— Miam !

Je suis soulagée que la pâte à biscuits soit une surprise suffisante pour exciter ma fille.

— Tu as un dessert pour moi aussi ? demande Em, un léger sourire aux coins des lèvres.

— En fait, oui. Mais c'est plutôt le genre de surprise que tu portes. Viens avec moi.

Je lui prends la main et l'entraîne dans l'escalier qui mène à sa chambre.

— Qu'est-ce qu'on...

Bristol nous talonne et Em me jette un regard interrogateur avec notre petite ombre.

J'ouvre la porte de sa chambre.

— Qu'est-ce que c'est que ça ? demande-t-elle en jetant un coup d'œil de l'armoire à moi et vice-versa.

— Ouvre-le, dis-je.

Je m'appuie contre le cadre de la porte, un sourire suffisant sur le visage, tandis qu'elle se faufile dans sa chambre et ouvre lentement la fermeture éclair du sac.

Elle sursaute en sortant la robe.

— Kyler, c'est trop. Tu n'aurais pas dû. Je ne peux pas accepter...

— Tu peux, et tu le feras, dis-je.

Ce n'est pas une question.

— La soirée de charité de ce soir est extravagante, et j'ai besoin que tu sois à la hauteur de la petite amie d'un joueur de hockey. Tu ne peux pas y assister dans une tenue moins éblouissante. Cela donnerait une mauvaise image de moi.

— Et c'est l'image que tu veux de moi, à ton bras, portant cela ? murmure-t-elle, émerveillée.

— Oui, je veux que tout le monde te regarde, avoué-je.

Je veux rendre tous les hommes jaloux et les femmes envieuses d'elle. Ce ne devrait pas être difficile, vu qu'elle est toujours superbe dans un simple jean ou un legging noir et un t-shirt.

— C'est pas possible. Je vais avoir besoin d'une paire de chaussures...

— C'est déjà fait.

Je montre du doigt la boîte posée sur le sol, près de l'armoire.

Ma fille prend la boîte et la tend à Emerson.

— Ouvre-la, dit Bristol avec enthousiasme.

Emerson soulève lentement le couvercle de la boîte et je ne m'attendais pas à ce qu'elle soit encore plus surprise.

— Wow. Tu t'es vraiment surpassé.

— Et tout t'ira, dis-je.

Je n'ai aucun doute sur le fait qu'elle sera magnifique dans cet ensemble.

— Essaye !

Bristol pousse un cri d'excitation, sautant de haut en bas.

———

Emerson est exquise. La robe lui va comme un gant. Elle est serrée à tous les bons endroits, ce qui ne me rend pas service lorsqu'elle descend l'escalier pour sa grande entrée.

Nous devons nous rendre à la soirée, mais je n'arrive pas à détacher mes yeux de son corps.

Il est difficile de ne pas la fixer avec ce décolleté. Je suis un homme. Il est difficile de ne pas fixer ses atouts. Il va falloir que j'envoie un gros pourboire au tailleur qui s'est assuré que la robe lui allait parfaitement. Je lui dois une fière chandelle.

— C'est trop ? demande Emerson.

Ses joues rougissent et elle repousse une mèche de cheveux derrière son oreille.

— C'est parfait, murmuré-je.

Je la raccompagne à l'extérieur et Mitchell nous attend. Il ouvre la porte arrière et Emerson se glisse sur le siège arrière. Je me déplace de l'autre côté pour monter à côté d'elle pendant que Mitchell ferme la portière.

— On va vraiment le faire, dit-elle en se mordant la lèvre inférieure.

Mitchell nous éloigne de la maison. Je jette un coup d'œil en arrière, sachant que Bristol est en sécurité avec Lia. Le système de sécurité est armé et si quelqu'un ouvre ne serait-ce qu'une fenêtre, je le saurai.

Je ne m'inquiète pas pour Bristol à la maison. Ce qui m'inquiète, c'est quand elle est dehors, là où je ne peux pas la protéger.

J'attrape la main d'Emerson et elle se force à sourire.

— Tu vas bien t'en sortir, dis-je en lui offrant un sourire, essayant de la rassurer sur le fait qu'elle n'a pas à s'inquiéter.

Nous pouvons y arriver. Nous nous en sommes bien sortis avec la visite de mes coéquipiers et de mes amis. Non pas que je m'attende à ce qu'elle se mette à genoux et se donne en spectacle pendant le gala. Mais si elle le faisait, ce serait quelque chose. Cela ferait certainement les gros titres.

Je me sens mal à l'aise. Ce n'est pas le genre de presse dont j'ai besoin en ce moment. L'entraîneur Malone a été sur mon dos parce que j'arrivais en retard à l'entraînement. Je suis toujours à l'heure le jour du match, mais j'étais un peu à l'étroit avant qu'Emerson n'entre dans ma vie.

Une autre raison pour laquelle je fais ce gala.

C'est une punition pour mon retard. Contractuellement, nous sommes tenus de faire un certain nombre d'apparitions par saison, mais je me suis forcé à faire quelques grands événements supplémentaires. C'est aussi une cause que je veux soutenir, c'est pourquoi je suis heureux d'être un donateur aussi important pour le gala.

Je n'en veux pas à l'entraîneur de m'avoir réprimandé et de m'avoir forcé à participer à cet événement caritatif. Il n'avait pas le choix. Malone est un dur à cuire, mais il est juste. C'est le propriétaire, Brent Fitzgerald, qui me tient par les couilles, et il aimerait bien les presser pour me torturer.

On pourrait penser que le fait d'être un joueur de hockey très en vue ferait oublier les problèmes avec Fitzgerald, mais mon contrat se termine à la fin de la saison. Et il est bon quand il s'agit de négocier. Il obtient toujours ce qu'il veut, et s'il pense pouvoir engager quelqu'un de plus jeune et de moins cher, je serai mis de côté.

Ce n'est pas comme si j'avais besoin d'argent.

Je suis un putain de milliardaire.

C'est du moins ce que tout le monde dit, et ils n'ont pas tort. Mais j'adore être sur la glace, et jouer professionnellement est un rêve devenu réalité. Et maintenant que Jasper a enfin intégré l'équipe, je ne veux pas quitter les Ice Dragons.

Je paierais pour rester dans l'équipe.

Putain de merde. J'ai perdu la tête.

Je suis follement amoureux de ce sport. Je me sens chez moi, en vie, quand je suis sur la glace. La tension avant un match, l'adrénaline, les cris de la foule quand on réussit un tir, c'est libérateur.

C'est comme si rien d'autre n'existait dans le monde.

De plus, New York est ma maison et l'équipe est ma famille élargie.

Je vais donc faire de mon mieux pour impressionner Brent Fitzgerald ce soir, qui sera présent. En lui montrant ma magnifique fausse petite amie, j'espère qu'il se rendra compte que j'ai le soutien dont il me dit que j'ai désespérément besoin.

Et il n'a pas tort.

J'ai besoin d'un système de soutien. Dépendre de ma cousine n'est pas juste pour elle. Elle a sa propre famille. Et mon frère ne peut plus m'aider maintenant qu'il fait partie de l'équipe.

— Tu vas bien ?

La voix d'Em me tire de mes pensées en serrant ma main à côté de moi dans le véhicule.

— Nerveux ? demande-t-elle, essayant de deviner ce qui me passe par la tête.

Elle n'a aucune idée de Fitzgerald et de la façon dont son frère et moi sommes rivaux sur la glace. Mais James n'est pas là, il n'y a que Brent, le propriétaire.

Je me déplace pour lui faire face, forçant un sourire.

— Tout va bien.

Elle hausse un sourcil, pas convaincue.

— Comment diable fais-tu ça ? demandé-je en riant.

— Faire quoi ?

— Le truc des sourcils. Il faut que tu m'apprennes.

Elle relâche sa prise sur ma main, sourit faiblement et repousse une mèche de cheveux errante derrière son oreille. Ses cheveux ont été bouclés et la partie supérieure est fixée à l'aide d'une pince fantaisie à l'arrière de sa tête.

Elle est absolument magnifique.

Je n'arrive pas à la quitter des yeux et mon regard descend jusqu'à son décolleté. Parce que je suis un homme et que ses seins sont l'une des parties de son corps que je préfère. J'essaie de ne pas la reluquer. Je ne veux pas être ce type, le pervers effrayant qui ne peut pas se contrôler.

Mais elle me donne l'impression d'être un écolier étourdi qui a le béguin.

Et je n'ai pas l'intention qu'elle s'en aperçoive un jour.

— Je ne pense pas que ce soit quelque chose que je puisse enseigner.

Elle rit et ses épaules se détendent en me poussant du coude.

— Tu veux vérifier les caméras et t'assurer que Bristol est en sécurité ?

Je ne devrais pas être surpris par son niveau d'inquiétude, d'autant plus que je l'ai éloignée de Bristol pour la soirée. Je sors mon téléphone de ma poche et ouvre l'application, parcourant les flux vidéo jusqu'à ce que je trouve ma fille assise sur le canapé en train de regarder un film, un bol de pop-corn sur les genoux. J'ai ajouté une demi-douzaine de nouvelles caméras pour l'intérieur de la maison lorsque nous avons engagé Lia.

— Je pense que nous avons engagé la bonne nounou, dis-je en lui rendant son coup de coude. Je peux te confier un secret ?

Elle retrousse les lèvres et acquiesce, ses yeux écarquillés fixant mon âme.

— Bristol n'est pas la seul à avoir besoin d'un garde du corps.

— Quoi ?

Sa voix se bloque dans sa gorge.

— Je pensais que tu m'avais engagé à cause du lien avec sa mère et...

DIX
EMERSON

JE JURE qu'il essaie de me faire faire une crise cardiaque. Laisser Bristol seule avec Lia n'a pas été facile. Est-ce que c'est ce que ressentent les mères qui laissent pour la première fois leur enfant à une baby-sitter ?

Bristol n'est pas ma fille, mais il est de ma responsabilité de m'assurer qu'elle est en sécurité et protégée.

Kyler me conduit sans effort hors du véhicule. Sa main est nichée dans le creux de mon dos. Son odeur est forte et masculine, et j'essaie de ne pas montrer que j'ai envie de me pencher et de prendre une bonne bouffée. Qu'est-ce qui ne va pas chez moi ?

Je n'arrive toujours pas à me sortir de la tête les

paroles de Kyler, qui m'a dit que sa fille n'était pas la seule à avoir besoin de protection.

Dès que j'ai posé les yeux sur lui, j'ai soupçonné qu'il y avait plus que l'histoire qu'il avait racontée à l'équipe de Tactique de l'Aigle.

Il a omis des détails, et je ne peux pas faire de mon mieux pour le protéger si je reste dans l'ignorance. Mais ce n'est ni le moment ni l'endroit pour discuter et exiger des réponses. Il y a des caméras partout, des lumières clignotantes et des journalistes qui posent des questions pendant que nous nous rentrons à l'intérieur.

J'ai toujours vu le tapis rouge à la télévision, mais je n'aurais jamais pensé qu'une fois dans ma vie, je foulerais le velours sous mes talons.

— Souris, me souffle-t-il à l'oreille. Fais comme si tu m'aimais.

— Ce n'est pas évident, dis-je en me penchant et en déposant un baiser doux et chaste sur sa joue.

Il sourit et me rapproche de lui, tandis que les caméras qui nous entourent clignotent encore et encore, s'emparant du spectacle qui s'offre à elles.

J'essaie de ne pas prendre un air gêné, mais je n'ai pas l'habitude d'être sous les feux de la rampe. Je savais dans quoi je m'embarquais quand Kyler m'a proposé de jouer sa petite amie, mais je n'avais pas pensé aussi loin.

J'imaginais tout au plus son bras autour de ma taille ou ma main sur son bras alors qu'il m'escortait à des événements chics.

Kyler tourne la tête, son regard se pose sur moi, il me fait plonger en arrière et dépose un long et ferme baiser sur mes lèvres.

Je suis surprise par ce geste. Sa bouche ne se relâche pas, et ses lèvres taquinent les miennes. Lentement, ma bouche s'entrouvre, lui permettant d'entrer tandis que sa langue se glisse entre mes lèvres. Le monde autour de nous semble disparaître.

Sa main reste plantée dans le bas de mon dos, me maintenant fermement contre lui avant qu'il ne me remette debout.

Je suis sûre que mes joues rougissent et que les caméras en captent le moindre reflet. Quel sera le titre de la presse demain ? Quelque chose d'embarrassant, sans aucun doute.

Kyler me conduit à l'intérieur, au-delà des paparazzis, et dans le gala. Il se tient au Metropolitan Museum of Art, une soirée privée à la tombée de la nuit, où seuls les invités sont admis.

Je n'ose imaginer ce que coûte l'organisation d'un événement aussi extravagant.

Dire que je suis impressionnée est un euphémisme. L'événement à lui seul représente probablement plus que ce que je gagnerais au cours d'une décennie.

D'accord, c'est peut-être un peu exagéré. Cela ressemble à un événement d'un million de dollars, mais quelle organisation caritative dépenserait autant pour gagner plus d'argent ? Ce serait insensé.

— Tu veux boire quelque chose ? me demande Kyler, sa main restant dans le bas de mon dos alors qu'il m'escorte vers le bar.

— Oui.

Je n'ai jamais été aussi enthousiaste à l'idée de prendre quelque chose pour me détendre. L'atmosphère est royale et je ne me sens pas du tout à ma place.

Mon regard se pose sur Kyler. Il se déplace, un peu mal à laise dans le costume étouffant qu'il a revêtu pour la nuit, mais il est très beau. Et j'ose admettre que si une autre fille le regardait, j'éprouverais un pincement de jalousie.

Je suppose que j'ai de la chance de jouer sa petite amie. Ça éloignera les vautours. N'est-ce pas ?

Kyler m'accompagne au bar.

— Choisis ton poison, dit-il avec un sourire en coin.

Mes yeux se rétrécissent avec un léger sourire, et mon sourire s'élargit quand je vois la liste des cocktails suggérés. Ils ont tous des noms ridicules pour l'événement.

— Je prendrai un Code Blue, dis-je, curieuse d'essayer ce cocktail bleu à base de rhum, de Curaçao bleu, de crème de coco, de jus de citron et de jus d'ananas.

— Un défibrillateur, commande Kyler pour lui-même. Quelqu'un doit te sauver.

Mon souffle se bloque dans ma gorge, et son regard a l'air de me déshabiller. Troublée, je jette un coup d'œil à la carte des boissons et découvre ce que son défibrillateur contient : du gin, du champagne et de la liqueur d'orange.

— Je croyais que c'était mon travail ?

Je souris, essayant de ne pas montrer que je ne suis pas du tout à la hauteur pour ce genre d'événement. Le barman nous tend nos boissons et j'en bois une gorgée, la douceur masquant l'alcool.

— À notre premier rendez-vous ensemble, dit Kyler en levant son verre pour porter un toast.

— Tu sais que ce n'est pas un vrai rendez-vous, murmuré-je en baissant la voix pour que lui seul puisse m'entendre.

Kyler hausse les épaules et fait tinter nos verres l'un contre l'autre.

— Pour moi, c'est assez réel.

Il boit une gorgée de son défibrillateur et, d'une manière ou d'une autre, il ne parvient même pas à grimacer.

L'odeur qu'il dégage est à la fois accablante et amère.

— Je veux rendre jaloux tous les gars de l'équipe, dit Kyler.

Avant que je n'aie le temps d'objecter, il enroule son bras autour de ma taille, m'attirant contre lui.

Je respire son odeur et mes bras s'enroulent autour de lui, mes doigts s'emmêlant dans ses cheveux.

Il envahit mon espace personnel et ses lèvres viennent s'écraser sur les miennes. Il me fait reculer de plusieurs pas, me poussant contre le mur tandis que ses doigts remontent l'ourlet de ma robe.

— Kyler, grincé-je, ma voix me trahissant.

Je n'ai pas besoin de montrer à tout le monde que je ne porte pas de sous-vêtements.

— Depuis que tu as mis cette foutue robe, je n'arrête pas de penser à ce qu'il y a dessous.

Kyler me mordille le cou, laissant une marque, me réclamant.

— Je vais te donner un indice... Rien, dis-je avec un sourire en coin.

Ses mains sont rugueuses et calleuses, son corps ferme contre le mien.

Les coussinets de ses doigts remontent le long de mes cuisses tandis que ses yeux s'écarquillent. Il me fixe, voulant silencieusement savoir si je me joue de lui.

Tout ce qui est en moi brûle pour Kyler. Mon corps bourdonne d'électricité, mais nous ne pouvons pas faire ça ici, pas avec des témoins oculaires et des vautours munis de caméras.

Il grogne contre mon cou et j'essaie de ne pas gémir.

— J'ai tellement envie de toi maintenant, Em.

J'ai des papillons dans l'estomac et j'inspire brusquement.

— Nous devrions saluer tes coéquipiers, murmuré-je, en essayant d'éviter que la situation ne dégénère.

Je veux Kyler, mais pas ici. Pas là où les caméras vont s'en donner à cœur joie et où nous ferons la une des magazines à scandale.

Il recule, ses yeux sombres me regardent fixement.

— Tu as raison, dit-il.

Comme s'il pouvait lire dans mes pensées et qu'il savait que ce n'était pas le moment de faire des bêtises, même si nous le voulions tous les deux.

Il m'accompagne vers l'équipe.

Tous les gars sont en costume-cravate. Ils se sont bien préparés pour l'événement. Ils sont rasés de près, leurs cheveux sont coupés, ils ont pris une douche et ils sont impressionnants.

— Tu te souviens de Jasper, dit Kyler en me présentant à nouveau son frère.

— Je n'oublie jamais le visage d'un homme à qui j'ai botté le cul, dis-je avec un sourire en coin.

Le regard de Jasper se resserre et il sourit, mais cela ne semble pas aussi forcé qu'on pourrait le croire.

— Je t'ai laissé gagner.

— Pas du tout, dit Kyler en donnant une tape sur l'épaule de son frère. Mais je t'aime toujours, mon frère. Même si tu t'es fait botter le cul par une fille.

Le visage de Jasper vire au rouge vif et il se dirige vers le bar sans un mot de plus.

— Il est fâché.

Kyler hausse les épaules et ne semble pas s'en préoccuper.

C'est ce que font les frères, se disputer tout le temps ? J'ai une jeune sœur, Amber, que je ne vois pas assez souvent. Je devrais l'appeler pour qu'on se voie. Elle vit en ville.

— Coach, dit Kyler en passant son bras autour de mes épaules. Vous n'avez pas rencontré ma petite amie, Emerson.

— Malone, dit l'entraîneur en tendant la main pour se présenter.

— Enchantée, dis-je en forçant un sourire.

Kyler n'a pas l'air tendu en présence de son entraîneur, ce qui est sans doute une bonne nouvelle. Mais je n'arrive pas à comprendre pourquoi il a besoin de moi ce soir. Où est la menace ? Ou est-ce simplement parce qu'il veut que les médias s'intéressent au fait qu'il a une nouvelle petite amie ?

— Tu devrais te mêler à la foule, Greyson, dit Malone. Fitzgerald est déjà de mauvaise humeur, et le fait que tu restes là ne va pas arranger les choses.

— Il est toujours de mauvaise humeur, dit Owen, l'un de ses coéquipiers.

Je le reconnais pour l'avoir vu à la fête organisée par Kyler à la maison.

— Au moins, il ne t'a pas fait tourner en bourrique toute la saison, dit Kyler en jetant un coup d'œil à Owen.

— Il y a plein d'autres équipes pour lesquelles

jouer, dit Owen. Tu n'es pas obligé d'accepter ses remarques.

— Non, je suppose que non.

Il y a de l'hésitation dans son regard. Ses mots évoquent la confiance, mais ayant appris à lire les gens, il y a quelque chose que Kyler Greyson ne dit pas.

Qu'est-ce qui le retient à New York ? Est-ce son frère ?

Je jette un coup d'œil autour de moi, mon estomac se serre et je me balance sur mes pieds à la vue de Brad Clemens. Mon estomac s'affaisse et la nausée fait son apparition. C'est lui qui a mené l'initiation lorsque j'ai rejoint le FBI. Me saouler et me ramener chez lui faisait partie de son jeu.

La bile me monte à la gorge et mes joues brûlent.

Je le déteste toujours d'avoir profité de moi. Mais surtout, je me déteste d'avoir laissé faire.

Culpabilité. Colère. Humiliation.

Tout refait surface au moindre coup d'œil dans sa direction. Il m'a tout pris, mes amis, et ma carrière qui commençait à peine.

J'ai été stupide de déposer une plainte officielle.

Ce que je pensais être juste n'a fait qu'empirer les choses.

J'ai découvert que chaque ami à Quantico n'était

rien d'autre qu'un collègue. Ils m'ont tourné le dos, même ceux qui étaient impliqués dans l'initiation et qui avaient été victimes. Ils ne voulaient pas être liés au même scandale qui m'avait brûlé.

— Emerson.

Brad s'avance vers moi, sa femme au bras. Il ne semble pas gêné le moins du monde par le fait qu'il a couché avec nous deux.

Bien qu'une seule d'entre nous ait été assez consciente pour que ce soit consensuel.

Kyler se tient plus grand, si c'est possible. Il passe un bras possessif autour de ma hanche et presse ses lèvres sur ma tempe, me faisant comprendre que je lui appartiens.

J'ai envie de me détendre dans son étreinte, mais j'ai probablement plus l'air raide comme une planche de surf.

— Brad Clemens, se présente le crétin. J'ai travaillé avec Ryan.

Il tend la main à Kyler.

Kyler s'arrête un instant, me jette un rapide coup d'œil avant de serrer la main de l'abruti. Il ne lui dit même pas qu'il est ravi de le rencontrer, et même si Kyler ne sait pas grand-chose de mon court passé au FBI, il doit sentir mon malaise.

— Kyler Greyson.

— Je sais. Je t'ai vu sur la glace, dit Brad. C'est assez impressionnant ce que vous faites là-bas, vous faire botter le cul et en redemander.

Kyler est en ébullition et me serre plus fort, possessivement, comme s'il pouvait lire dans mes pensées, ce qui, je le sais, est impossible.

— Ça fait partie du boulot, dit Owen, qui intervient alors que Kyler ne dit pas un mot.

Les deux hommes se regardent fixement, et je ne peux m'empêcher de me demander qui clignera des yeux le premier. Ou peut-être que l'un d'eux va grogner.

La chaleur qui règne entre eux me semble un peu animale. Kyler me rapproche et Brad tressaille, ses narines s'enflamment alors qu'il inspire une grande bouffée d'air par le nez.

Ainsley, sa femme, lui tire le bras, lui faisant discrètement comprendre qu'elle veut passer à autre chose et probablement aller emmerder quelqu'un d'autre.

Pourquoi diable est-il venu ce soir ?

Mon estomac s'agite. Comment Ainsley peut-elle encore être avec lui après que je lui ai dit ce qui s'est passé ? De toute évidence, elle ne m'a pas cru. Tout comme mes amis, mes anciens collègues et le reste du bureau.

C'était sa parole contre la mienne.

— Brad.

La voix d'Ainsley est douce et elle lui tire le bras.

— Peut-être devrions-nous rencontrer d'autres invités ?

Brad tressaille et acquiesce sèchement.

— J'ai été ravi de te revoir, dit-il, son regard se posant sur moi.

Je ne dis pas un mot parce que si je le fais, je sais que je vais hurler et lui faire un doigt d'honneur. Dès qu'il se détourne avec Ainsley et part dans la direction opposée, j'expire un souffle lourd que je n'avais pas réalisé avoir retenu.

— Connard, grogne Kyler un peu trop fort en direction de Brad.

— Pardon ?

Brad se retourne, ayant entendu la remarque de Kyler.

Kyler se jette sur lui, mais l'entraîneur Malone et Owen interviennent avant qu'une véritable bagarre n'éclate au gala.

— Éloignez-vous, crie Malone à Brad, en le poussant vers l'arrière et dans la direction opposée.

Ainsley l'éloigne de Kyler.

— Qu'est-ce que c'était que ça ? demande Owen,

qui me vole ma question avant que je n'aie le temps de l'exprimer.

— Rien, souffle Kyler.

— Il ne me semble pas que ce soit rien, dit le coach Malone après que Brad a compris l'allusion et s'est éloigné dans la direction opposée. Je ne sais pas ce qui se passe, Greyson, mais ce n'est pas le moment faire ça devant les caméras. Va faire un tour.

Plusieurs invités ont leur téléphone à la main, et je ne peux m'empêcher de me demander quelle part de cette interaction a été enregistrée et sera postée sur Internet.

Kyler grommelle dans son souffle, me lâche et part en trombe dans la direction opposée à celle de Brad. Je me racle la gorge, me force à sourire et me précipite à sa suite.

Il emprunte une sortie secondaire, et je suis quelques secondes derrière lui, le suivant à l'extérieur.

La porte se referme derrière moi avec un bruit sourd.

Il n'y a aucune chance que Kyler sache pour Brad. Je ne lui ai jamais dit. Et même si c'est devenu un potin au bureau, Kyler n'y a jamais travaillé.

— Qu'est-ce que c'était que ça ? lui demandé-je en le rattrapant.

Il a la mâchoire sèche et les bras croisés sur sa poitrine alors qu'il fait les cent pas.

— Rien.

Son attitude me dit qu'il sait.

— Qui te l'a dit ?

Je lance un regard noir, me rapprochant de Greyson.

— Qui t'a parlé de Brad ?

— Personne n'a eu besoin de me dire que c'était un sale type. Ses yeux étaient rivés sur tes seins lors de nos présentations. C'est à cause de lui que tu es partie de Quantico ?

Je déplace le poids sur mes pieds.

— Je ne suis pas partie, j'ai démissionné.

— Même chose.

— Non.

Je suis consternée qu'il pense que je n'ai pas réussi à devenir un agent du FBI. J'ai eu un badge et une arme. J'ai été agent du FBI pendant quelques mois avant de tout gâcher en allant au bureau de la responsabilité professionnelle. Ouais, tout ce qui les intéressait, c'était de couvrir leur propre cul et le sien.

— Alors, tu as couché avec lui, dit Kyler, l'air renfrogné.

Il baisse les bras sur les côtés. Ses mains deviennent des poings.

— Pas volontairement, dis-je, comme pour excuser mes propres actes à l'époque. J'étais ivre. Je ne veux pas en parler.

— Il t'a violée ?

Kyler s'élance vers l'entrée de la fête, et j'attrape son bras pour l'empêcher de perdre la tête.

— C'était une mauvaise nuit. Je ne me souviens pas de grand-chose. Peut-être que je l'ai encouragé avant qu'on ne finisse au lit.

Je me cherche des excuses, même si je ne crois pas les mots qui sortent de mes lèvres, mais je ne veux pas que Greyson finisse arrêté pour avoir tabassé Brad, même s'il le mérite.

Kyler me fixe du regard. Ses doigts rejoignent les miens, entrelaçant nos mains.

— Ce n'est pas du consentement tant que vous n'êtes pas tous les deux sobres.

— C'est à cause de lui que j'étais ivre. Je n'avais même pas envie de boire, murmuré-je en me mordillant la lèvre inférieure. C'était une initiation stupide avec les nouvelles recrues, et cet abruti payait toutes nos boissons, insistant pour que nous buvions et que nous baisions avec nos supérieurs.

J'ai accepté jusqu'à ce que je lui dise d'arrêter, et ensuite...

Je détourne le regard, les larmes brillent dans mes yeux.

— Je vais le tuer, putain.

Kyler retourne à l'intérieur, tirant la lourde porte avec facilité.

— Kyler, attends. Non.

Je me précipite à sa suite.

ONZE

KYLER

JE SUIS LITTÉRALEMENT en train de voir rouge.

Elle mérite tellement mieux que ce que ce connard lui a fait et que les dommages causés à sa carrière. Je savais qu'elle avait quitté le FBI, elle n'en avait pas fait un secret, et j'avais un peu creusé en ligne pour savoir pourquoi, mais la plupart du linge sale avait été balayé sous le tapis.

Sa réputation a été ternie par une accusation de harcèlement sexuel contre son patron.

Ce putain de menteur a essayé de la détruire parce qu'il ne pouvait pas garder sa bite dans son pantalon. Mes mains se transforment en poings et je retourne en trombe au gala.

Je me fiche qu'il y ait une fête avec des caméras

autour et que les paparazzis soient juste derrière la porte.

Rien de tout cela n'a d'importance.

Je me dirige vers l'intérieur et tombe nez à nez avec cette fille qui avait son bras lié à Brad et qui enfonce sa langue dans la gorge de Noah.

— Pour l'amour du ciel !

Je l'arrache à elle et le repousse contre le mur.

— C'est quoi ton problème, mec ?

Les yeux de Noah s'écarquillent et il me pousse avec force en arrière. Je trébuche, mais je me rattrape.

Elle se racle la gorge et s'élance dans le couloir comme si elle ne venait pas de se faire surprendre en train de rouler une pelle à un type de l'équipe de hockey.

— Elle est mariée ! crié-je, comme si c'était le pire, parce que ce n'est pas le cas.

Mais je ne peux pas me résoudre à prononcer ces mots à haute voix. Ce n'est même pas à moi de le faire.

Depuis quand Noah a-t-il commencé à embrasser des femmes mariées ? Il a rencontré son mari ; ce n'est pas comme s'il ne savait pas qu'elle n'était pas sur le marché.

— Elle m'a coincé, dit-il en levant les bras en signe de reddition. Je me suis laissé faire.

— Toi et ta bite. Garde-la dans ton pantalon. Il y a des journalistes partout.

— Dehors, bien sûr. Qu'est-ce qui te prend ?

Noah jette un coup d'œil à côté de moi, probablement à Emerson.

— Tout va bien au pays de la romance ? plaisante-t-il.

— Tout va bien.

J'attrape la main d'Emerson derrière moi et je la pousse à me suivre en passant devant Noah et en revenant dans la foule. Mon regard se porte sur Brad, je sais que c'est une mauvaise idée, mais je ne peux pas m'en empêcher non plus.

— Kyler, je ne me suis pas confiée à toi pour que tu déclenches une bagarre.

Ses doigts effleurent ma joue, ramenant mon regard sur le sien.

Ses yeux brillent et elle serre sa lèvre inférieure entre ses dents. Il y a une trace de sang. Elle est petite et minuscule, mais je déteste voir Emerson se blesser.

Mon pouce effleure ses lèvres, et plus je la regarde, plus je me sens calme. Comme si c'était une sirène et qu'elle me berçait. Sauf qu'elle ne va pas me faire tomber, elle ne ferait pas ça. Elle me protège.

— C'était quoi tout ça ? demande-t-elle en me jaugeant.

Son regard se pose sur moi, interrogatif, et je me redresse, essayant de repousser son inquiétude.

— Rien.

— Ca n'explique pas pourquoi tu as poussé ton coéquipier.

Elle a raison, mais comment peut-elle ne pas être énervée par ce qu'elle a vu ?

— Elle est mariée.

— Et c'est un connard, dit-elle avec insistance. Je n'excuse pas son comportement, mais tu n'as pas à te battre avec tes amis pour une fille qui ne te concerne pas.

— Ce n'était pas à propos de la fille, dis-je un peu trop vite.

Elle hoche la tête en connaissance de cause et fait ce truc mignon avec un sourcil levé au-dessus de l'autre.

— Tu ne peux pas agresser Brad ou tes coéquipiers pour ce qui s'est passé. Ton ami ne le mérite pas et c'est un grand garçon. S'il veut embrasser une femme mariée...

— Je n'aime pas voir mes amis se faire avoir, dis-je en me raclant la gorge. Et elle se foutait de lui.

Elle tire la langue sur le côté et fait un rapide signe de tête en signe de compréhension. Elle ne discute pas avec moi, et je prends ça comme une victoire, au moins pour ce soir.

Je me penche plus près d'elle et mes lèvres frôlent son oreille.

— Tu veux sortir d'ici ?

— On ne doit pas se mélanger ou quelque chose comme ça ? demande Emerson.

Elle a raison. Nous avons à peine parlé avec d'autres personnes que les gars de l'équipe et l'entraîneur. Si je pars maintenant, je risque de ne pas renouveler mon contrat, qui se termine à la fin de la saison. Je dois être sympa avec Fitzgerald, que je croyais pire que ce connard du FBI, jusqu'à ce que j'apprenne ce qu'il a fait à Em.

Et maintenant, je n'ai pas envie de présenter Fitzgerald à Emerson, surtout à cause de sa réputation. Je n'ai pas peur de perdre Em à cause de lui, je suis plus inquiet de la façon dont il la traitera.

Elle est vraiment magnifique ce soir. Quel homme ne regarderait pas ses seins parfaits ?

Et même si je suis sûre qu'elle peut se

débrouiller toute seule, elle ne devrait pas avoir à être reluquée et harcelée par des hommes décrépits.

Quelqu'un se racle la gorge à côté de nous, et je sens une tape rude dans le dos.

— Jasper, grommelé-je, pas du tout surpris de voir mon frère nous interrompre.

— Quoi ? aboyé-je.

— Fitzgerald vient d'arriver.

— Bien sûr, murmuré-je. A qui a-t-il arraché la tête jusqu'à présent ?

— Personne. Il garde ses dents de coyote pour toi, grand frère.

— Crétin.

Jasper sourit et me donne une tape dans le dos.

— Tu veux que je reste avec toi ou que je disparaisse pour ton rendez-vous avec le propriétaire ? demande Em.

Sa main tombe dans la mienne et elle la serre avec insistance.

Même si Fitzgerald est un gros con, je refuse de perdre Em de vue. Après ce qu'elle m'a confié sur Brad, je dois la protéger.

— Tu viens avec moi, dis-je en l'entraînant avec moi. On va faire vite.

Em me force à sourire, et je ferai tout pour la

protéger, mais j'ai aussi besoin de ce contrat, ce qui me met dans une situation délicate. Non pas que je sois prêt à prostituer Em pour l'obtenir. Au contraire, j'ai besoin que Fitzgerald croie que j'ai une petite amie sérieuse qui s'occupera de ma fille.

Il s'attend à ce que tout homme ayant un enfant ait une femme. Quelqu'un qui reste à la maison avec les enfants pendant que ses hommes sont sur la glace.

Fitzy est un vieil homme avec des idéaux d'homme des cavernes. Enfin, si les hommes des cavernes jouaient au hockey toute la journée. Malgré tout, c'est un connard qui a entre les mains le contrat que je dois signer. Je fais donc semblant de jouer le rôle qu'il veut si éloquemment me faire jouer.

Ce n'est pas comme si une autre équipe ne voulait pas de moi, mais j'aime l'endroit où je vis, je veux de la stabilité pour Bristol, et mon frère fait partie de la même putain d'équipe. Comment pourrais-je être plus chanceux ? J'ai tout ce que je peux désirer. Et je ne veux pas risquer que tout ça disparaisse.

— Greyson, dit Fitzgerald en ricanant.

Il enfonce ses mains dans son pantalon de marque, un ensemble qui montre sa valeur avec son costume impeccable taillé à la perfection. C'est la seule chose qui soit parfaite chez lui.

Il a un sacré nez crochu, et je ne peux m'empêcher de me demander qui lui a fait ça et quand ? Un autre joueur ? Quelqu'un dans sa jeunesse ? Peut-être qu'il n'y a pas qu'un seul homme qui l'a tabassé. En tout cas, il le mérite.

— Monsieur, dis-je en forçant les mots à sortir de mes lèvres sèches. Voici ma petite amie, Mme Ryan.

— Ryan, dit-il en la regardant de haut en bas, lentement et méthodiquement, comme s'il la déshabillait du regard.

Sa mâchoire est desserrée, il reste bouche bée pendant qu'il absorbe chaque centimètre carré d'elle avec son esprit.

J'ai l'impression qu'il la baise avec ce regard dégoûtant, et je m'avance, la poitrine tendue, prêt à lui crier de détourner son regard, quand Emerson me serre la main et me force à sourire.

— J'ai tellement entendu parler de vous, M. Fitzgerald. Ce doit être un tel honneur d'avoir l'un des joueurs les plus talentueux dans votre équipe.

Elle est douée.

Il se lèche ses lèvres avant de laisser échapper un soupir.

— Tu trouves ce type talentueux ?

Il fait un geste du pouce dans ma direction. Je sens les insultes fuser avant même qu'il ne lâche la première, et je me mords la langue, la mâchoire crispée pour ne pas riposter. C'est ce qu'il veut, n'est-ce pas ?

— Greyson n'est plus dans la fleur de l'âge. Et quand il est sur la glace, il est trop occupé à penser à ce rat qui l'attend à la maison. La gamine est une distraction. Je ne comprends pas pourquoi la mère n'est pas dans le coup, mais c'est bien de voir qu'il a une petite amie prête à faire le travail d'une mère.

— Pardon ?

Emerson lâche ma main, croise les bras sur sa poitrine et s'approche, se retrouvant face à lui.

— Tu as une belle paire de seins, mais personne ne te parlait, chérie.

Fitzgerald renifle Emerson de manière dégoûtante.

— Greyson, tu devrais calmer ta pétasse.

Son attention se porte sur moi, ignorant la brune comme si elle n'existait plus.

Je retire mon bras pour asséner un coup au visage de Fitzy quand Noah et Owen interviennent, chacun jetant un bras autour de mon épaule, m'empêchant de faire une erreur qui mettrait fin à ma carrière.

— Cette jolie paire de seins, dit Emerson en s'approchant et en se penchant pour croiser son regard. Appartient à une femme qui a plus de classe que vous n'en aurez jamais. Je vous suggère de prendre un ou deux cours sur le harcèlement sexuel avant de vous retrouver avec un procès sur le dos. D'après ce que je vois, vous avez beaucoup d'argent qui pourrait rendre cette paire de nichons encore plus belle.

Elle sourit et se tourne, lui marchant sur le pied avec un sourire.

— Tu viens, Greyson ?

Je suis abasourdi et sans voix par sa remarque, mais mon sourire ne semble pas disparaître.

— Tu as vraiment tenu tête à cet abruti pompeux.

— Il fallait bien que quelqu'un le fasse. J'espère que cela ne nuira pas à tes chances d'obtenir un nouveau contrat pour l'année prochaine.

Elle se mord la lèvre inférieure.

— Je suis allée trop loin ?

— Tu étais parfaite, murmuré-je en me penchant et en effleurant ses lèvres d'un baiser brûlant. Je veux te ramener à la maison.

— Dans une heure. Fais ton marché, et je me débrouillerai seule pendant un moment.

— Te laisser te débrouiller avec ces vautours ?

Je suis choqué qu'elle pense pouvoir disparaître sans être harcelée par des vieux riches qui cherchent à s'en prendre à une jeune fille sexy. Elle est de la chair fraîche pour ces types, comme une vierge prête à être sacrifiée. Et je ne laisserai personne l'approcher, même si elle peut les repousser elle-même.

— Oh, allez.

Emerson sourit.

— Tout ira bien. Il y a beaucoup de caméras et de sécurité. Reste à l'intérieur. Je veux vérifier les images chez toi et m'assurer que Bristol est en sécurité et au lit à l'heure qu'il est.

— Ce n'est pas à moi de faire ça ?

Le personnel apporte des hors-d'œuvre et des flûtes de champagne, et nous nous trouvons sur le chemin alors qu'ils passent devant nous en traînant les pieds. Je recule Em contre le mur, aidant le personnel en restant à l'écart. Je jure que je n'essaie pas de la peloter, mais c'est difficile de ne pas bander en étant pressé contre elle.

— Tu dois te préoccuper de ta carrière de hockeyeur et t'assurer que tout est en ordre avant notre départ. Même si ça veut dire une autre conversation avec ton vautour préféré, taquine-t-elle.

Je gémis.

— S'il te plaît, ne m'oblige pas à reparler à Fitzy.

— Si tu ne le fais pas, je le ferai.

Elle a intérêt à plaisanter, parce que si Fitzgerald s'approche d'Emerson, je la mets sur mon épaule et je la porte jusqu'à la voiture.

DOUZE
EMERSON

NOUS NOUS SOMMES BEAUCOUP
EMBRASSÉS le soir du gala. Ce n'est pas comme si
nous n'avions pas déjà batifolé devant ses amis,
comme la fois où je me suis mise à genoux et où je
lui ai fait une fellation chez lui. Mais cela faisait
partie du plan, n'est-ce pas ?

Enfin, peut-être pas la pipe, mais le fait de
l'embrasser et de faire semblant d'être en couple.
C'est allé un peu plus loin que prévu. Il est sexy et
nos hormones ont pris le dessus. Tout à fait normal.

Du moins, c'est ce que je me dis.

Mais quand nous ne sommes pas devant des
spectateurs ou potentiellement devant une caméra
pour un public, nous gardons nos distances.

Et le gala a eu lieu il y a six jours.

Il n'a pas été à portée de main, physiquement, depuis près d'une semaine.

Et j'espère que son évitement n'a rien à voir avec Brad. Je n'ai pas voulu dire à Kyler les détails de mon départ du FBI. Il n'est pas comme Brad. Jaxson m'a assuré que ce qui s'était passé au FBI ne se produirait pas avec ses hommes ou l'un de ses clients.

Et je n'arrête pas de penser au moment où les lèvres de Kyler ont effleuré les miennes ou quand son érection s'est frottée à moi. C'est juste une réaction physique, rien de plus. Pas vrai ?

Il ne veut pas vraiment être avec moi. C'est ridicule.

Il pourrait avoir n'importe quelle fille.

Et je ne suis pas la fille que les joueurs de la NHL poursuivent ou sur laquelle ils fantasment. J'ai de la chance qu'il ait même suggéré que nous fassions semblant de sortir ensemble. Non pas que je me sente très chanceuse. Nos emplois du temps font que nous nous croisons à peine. Lorsqu'il est à la maison, il s'entraîne tous les jours avec les autres joueurs ou à la salle de sport.

Son emploi du temps est rigoureux et Lia semble un peu déconcertée par ma présence constante, mais elle n'a rien dit qui puisse suggérer que je ne devrais pas accompagner Bristol au parc quand elle rentre de l'école.

Je coince Kyler tard après l'un de ses matchs lorsqu'il arrive en sentant le savon à l'amande. Je suis sûre qu'il s'est douché après son match, mais l'odeur se dégage de lui, et je ne peux m'empêcher de faire un pas de plus, voulant le respirer.

— Il faut qu'on parle, dis-je.

Il rit à moitié, comme s'il était nerveux.

Est-ce que je le rends nerveux ?

— Rien de bon ne sort jamais de ces cinq mots, dit-il.

— Qu'est-ce qui se passe vraiment entre toi et le propriétaire ?

Il laisse tomber son sac à ses pieds et esquisse un sourire.

— C'est un abruti. Tu l'as rencontré. Dis-moi que j'ai tort.

Kyler n'a pas tort, mais je ne pense pas que ce soit la raison pour laquelle il joue la carte de la fausse relation.

— Tu es milliardaire. Pourquoi t'intéresses-tu tant au contrat pour jouer dans son équipe ? Tu pourrais jouer n'importe où. Tu pourrais même acheter ta propre équipe !

Il me lance un regard noir pour me faire taire et

m'attrape par le bras, m'entraînant avec lui dans la bibliothèque. Il allume la lumière et ferme la porte derrière nous.

Est-il vraiment si inquiet que sa fille ou la nounou puisse entendre la conversation ?

— L'argent ne fait pas tout, Ryan.

Je me mords la lèvre inférieure.

— Bien sûr que non. Mais ça aide. Qu'est-ce qui se passe ?

Pourquoi diable m'appelle-t-il par mon nom de famille ? C'est impersonnel, comme s'il essayait d'ajouter de la distance entre nous alors que nous ne sommes qu'à quelques centimètres l'un de l'autre. Il relâche son emprise sur mon bras, et je laisse échapper un léger soupir, déçue de cette rupture de contact.

Je ne devrais pas me soucier du fait qu'il ne me touche pas.

Cette relation est fausse à cent pour cent.

Il ne veut pas de moi.

Il ne pourra jamais vouloir quelqu'un comme moi.

— Dis-moi que j'ai tort, que tu n'es pas milliardaire, dis-je.

Il traîne les pieds et regarde le sol.

— C'est plus compliqué que ça.

— Comment ça ?

J'insiste, je veux savoir ce qu'il veut dire. J'ai vu sa valeur nette quand les gars de Tactique de l'Aigle ont fouillé pour s'assurer qu'il n'y avait pas de squelettes dans le placard de Greyson.

— Je n'en veux pas. Je donne tout.

Je tousse en me raclant la gorge. Il n'est pas sérieux.

— Tu quoi ?

Il lève les yeux vers moi, son regard s'assombrit et s'enflamme de passion.

— Je ne mérite pas un centime, alors je le donne.

— A qui ?

Je n'arrive pas à le croire. Pourquoi Jaxson ou l'un des autres gars ne me l'ont-ils pas dit quand ils ont fait des recherches sur lui ?

— C'est important ?

— Ça l'est si on te fait chanter.

Sinon, pourquoi donnerait-il plus de sept chiffres ?

Il se rapproche, rompant la distance qui nous sépare.

— On ne me fait pas chanter, dit Kyler.

Son regard se trouble et je n'arrive pas à savoir s'il ment ou s'il cache quelque chose d'autre.

— Personne ne donne ce genre d'argent de son plein gré.

— Moi, je le fais, dit-il. Je ne le mérite pas.

Je lui saisis la main et le tire vers le canapé, le forçant à s'asseoir à côté de moi.

— Comment ça, tu ne le mérites pas ?

Je me déplace sur le canapé pour lui faire face, lui accordant toute mon attention.

— Je veux dire que tout ce qu'il a fait, c'est jeter une énorme malédiction sur ma famille depuis qu'il a atterri sur mon compte. Ma cousine a reçu un diagnostic de cancer le jour où j'ai encaissé les fonds. Deux semaines plus tard, mon frère est tombé d'une échelle et a failli se tuer. Puis, la semaine suivante, ma fille a passé neuf jours à l'hôpital pour une pneumonie...

— Ces choses-là arrivent. Elles font partie de la vie.

Croit-il vraiment qu'il est maudit ?

— J'ai perdu tous les matchs, Ryan, jusqu'à ce que je commence à donner l'argent à des œuvres de charité. La maison dans laquelle Jasper et moi avons grandi a brûlé, ma voiture a été volée, et lors de mon dernier rendez-vous, elle a volé ma carte de crédit et s'est lancée dans une virée shopping tout en postant sur Internet des photos de nous deux qu'elle avait photoshopées.

— Une série de malchances.

— Oh, je n'ai pas fini, dit Kyler. Il y a plus...

— Tu te sens coupable. C'est compréhensible. Ça arrive aux gagnants du loto...

Mais je ne comprends pas pourquoi il se sent coupable.

— Ce n'est pas la même chose, dit-il en se raclant la gorge.

Il se lève, incapable de rester assis, et commence à arpenter la pièce. Il est mal à l'aise, ses mains se serrent en poings le long de son corps pendant qu'il parle.

— J'ai gagné l'argent, chaque centime, mais l'argent n'est pas synonyme de bonheur. Et plus j'en gagnais, plus les choses empiraient. J'ai donc commencé à en faire don à des associations caritatives, comme le gala auquel tu as assisté.

— Tu as payé le gala ?

J'essaie de cacher mon choc, mais je suis sûre que cela se voit sur mon visage.

— Ce n'est pas ta responsabilité, Kyler. C'est merveilleux que tu veuilles aider, mais ça ne doit pas retomber sur tes épaules.

— Je sais, et c'est pour ça que c'était un

événement pour encourager d'autres donateurs à aider à financer l'aile pour enfants de l'hôpital, dit-il.

Un faible sourire se dessine sur son visage.

— J'ai rencontré ces enfants et je te dis que chaque centime que j'ai donné en vaut la peine.

— C'est merveilleux, dis-je en le regardant fixement. Est-ce que cela aide à atténuer la culpabilité ?

— Bien sûr que non. L'argent que j'ai utilisé pour acquérir la richesse provenait de ma part de d'assurance-vie de mes parents. Lorsqu'ils sont morts, j'étais ivre et stupide. J'ai tout jeté dans un pari et je suis devenu stupidement riche.

— Et Jasper ?»

— Il a gardé le sien sur un compte d'épargne à fort taux d'intérêt jusqu'à ce qu'il soit assez grand pour acheter une maison. Mais penses-tu que je l'ai laissé utiliser son argent ?

— Alors, tu le laisses utiliser le tien, l'argent maudit ?

— Bien sûr que non ! L'argent que j'ai gagné au hockey m'a aidé à payer sa maison, son éducation et ses frais de subsistance. Je ne vais pas lui donner de l'argent maudit. Quel genre de monstre penses-tu que je suis ?

Il se passe les mains dans les cheveux,

visiblement frustré par la situation.

Je ne peux m'empêcher de sourire.

— Le genre généreux ?

Il me lance un regard noir et je ne peux m'empêcher de me lever et de me diriger vers lui.

— Et moi ?

Il fronce les sourcils, ne comprenant pas ma question.

— Et toi ?

Kyler secoue la tête, attendant que je développe.

— L'argent que tu me donnes pour jouer ta petite amie. Est-ce que cet argent est maudit ?

Il sourit et détourne le regard.

—Je trouverais un moyen de…

— Je ne crois pas aux malédictions, Kyler. Et tu ne devrais pas non plus. Je trouve généreux que tu veuilles donner tout ton argent à une œuvre de charité, mais ne fais pas quelque chose que tu pourrais regretter. Tu as une belle maison et une fille qui va dans une école privée, et tu voudras financer son éducation quand elle ira à l'université. Ces choses-là coûtent de l'argent.

— Bristol sera prise en charge. C'est pourquoi j'ai besoin que le contrat avec Fitzgerald soit signé pour l'année prochaine.

— Est-il au courant de la malédiction ?

demandé-je, en essayant de voir les choses du point de vue de Kyler.

Si Fitzgerald se rend compte que Kyler est prêt à tout pour rester dans l'équipe, alors ce crétin pourrait facilement profiter de lui.

— Ce n'est pas quelque chose dont je fais la publicité, dit-il. Mais il en a eu vent par l'intermédiaire du coach Malone. Il a entendu Malone me dire que j'avais perdu la tête pour avoir tout donné.

— Je suis d'accord avec ton entraîneur sur ce point, dis-je.

Il pousse un soupir et ses narines se dilatent.

— Tu n'as pas vu ce que cet argent peut faire, Ryan. Comment il déchire les gens.

Je me rapproche de lui et lui tends la main. Mes doigts s'emmêlent aux siens.

— Tes parents étaient déjà décédés quand tu as choisi d'investir cet argent. C'était le tien, dis-je en lui rappelant qu'il ne volait pas quelque chose qui ne lui appartenait pas.

— Je sais, mais je voyais aussi quelqu'un, et elle s'est intéressée à ce que je pouvais lui acheter, une voiture, une suite dans un penthouse, tout ce qui lui tombait sous la main lui permettait de me dire magiquement « je t'aime ». C'était dégoûtant.

— Il y a un nom pour ça, michetonneuse.

— Mais elle n'était pas comme ça quand on a commencé à sortir ensemble. Elle était très gentille avec Bristol, elle m'aidait à changer les couches, elle était là pour moi...

— Jusqu'à ce qu'elle ne le soit plus, dis-je en le coupant. Il n'y a aucune chance qu'elle ait de la rancœur ? Pourrait-elle être derrière les menaces qui pèsent sur Bristol ?

— Elle n'a jamais fait de mal à ma fille. Bristol était comme une fille pour elle.

Il se détache de moi et ouvre un des livres, récupérant un morceau de papier à moitié déchiré avec une note écrite à l'encre bleue.

— Ce n'est pas son écriture, mais c'est la raison pour laquelle j'ai besoin que tu gardes Bristol en sécurité.

Kyler,

Faites un faux pas, et ta petite Bristol connaîtra le même sort que tes parents. Perds les six prochains matchs, ou choisis un cercueil pour ta petite.

X

J'inspire un grand coup.

— Depuis combien de temps as-tu cette note ? Pourquoi diable ne l'as-tu pas montré à l'équipe de sécurité que tu as engagée ou à moi ?

— Ce n'était que six matchs. Je ne pouvais pas prendre le risque que quelqu'un blesse Bristol.

Il croise les bras sur sa poitrine.

— Nous jouons quatre-vingt-deux matchs réguliers par saison, à moins que nous ne fassions les playoffs. Perdre six matches, ça craint, mais ça ne va pas tuer notre record.

— Jusqu'à ce qu'on te demande d'en perdre d'autres.

J'étudie le lettrage, la note et la façon dont le stylo déteint sur le papier. Quelqu'un a pris son temps pour écrire une menace aussi simple, comme s'ils essayaient de dissimuler leur écriture.

— C'est logique que la mafia soit derrière quelque chose comme ça, dis-je.

— Pourquoi ? Parce qu'ils sont impliqués dans des activités illégales comme les jeux d'argent ?

Kyler n'a pas l'air aussi convaincu.

— Nous avons encore un dîner avec les Moretti qui approche, et je doute qu'un d'entre eux ait déjà vu un match de hockey.

— Ça ne veut pas dire qu'ils ne sont pas derrière tout ça. C'est la seule menace que tu as eue contre Bristol ?

Je lui montre le papier, encore abasourdie qu'il

m'ait caché cela. À l'heure qu'il est, il a joué des dizaines de matchs et en a perdu plus de la moitié. Je ne peux m'empêcher de me demander s'il ne l'a pas fait exprès.

— Il y en avait peut-être d'autres. Je les ai brûlées, dit-il en détournant le regard.

— Combien y en a-t-il eu d'autres ?

— Il y en a pratiquement une nouvelle chaque semaine.

— Et tu as suivi les ordres ? Comment suis-je censé t'aider si tu me caches des choses, Greyson ?

— Je n'ai pas demandé ton aide. Je t'ai engagé pour garder ma fille en sécurité au cas où ce connard déciderait de s'en prendre à elle même si j'ai suivi ses ordres.

— Tu pourrais être expulsé de la NHL si quelqu'un savait ce que tu fais.

Kyler se rapproche de moi, me plaquant contre le mur.

— Personne ne peut le découvrir. Si tu le dis à quelqu'un, Ryan, c'est fini. Tu n'auras pas un centime.

— Tu crois que c'est tout ce que ça représente pour moi ? De l'argent ? J'essaie de protéger Bristol. Je ne peux pas le faire si tu n'es pas honnête avec moi.

Je le frappe sur le bras en le poussant hors du chemin et je sors en trombe de la bibliothèque.

— On n'a pas fini, Ryan, dit-il en m'appelant, s'attendant à ce que je fasse ce qu'il veut.

Il est peut-être le capitaine de son équipe, mais il ne me donne pas d'ordres.

— On a fini.

Je sors en trombe de la bibliothèque et il m'attrape le poignet, me ramenant face à lui. Ses mains se posent sur mes hanches, m'empêchant de me dégager de son emprise.

Si je voulais vraiment lui échapper, un coup de pied dans l'aine le ferait tomber par terre. Mais je ne me sens pas menacée par sa présence. Il ne me ferait pas de mal.

— Ce n'est pas fini, dit-il, le regard sombre et la poigne rude contre ma peau. Tu n'as pas le droit de t'éloigner de moi parce que tu n'es pas d'accord avec ce que je dis.

— Ce qui m'énerve, c'est que tu préfères me cacher des secrets plutôt que de me laisser protéger ta fille. Pendant tout ce temps, j'aurais pu t'aider à enquêter sur les menaces. Au lieu de ça, j'ai cru que la seule vraie menace était la mafia !

— Je suis désolé. J'aurais dû te dire...

— Laisse tomber.

Je lève la main, pas prête à entendre ses excuses.

— Tu me dois le respect d'être honnête. Si tu veux que je protège Bristol, je dois tout savoir.

Il acquiesce lentement et recule d'un pas, relâchant son emprise sur moi.

— As-tu d'autres menaces que tu as sauvegardées ? Quelque chose sur ton téléphone portable ? demandé-je, en lui montrant le morceau de papier.

— Je n'ai gardé que cette note.

— Et comment sont-elles livrées ?

Ils ne doivent pas venir à la maison, sinon les caméras de sécurité auraient capté les images.

— Elles sont toujours dans ma boîte aux lettres privée à l'arène.

— Elles doivent être envoyés par courrier, à moins qu'il ne s'agisse de quelqu'un à l'intérieur...

— Ce n'est pas le cas, répond-il un peu trop vite. Mes coéquipiers ne menaceraient jamais ma fille, pas plus que les personnes avec qui je fais des affaires, et ce n'est pas non plus par courrier.

— Que suggères-tu ? Les menaces n'arrivent pas par pigeon voyageur.

Il pousse un soupir, peu satisfait de ma pointe de sarcasme.

— Il y a des centaines, voire des milliers

d'employés qui ont accès à nos boîtes aux lettres. Rien n'est fermé à clé, tout est ouvert et accessible à tous, et il n'y a pas de caméras. J'ai vérifié.

— Quelqu'un sait jouer au détective, dis-je en me moquant.

Ses lèvres se posent durement sur les miennes, s'écrasant contre ma bouche, me réduisant au silence. J'entrouvre les lèvres pour protester, mais il n'y voit qu'un encouragement supplémentaire, sa langue se frayant un chemin à l'intérieur.

Les mains de Kyler se posent sur ma hanche, m'attirant plus près, les coussinets de ses doigts taquinant l'ourlet de ma chemise, effleurant ma peau nue tandis qu'il remonte le tissu.

Putain, cet homme sait comment embrasser.

Ses lèvres descendent le long de mon cou, aspirant la peau sensible qui me fait défaillir.

— Arrête, dis-je, et c'est le seul mot qu'il a besoin d'entendre. Il recule, me regarde en clignant des yeux, sa respiration est lourde et irrégulière.

— Merde, murmure-t-il en reculant d'un pas.

Il se passe une main dans les cheveux, troublé. Son visage rougit et il se recule contre le mur, essayant de s'éloigner le plus possible de moi.

Il n'est pas Brad. Il n'a jamais rien fait pour me blesser ou me forcer à faire quelque chose qui me met mal à l'aise. Et il s'est arrêté dès que je lui ai dit de le faire, mais c'est aussi mon patron. Je travaille pour lui.

— Ce n'est pas possible, Greyson.

J'ai besoin de dresser un mur entre nous, de faire comprendre que ça ne peut pas arriver à moins que ça fasse partie du travail, de faire semblant d'être amoureux.

Parce que si nous continuons à nous embrasser, ce ne sera plus de la comédie. Pas pour moi.

— D'accord.

Il secoue la tête comme pour se remettre les idées en place.

— Pas de public. Pas d'embrassade. C'est ma faute.

Cette fois, il fait un pas vers la porte, comme si j'étais le feu et qu'il était trop près de se faire brûler par les flammes rugissantes.

Avant que je puisse dire quoi que ce soit d'autre, il est sorti de la bibliothèque, a traversé le couloir et est parti. Il n'a pas quitté la maison. Les caméras ne m'ont pas alerté que quelqu'un était entré ou sorti de la résidence, ce qui signifie qu'il est probablement au lit, et c'est là que je devrais être.

Dans ma propre chambre.

Mais je ne suis pas fatiguée.

Kyler a le don de me réveiller aux moments les plus inopportuns. Il faudra que je me lève tôt demain pour enquêter sur la note et découvrir qui pourrait en vouloir à Greyson. Les menaces peuvent venir de n'importe qui, d'un mafieux à la tête d'un cercle de jeu ou d'un toxicomane qui essaie de s'enrichir en pariant sur la perte d'un match par l'équipe.

Ai-je précisé que je déteste le hockey ?

TREIZE
KYLER

EMERSON M'ÉVITE. Est-ce parce qu'elle m'en veut d'avoir caché cette stupide lettre ?

Elle dort, ou est sous la douche, à chaque fois que j'essaie de lui parler, mais il est presque impossible d'avoir un moment seul avec elle. Et Lia n'aide pas vraiment. Elle est allée voir Emerson pour lui demander des conseils sur ce qu'il fallait faire pour le dîner ou si elle devait emmener Bristol au parc après l'école aujourd'hui.

Bristol est ma fille. C'est à moi que la nounou devrait s'adresser, pas à Em.

Mais Em est plus présente que moi ces derniers temps. C'est comme si elles étaient devenues amies toutes les deux, et je ne suis pas sûr d'aimer ça - elles travaillent toutes les deux pour moi.

J'attends qu'Em sorte de la douche, assise sur son lit. Nous avons un match ce soir, alors au moins je ne serai pas en retard à l'entraînement.

La douche s'arrête et je reste silencieux, ne voulant pas l'avertir que je l'attends dans sa chambre. Elle ne sera pas ravie, mais si elle doit m'éviter, alors je ferai tout ce qu'il faut pour avoir cinq minutes seul avec elle.

La porte de la salle de bains s'ouvre en grinçant et de la vapeur s'échappe derrière elle alors qu'elle sort, vêtue d'une simple serviette. Ses cheveux sont mouillés et dégoulinent sur ses épaules, faisant briller sa peau.

— Kyler ! Qu'est-ce que tu fais ici ?

Elle serre la serviette plus fort sur sa poitrine.

Si seulement elle laissait tomber la serviette et me laissait la ravir. Nous en avons tous les deux besoin, la tension sexuelle entre nous ne cesse de croître. Je me déplace contre le lit, en espérant qu'elle ne se rende pas compte à quel point je suis dur pour elle.

— Nous avons un match à domicile et je veux que tu viennes dans les gradins. Je veux que tu sois là.

J'ai l'impression d'être à nouveau un adolescent, bavard et nerveux. Ce n'est pas comme si elle n'avait pas vu ma bite quand elle m'a sucé le soir où les gars étaient là.

Je devrais organiser une autre soirée avec l'équipe si c'est ce qu'il faut pour qu'elle se mette à genoux. C'était le paradis. Elle sait comment utiliser sa langue et sa gorge. Je gémis quand elle interrompt mes pensées.

— Je serai là. Sors !

Elle me montre la porte du doigt, voulant que je parte.

Je prends mon temps, me levant lentement du lit et valsant vers la porte. Ma bite se durcit alors que je lui jette un nouveau coup d'œil par-dessus mon épaule.

— Tu ne peux pas aller plus lentement ? souffle-t-elle les yeux écarquillés. Dehors. Maintenant !

———

Une fois de plus, la brune fougueuse évite de se retrouver seule avec moi. Elle est concentrée sur sa tablette, qui lui donne accès à toutes les caméras de sécurité et à tout ce dont elle a besoin.

Bristol n'a pas école et Lia est à ses trousses, s'assurant qu'elle est changée, nourrie et soignée. Elle est attentive aux besoins de Bristol, ce qui est incroyablement important, alors qu'elle n'a pas la moindre idée des menaces qui pèsent sur notre famille.

— M. Greyson, dit Lia en fermant le réfrigérateur après avoir pris la brique de jus d'orange. Quand j'ai récupéré Bristol à l'école hier, sa maîtresse m'a dit que vous étiez censé dîner avec d'autres parents.

— C'est vrai. Je vais demander à Em d'appeler et de programmer le dîner chez nous.

Emerson me regarde, un sourcil plus haut. Comment diable fait-elle cela ?

— Tu es sûr que c'est judicieux ? Il vaudrait mieux qu'on aille manger dehors, dit Em, en jetant un bref coup d'œil à Lia.

Elle essaie de contourner la nounou et de ne pas l'alarmer au sujet de la famille Moretti.

Je doute fort que ce soit les Moretti qui me menacent, qui laissent des notes derrière eux pour que je tombe dessus. Ce n'est pas le genre de la mafia de laisser une menace non signée. Je m'attendrais à ce qu'ils me la remettent en main propre ou, plus vraisemblablement, qu'ils me menacent en face.

Je me demande donc qui peut bien être à l'origine des menaces proférées à l'encontre de ma fille. Je n'ai jamais été impliqué dans des cercles de jeu ou rencontré des bookmakers. Jasper est tout aussi propre. Ce garçon est un saint. Il a passé les années qui ont suivi la mort de papa et maman à se concentrer sur l'école, ses notes et le hockey.

La menace vient d'ailleurs.

Je jette un coup d'œil à Lia et lui adresse un sourire forcé.

— Nous allons prendre contact avec eux et organiser le dîner. Merci de me l'avoir signalé.

Lia a un regard perplexe, mais l'ignore et aide Bristol à ranger après le petit déjeuner.

Em semble sentir que Bristol et Lia s'apprêtent à quitter la cuisine, et elle prend son café et sa tablette, prête à les suivre. J'apprécie ses capacités d'ombre, mais elles sont en sécurité chez moi.

J'attrape le bras d'Em, sans la laisser disparaître pour l'instant.

— Ce soir, je veux que tu sois au match.

— Je sais. Je t'ai entendu après ma douche. J'y serai. En attendant, je dois passer quelques coups de fil et trouver ce que je peux à propos de cette note.

Elle me jette un coup d'œil. Une expression de déception traverse ses traits.

— Tu aurais dû me le dire plus tôt.

Je baisse la voix pour réduire l'écho au

minimum. Je ne veux pas que Bristol ou Lia entendent la conversation.

— Je t'ai dit ce que tu devais savoir. J'ai fait ce qu'il fallait pour que ma fille soit en sécurité.

— Nous aurions pu mettre tout cela derrière nous bien plus tôt si t uavais simplement remis le mot et m'avais laissé enquêter sur son origine.

— Et tu aurais été au stade de hockey au lieu de garder les yeux sur ma fille. Bristol est la priorité. Envoie tout ce dont tu as besoin à Jaxson et à son équipe. Mais ta responsabilité est de protéger mon enfant.

Son regard se crispe et sa langue passe sur sa lèvre supérieure avant de s'écarter légèrement sur le côté.

— Tu n'as pas à me rappeler comment faire mon travail. Je sais ce pour quoi j'ai été engagée.

— C'est bien.

Je lui vole sa tasse de café, intacte, et l'emporte avec moi à l'extérieur. J'ai besoin d'air et de quelques minutes loin d'Emerson.

— Salaud, murmure-t-elle dans son souffle en sortant.

Je choisis d'ignorer sa remarque, je sors et je ferme la porte derrière moi. Il faut que je me remette les idées en place pour la soirée de jeu.

———

Je ne revois pas Emerson avant d'aller rejoindre l'équipe avant le match. Bristol est au parc avec Lia et elle. Je suis sûr qu'elles vont bien, mais j'aurais vraiment aimé installer une sorte de dispositif de suivi sur les téléphones de la nounou et de ma fausse petite amie.

Au moins, s'il leur arrivait quelque chose, je saurais où elles se trouvaient pour la dernière fois.

— Tu as l'air distrait, dit Jasper en m'entraînant à l'écart dans les vestiaires.

Il y a beaucoup de bruit et d'agitation, l'équipe se préparant à affronter un champion invaincu pour la saison.

— C'est parce que les gars se plaignent de nos quatre dernières défaites et qu'on est sur le point de se faire botter le cul ?

Je n'ai pas hâte de jouer contre les Island Bruisers. Chaque fois que nous jouons contre cette équipe, James et moi en venons aux mains sur la glace. Nous nous lançons des insultes aussi souvent que le palet, et nous finissons tous les deux par nous battre jusqu'à ce que nous soyons envoyés au banc des pénalités.

Je ne veux pas qu'Em ou Bristol soient témoins de ça ce soir.

Je souffle à sa remarque.

— Bon sang, non. On ne va pas perdre ce soir. Em sera dans les tribunes.

— Tu ne lui as pas donné de billets pour la loge privée ?

Je jette un coup d'œil à mon jeune frère.

— Non. Je veux qu'elle vive le match comme il se doit.

Jasper sourit.

— Tu sais au moins si ta copine aime le hockey ?

J'évite sa question, incertain de la réponse. Elle ne s'est jamais vraiment extasiée sur le fait que je joue pour la NHL ou sur ce sport, et je ne me souviens même pas qu'elle m'ait posé une seule question sur le hockey.

— Je veux qu'elle me voie de près, dis-je en lui donnant une tape dans le dos."Elle ne peut pas le faire depuis ces loges privées.

— C'est vrai.

Les yeux de Jasper se rétrécissent alors qu'il m'étudie.

— Emerson est vraiment ta petite amie ? Je veux dire, je sais que le coup de la nounou était une couverture.

Putain. Si Jasper ne croit pas qu'Em est ma petite amie, personne d'autre ne le croira non plus. Je dois le convaincre, quel que soit l'enjeu.

— Tu me demandes ça parce que tu la veux ? Elle est à moi, grogné-je instinctivement.

L'idée que lui ou qui que ce soit d'autre puisse ne serait-ce que l'inviter à un rendez-vous me noue l'estomac et me fait serrer les poings.

Jasper lève les mains en l'air.

— Je demande juste, mon frère. Elle est mignonne, mais on ne vous a pas vraiment vus tous les deux à des after-parties, et elle n'a pas été invitée dans la salle des épouses. J'ai supposé que les fêtes n'étaient pas vraiment son truc, mais les gars parlent...

— Vous avez parlé d'Em ?

La pièce est plus chaude de plusieurs degrés et je la parcours du regard.

— Qui d'autre ?

Je veux savoir ce qu'ils ont dit sur ma copine. Même si c'est faux, personne d'autre ne connaît la vérité.

Jasper hausse les épaules et traîne les pieds, évitant la question.

— Juste les gars.

Il ne me donne pas de réponse directe et je l'attrape par le maillot, le poussant contre le mur.

— Qui ? grogné-je.

— Ouah !

Noah se jette entre nous, me repousse et m'empêche de frapper mon frère.

Owen s'interpose, protégeant mon petit frère. Il fait deux fois la taille de Jasper.

— Garde ça pour la glace, dit Owen. Si tu veux briser le cou de quelqu'un, fais-le à ce connard de James Fitzgerald.

— Éloigne-toi, Greyson, dit l'entraîneur Malone.

Le coach appelle la plupart d'entre nous par leur nom de famille, surtout quand il est en colère contre nous. Mais comme j'étais dans l'équipe avant Jasper, je suis Greyson. Et Jasper est toujours Jasper.

Je laisse échapper un grognement avant de quitter le vestiaire pour aller faire un tour.

Je ne m'attends pas à ce que quelqu'un me suive, mais une minute plus tard, les portes s'ouvrent par derrière et j'entends des pas lourds.

— Un mot.

L'entraîneur Malone est là, les bras croisés sur sa poitrine.

— Tu veux me dire ce qui se passe ? Ou dois-je demander à ton petit frère ?

Ma lèvre supérieure tressaille à la mention de Jasper comme étant mon petit frère. Comment si je ne le savais pas. J'ai aidé à élever cet enfant depuis la mort de nos parents. J'ai veillé sur lui. J'ai veillé à ce qu'il soit traité équitablement lorsqu'il a été recruté.

Je me dirige vers l'entraîneur, voulant que cela reste entre nous.

— Ce n'est rien, dis-je en détournant le regard.

Il est difficile d'ignorer le regard d'acier de l'entraîneur Malone.

— Je m'en remettrai.

— Tu ferais des tours de piste si ça ne tenait qu'à moi, mais j'ai besoin que tu sois en forme dans moins d'une heure. Remets-toi la tête à l'endroit, Greyson. Si c'est à propos de ta fille...

— Ce n'est pas le cas, dis-je en poussant un soupir de soulagement.

Bristol est à la maison avec Lia, et je n'ai pas à m'inquiéter pour l'une ou l'autre parce que je sais sans aucun doute que le système de sécurité est au top, et que si quelqu'un s'approchait à moins de quelques mètres de la maison, je serais prévenu, tout comme Emerson.

— Alors il s'agit de ta copine.

Les yeux du coach Malone se resserrent.

— Ton frère est amoureux d'elle ou quelque chose comme ça ?

— Je le tuerais si c'était le cas, grogné-je un peu trop vite, et le regard de Malone s'élargit.

— Ne laisse pas une fille se mettre entre deux frères. Il y a beaucoup de poissons dans la mer, Greyson.

— Ce n'est pas une fille comme les autres, dis-je, et j'inspire vivement en réalisant que si Emerson me tape sur les nerfs, c'est parce que j'ai envie d'être près d'elle.

Je pense que j'ai peut-être de vrais sentiments pour elle.

Il sourit et ses épaules s'affaissent lorsqu'il me regarde.

— Ah oui ?

— Je ne suis pas sûr qu'elle s'en rende compte, qu'elle sache à quel point elle compte pour moi. Est-ce que je peux...

Je jette un coup d'œil à son alliance. Elle est simple et claire, et pourtant elle serait parfaite pour une ruse.

— Je peux vous emprunter votre alliance ?

Le coach Malone plisse les yeux en tripotant son alliance.

— Tu es sûr de toi, Greyson ? Ne sois pas stupide pour quelque chose que ton petit frère a dit ou fait.

— Il ne s'agit pas de lui, dis-je.

Les gars ne réalisent clairement pas que je suis sérieux avec Em, et si je ne peux pas les convaincre que notre relation est réelle, comment vais-je convaincre le reste du monde ?

QUATORZE
EMERSON

— QU'EST-CE que tu portes pour aller à un match de hockey ?

Je jette un coup d'œil par-dessus mon épaule à Lia et Bristol dans l'encadrement de la porte, qui attendent que je me dépêche.

J'ai ouvert tous les tiroirs de ma chambre, j'ai vidé le placard et j'ai laissé des vêtements éparpillés sur le lit, le sol et suspendus à la porte de la salle de bains.

— Un maillot, dit Bristol, sans détour.

Elle porte un maillot des Ice Dragons qui est un peu grand, mais clairement une taille de jeune. Cela ne me convient pas. Je n'ai rien à me mettre.

— Tu as vérifié dans l'armoire de M. Greyson ? demande Lia.

— Non.

Lia et Bristol se séparent, me laissant traverser le couloir à toute vitesse.

Elles me suivent de près et me regardent mettre en pièces l'armoire de Kyler.

— Je ne connais pas grand-chose au hockey, dit Lia en ouvrant le tiroir de sa commode et en sortant un maillot dans lequel je vais nager. Mais ce maillot porte bien le logo de la NHL.

Les yeux de Bristol s'écarquillent et elle se mord la lèvre inférieure avant de sourire aux éclats.

— Tu devrais absolument le porter. Papa va...

Elle se tait, et je me précipite dans sa salle de bains pour en fermer la porte.

Je me glisse dans le maillot et porte un legging noir pour aller avec l'ensemble. Lia m'aide à tout remettre en place dans la chambre de Kyler. Il saura que j'ai emprunté le maillot, mais je suis sûre que ça ne le dérangera pas.

— Tu es sûre que c'est pour la même équipe ? demandé-je, en jetant un coup d'œil aux différents emblèmes et couleurs.

— C'est un vieux maillot, répond Bristol. Papa dit toujours que les anciens maillots étaient tellement plus cool. Crois-moi, tu vas le faire rougir.

Je jette un coup d'œil de Bristol à Lia.

— Qu'est-ce qui lui prend ?

Je ris et je serre Bristol dans mes bras.

— Tu as intérêt à avoir raison.

Lia se dépêche de sortir avec Bristol devant moi. Je ferme et verrouille la maison, monte dans le véhicule et laisse Mitchell nous emmener au match.

— Vous êtes sûres d'être prêtes ? demande Mitchell en nous regardant dans le rétroviseur.

— C'est l'heure du match, dis-je avec un sourire en coin.

Le match de hockey n'a pas encore commencé, mais j'ai hâte d'y être.

Mitchell hausse les épaules et s'éloigne de la maison pour nous conduire à l'arène.

Bristol est assise à côté de moi, et Lia est à l'avant, en train de discuter tranquillement avec Mitchell. Je n'arrive pas à comprendre ce qui se dit, mais ils rigolent bien.

— Qui joue contre les Ice Dragons ce soir ? demandé-je.

Je ne connais pratiquement rien au hockey, mais j'ai hâte de voir Kyler sur la glace. En fait, le voir jouer, c'est un peu excitant, mais je ne veux pas le lui avouer.

— Les Island Bruisers, dit Mitchell.

Il rit sous son souffle.

— Je devrais peut-être prendre un billet et vous rejoindre dans les gradins.

— Vous deviez. Kyler adorerait nous voir tous là, à l'encourager.

Mitchell secoue la tête, mais je peux entendre son rire alors qu'il se gare près du stade. La circulation est dense et beaucoup de gens traversent la rue en direction du stade.

— Vous devrez vous enregistrer à la billetterie. Montrez-leur votre carte d'identité, dites-leur que vous êtes avec Kyler Greyson, et ils auront des places disponibles pour vous trois.

— Vous ne venez pas ? demandé-je, surprise.

Il avait l'air intéressé quelques instants plus tôt.

— J'aimerais voir le visage de Greyson, mais je ne veux pas être blâmé.

— Blâmé ? demandé-je.

Il s'arrête devant le guichet et nous sortons du véhicule. Bristol me prend la main et marche à mes côtés.

Lia est à quelques mètres derrière moi et elle sursaute.

— Quoi ? Est-ce que j'ai du papier toilette sur ma chaussure ou quelque chose comme ça ? demandé-je, en la regardant.

— Pu...rée, souffle Lia.

— Joli sauvetage, mais tu devrais mettre un dollar dans le pot, dit Bristol.

— Elle fait de bonnes affaires, dis-je en jetant un coup d'œil à Lia.

En quelques minutes, j'ai trois billets VIP dans les mains.

— Oh mon Dieu.

Lia s'efforce de ne pas pleurer de rire.

Bristol lui jette un regard noir.

— Qu'est-ce qui vous prend à toutes les deux ? Vous vous êtes foutues de moi ? C'est un maillot d'une autre équipe ?

Je ne vois pas le dos du maillot, mais la foule s'épaissit et on nous pousse vers l'entrée.

Je montre nos billets, ils les scannent tous les trois et nous laissent entrer. Nous suivons les panneaux indiquant notre section, et Lia m'attrape avant que nous ne descendions à l'étage.

— Tu devrais probablement chercher à acheter un maillot avec le nom de Greyson dessus.

— Il aimerait un peu trop ça, dis-je en riant, et je grimace en réalisant que je suis censée être sa petite amie.

Bien sûr, j'aurais un maillot avec son nom dessus. Merde.

Lia a l'air beaucoup trop gentille ou peu

méfiante, je ne sais pas lequel des deux. Si elle soupçonne que quelque chose entre Kyler et moi n'est pas réel, elle ne l'a pas laissé paraître.

— Je peux avoir du pop-corn ? demande Bristol en m'entraînant dans la direction opposée.

— Bien sûr, dis-je.

Après nous être occupés des snacks et des boissons, nous nous dirigeons vers nos sièges, qui se trouvent directement derrière le banc de l'équipe.

Le match ne tarde pas à commencer et les joueurs entrent sur la glace.

Il y a une vitre entre l'équipe et nous, et Bristol grimpe sur sa chaise en faisant signe à son père.

— Papa ! s'exclame-t-elle avec enthousiasme.

Sur la glace, il se concentre entièrement sur le match. Je ne suis pas sûre qu'il ait vu que nous étions dans les tribunes, mais c'est probablement mieux ainsi. Je ne veux pas être une distraction pour lui.

J'aimerais bien que Kyler soit seul un moment pour savoir si d'autres menaces lui ont été envoyées récemment ou s'il a d'autres suspects à l'esprit concernant ceux qui pourraient vouloir faire du mal à sa fille.

Il y a beaucoup de sécurité dans l'arène, et assis juste derrière le banc avec une vitre entre nous, je n'ai pas l'impression que quelqu'un de son équipe soit impliqué. Mais il y a beaucoup d'autres personnes qui pourraient être responsables.

Bristol s'appuie sur la vitre, s'y colle le visage et fait des grimaces aux joueurs pour tenter d'attirer leur attention. La plupart d'entre eux sont trop occupés à se concentrer sur le match, mais Noah, sur le banc, sourit et salue Bristol.

Elle lui répond par un signe de la main enthousiaste et se retourne pour me faire face. — Tu as vu ça ? Noah m'a fait signe.

Avant que je n'aie le temps de répondre, Noah me montre du doigt et secoue la tête avec consternation.

— Qu'est-ce que tu portes ?

— C'est à Greyson. Demande-lui ce qu'il en pense, dis-je en criant.

Noah sourit.

—Tu n'es pas censé porter le maillot de l'autre équipe. Il va te tuer quand il verra ça.

J'expire un rire franc.

— Je suppose que c'est une bonne chose que je sois derrière la vitre.

Je tapote la cloison et fais un petit signe de la main quand Kyler passe, un froncement de sourcils sur le visage quand il jette un rapide coup d'œil dans ma direction.

Greyson crie quelque chose, mais il est parti bien avant que Noah ou moi n'entendions ce qu'il a en tête.

— Je te le dis, enlève ça avant qu'il ne perde la tête , dit Noah en me lançant un regard noir. Tu ne peux pas soutenir l'autre équipe !

Je me moque de sa suggestion.

— Je ne suis pas un fan de l'autre équipe.

— Les Bruisers, dit Noah. Et tu portes leur maillot comme si tu les soutenais.

— Je ne suis pas fan. C'est le seul maillot que j'ai trouvé.

Noah se dirige vers la glace quand Kyler s'éloigne et se dirige vers le banc. L'entraîneur lui reproche d'avoir raté une passe facile, mais honnêtement, je ne peux pas imaginer que ça puisse l'être.

A-t-il fait exprès de rater son coup ? Une autre lettre de menace a-t-elle été laissée derrière lui, lui ordonnant de perdre le match ?

Ce n'est pas une question que je peux poser ici, où quelqu'un pourrait nous entendre.

Greyson grogne et me jette un coup d'œil par-dessus son épaule.

— Tu essaies de me faire saigner ?

— Quoi ?

— Tu encourages les Island Bruisers ?

Les yeux de Greyson sont écarquillés.

— Je n'arrive pas à croire que ma copine supporte l'autre équipe.

— Papa, je lui ai dit de le porter.

Bristol rayonne, adressant à son père son sourire à mille feux.

Il rit.

— C'est à cause de toi, petit diable, que les mecs me font chier ?

— Toujours, dit-elle en embrassant son père. Et un dollar de plus dans le pot à gros mots.

Nous gémissons tous les deux à l'unisson.

Plusieurs minutes s'écoulent avant qu'il ne revienne sur la glace, marquant but sur but. Il est en feu ce soir jusqu'à ce qu'il se dispute avec un autre joueur de l'équipe des Island Bruisers. Je ne peux pas voir ce qui se passe, les gars debout devant nous criant avec animation.

Kyler est envoyé sur le banc des pénalités avec l'autre joueur qu'il combattait. Je jette un coup d'œil à Lia.

— Qu'est-ce qui se passe ?

Elle hausse les épaules.

— C'est un match de hockey. Des bagarres éclatent. C'est courant.

J'espère qu'elle a raison, mais je n'aime pas voir

Kyler se battre avec qui que ce soit. Ça me donne la nausée.

Les Ice Dragons sont à terre et la sonnerie retentit. Les équipes se retirent dans les vestiaires et les gars sur le banc sortent.

— Le match est terminé ?

Bristol sourit.

— Non. C'est l'entracte.

— Oh. Comme la mi-temps.

— Lia, tu peux m'emmener aux toilettes ? demande Bristol.

— Bien sûr. On revient tout de suite, dit Lia en se levant.

Prenant la main de Bristol, elles descendent l'allée et montent les escaliers jusqu'aux toilettes.

Debout, je me dégourdis les jambes en apercevant l'entraîneur qui retourne vers les bancs. Il porte quelque chose dans ses mains et grommelle à voix basse.

— Ryan, dit-il en me faisant un signe de tête.

— Oui, monsieur ?

Je ne sais pas trop pourquoi je m'adresse à lui de manière aussi formelle, mais je le fais avant de pouvoir dire quoi que ce soit d'autre.

Il me jette un t-shirt blanc à manches longues par-dessus le verre.

— Allez vous changer avant de gâcher notre partie.

Je ris sous mon souffle.

— Sérieusement ?

— Est-ce que j'ai l'air de plaisanter ?» demande l'entraîneur.

Je me traîne jusqu'aux toilettes. La file d'attente est à l'extérieur et je n'ai pas besoin de faire pipi. J'ai juste besoin de me changer. Mais à ce rythme, je ne sais pas combien de temps dure l'entracte, mais je risque de rater la suite du match si je fais la queue.

Bristol saute d'un pied à l'autre, semblant essayer de retenir sa vessie. Il y a au moins une douzaine de femmes devant elles.

— J'ai envie de faire pipi ! hurle la petite. Je peux utiliser les toilettes de papa ?

— Je ne pense pas que ce soit autorisé, dis-je.

Je doute que la sécurité nous laisse entrer dans les vestiaires. On nous a donné des cordons VIP à porter, mais il est peu probable qu'ils nous laissent entrer dans les vestiaires des hommes pendant le match.

— S'il te plaît, se plaint-elle. Je ne peux pas me retenir plus longtemps.

Lia fronce les sourcils.

— Chérie, si nous sortons de la file d'attente et

que nous ne pouvons pas utiliser les toilettes ailleurs, nous devrons commencer à attendre depuis l'arrière et tout recommencer.

Bristol gémit et se tortille, comme si elle avait des fourmis dans le pantalon. Son nez se fronce et je jure qu'elle est sur le point de se mettre à pleurer.

— D'accord.

J'attrape la main de Bristol et je jette un coup d'œil à Lia.

— Tu veux prendre le risque de venir avec nous ou rester dans cette file d'attente ?

— Ça bouge, mais c'est lent. Je vais attendre, dit Lia. Si tu ne trouves pas de toilettes ailleurs, tu pourras peut-être revenir ici à temps.

Je ne suis pas sûre que Bristol puisse tenir encore longtemps. On dirait qu'elle est sur le point d'éclater, si l'on en croit sa danse.

— Dépêchons-nous, dis-je en l'escortant loin de la salle de bains. Une main sur la sienne et l'autre sur le t-shirt blanc que l'entraîneur Malone m'a lancé, nous nous hâtons dans le couloir et sommes arrêtées par des agents de sécurité qui bloquent une entrée secondaire.

— Désolé, l'accès est interdit, dit le plus grand des deux.

Ils sont tous les deux grands et costauds. Il n'y a

aucune chance de les contourner sans se faire plaquer. Ils auraient pu être des joueurs de football américain à la retraite.

— Nous sommes des VIP, dis-je en lui montrant nos badges. Et cette petite doit aller aux toilettes.

Le plus grand des deux rit de sa danse maladroite.

— Désolé, l'équipe est dans les vestiaires. Je ne peux pas vous laisser entrer pendant qu'ils sont dedans.

— Papa !

Bristol crie par-dessus le rugissement de la foule. Elle espère qu'il l'entend ? Nous ne sommes pas du tout près de la porte des vestiaires. Nous sommes à un bout du couloir, et il est au moins à l'autre bout, si ce n'est au détour d'un couloir. Je ne peux pas vraiment le dire d'où nous sommes.

Le garde sourit à la petite fille.

— Qui est ton papa ? demande-t-il en se penchant à sa hauteur.

— Papa, évidemment.

Bristol roule des yeux et claque des doigts.

— Dis-lui que j'ai besoin de le voir.

L'enfant est tout en sarcasmes. Je me mets à rire.

— Kyler Greyson est son père.

— Je vois d'où elle tient son attitude. Et vous, qui

êtes-vous ? demande-t-il en me regardant de haut en bas.

— La petite amie de Greyson.

— N'a-t-il pas de la chance ?

Le garde sourit. Il jette un coup d'œil à son collègue, qui ne semble pas aussi intéressé par la conversation avec nous deux.

— Surveille le poste, lui dit-il en levant un doigt pour nous faire patienter.

— Tu pourrais être renvoyé si tu les interromps, Chris, dit l'autre garde.

Il n'a manifestement pas l'intention de nous aider.

— Laisse-moi m'en occuper, dit Chris.

Bristol sautille et gémit toujours, son nez se fronce, ce qui serait adorable si elle n'avait pas autant envie de faire pipi. Je suis impressionnée qu'elle ait réussi à se retenir aussi longtemps, compte tenu des circonstances. En vérité, elle aurait probablement mieux fait de rester en ligne avec Lia.

Le garde recule et, au loin, je l'aperçois qui attend devant la porte. Il ne frappe pas. Il attend, c'est tout. Combien de temps compte-t-il rester à l'entrée ?

Il ne s'écoule que quelques secondes avant que la porte ne s'ouvre et que l'entraîneur Malone n'en sorte. Chris l'aborde le temps de lui expliquer notre histoire avant de lui indiquer notre direction.

— Laissez-les entrer, dit Malone en nous faisant signe de rentrer. Vous allez devoir lui couvrir les yeux.

D'une main, je saisis la sienne et de l'autre, je lui couvre les yeux avec le t-shirt.

— Ça sent papa, dit Bristol alors que nous entrons dans le vestiaire des hommes. Les gars sont pour la plupart équipés et prêts à retourner sur la glace.

Quelques-uns lacent leurs patins et mettent la dernière main à leur équipement. Je ne sais pas trop pourquoi il a insisté pour que je lui couvre les yeux jusqu'à ce que nous arrivions dans la salle de bain avec les urinoirs et que la douche soit en marche. L'un des joueurs nous tourne le dos et il n'y a pas grand-chose de caché.

Je la fais entrer rapidement dans l'une des cabines de la salle de bains et je claque la porte derrière elle.

———

Nous retournons à nos places et Lia nous attend déjà.

— Je suppose que vous avez réussi à utiliser les toilettes, demande-t-elle.

Bristol rayonne d'excitation.

— Papa nous a laissé utiliser les siennes dans les vestiaires.

— Oh, c'est vrai ? demande Lia en riant.

Elle jette un coup d'œil sur le nouveau haut que je porte.

— Je vois que tu t'es changée.

Je lui lance un regard noir.

— Oui, merci beaucoup de m'avoir laissé porter ce maillot en public ! Kyler a demandé que tu ramènes Bristol à la maison avant le prochain entracte et que tu la mettes au lit.

— Bien sûr. Tu devrais rester, voir le match en entier et profiter d'un peu de calme sans nous, dit Lia.

Je ne suis pas sûre que je qualifierais un match de hockey de calme, mais j'apprécie qu'elle propose de ramener Bristol toute seule. J'envoie un message à Mitchell et j'attends sa réponse à son arrivée.

Le match passe assez vite, surtout avec Kyler sur la glace pendant la majeure partie de la période. Il est à nouveau envoyé au banc des pénalités. Je ne sais pas qui a commencé la bagarre, mais il est clair qu'il a un problème avec un joueur de l'équipe adverse.

Les Ice Dragons parviennent à marquer trois buts et prennent l'avantage, mais le match reste relativement serré.

Mitchell écrit quelques minutes avant la fin de la période, et j'escorte Lia et Bristol jusqu'à la voiture. Je ne veux pas risquer qu'il arrive quelque chose à sa fille.

Lia est gentille et bienveillante avec Bristol, mais je ne pense pas qu'elle puisse repousser quelqu'un de dangereux. Elle n'est pas entraînée à l'autodéfense ou au combat. Je devrais peut-être suggérer à Kyler d'envoyer Lia suivre un ou deux cours. Même moi, je pourrais lui apprendre quelques manœuvres.

Je me dépêche de retourner à ma place juste au moment où la deuxième période se termine.

— Hey, M&M, dit Greyson avec un sourire quand il me voit assise sur le banc.

— D'habitude, nous n'autorisons pas les petites amies sur le banc, dit l'entraîneur Malone en s'éclaircissant la gorge. Mais votre homme avait quelque chose à dire pendant l'entracte.

Je jette un coup d'œil de l'entraîneur à Greyson, secouant la tête, confuse.

De quoi parle-t-il ?

Greyson porte ses patins et ouvre la porte pour entrer sur la glace, me jetant un coup d'œil.

— Tu viens, M&M ?

— Pas si tu continues à m'appeler comme ça.

Je ris nerveusement.

— Sérieusement, Greyson, ce surnom doit disparaître.

Je lui lance une grimace, mais je ne suis pas fâchée le moins du monde. Il me prend la main et me guide avec précaution sur la glace.

Jasper approche, un micro à la main.

Je jette un coup d'œil entre les frères.

Qu'est-ce qu'ils fabriquent ?

Jasper quitte la glace en patinant, laissant Greyson devant moi. Il ne recule que légèrement, s'assurant que je ne vais pas tomber avant de relâcher son emprise sur moi. D'une main, il prend le micro, et de l'autre, ma main est dans la sienne.

— Kyler, qu'est-ce que tu fais ? murmuré-je en le regardant avec des yeux écarquillés.

— J'ai besoin que tu dises oui.

Il me fixe, ses yeux se plantent dans les miens.

— Quoi ? murmuré-je, essayant de comprendre ce qu'il dit parce que mon esprit et mon cœur sont complètement embrouillés.

— Quand je te le demande. Dis oui.

C'est comme un ensemble d'instructions, un manuel que je dois suivre. Mon estomac se crispe et mes mains tremblent parce qu'il n'y a pas d'autre raison pour qu'un joueur de NHL mette un genou à terre pendant l'entracte et tienne la main d'une jolie fille, à moins qu'il ne lui pose cette question.

Il porte le micro à ses lèvres.J'aurais dû demander plus d'argent si je devais supporter ces manigances.

Kyler parle fort et clairement dans le micro, s'assurant que tout le monde l'entende.

— Emerson Ryan, veux-tu m'épouser ?

QUINZE
KYLER

LE PLAN s'est déroulé exactement comme je le voulais, puis il a implosé. Pas la proposition. Du moins, pas publiquement.

Em a dit oui, comme je le lui avais demandé avant de faire une proposition officielle pour que tout le monde la voie et l'entende. Je voulais que cela fasse la une des journaux.

Je n'ai pas été déçu par sa réponse. Et je suis sûr que demain, les chaînes d'information en parleront. Je suis presque sûr que si j'allume la télévision sur l'une des chaînes sportives, ils en parleront.

Elle est restée jusqu'à la fin du match, a insisté pour retourner à sa place, puis Emerson a quitté l'arène à la minute où le match s'est terminé.

Pas même un au revoir. J'ai quitté la glace pour

rejoindre le banc, et elle était partie. Dans les vestiaires, j'ai envoyé un message à Mitchell, qui m'a assuré qu'il la ramenait chez elle.

La circulation est toujours terrible après un match. Peut-être voulait-elle sortir avant que les journalistes ne la harcèlent de questions.

Mais quand j'ai franchi la porte d'entrée, elle n'était nulle part en vue. Elle ne répond pas à ses textos, et maintenant elle s'est enfermée dans sa chambre, refusant de me parler.

— Tu ne peux pas m'ignorer indéfiniment. Je suis ton patron.

Je frappe à nouveau à la porte de sa chambre.

La fille est pratiquement fumante lorsqu'elle ouvre enfin la porte. Em croise les bras sur sa poitrine.

— C'était un geste de con, même pour toi, Greyson.

Nous en sommes donc revenus au nom de famille. Ce n'est pas vraiment une bonne chose, mais les gars de l'équipe m'appellent Greyson, alors ce n'est peut-être pas si mal. J'essaie de voir le bon côté des choses.

— Te demander de m'épouser ?

Je sais que c'est faux, et même si mes sentiments

pour elle deviennent peu à peu réels, j'ai poussé les choses trop loin.

— On aurait dû en parler avant !

— Je t'aime bien...

— Tu aimes ta carrière, répond-elle. Je suis juste en troisième position.

Elle me claque la porte au nez.

Je la laisse dormir. Peut-être que demain, nous pourrons avoir une vraie conversation, et que je pourrai m'excuser de l'avoir déstabilisée et de l'avoir mise mal à l'aise avec les arrangements. Mais elle a accepté d'être ma fausse petite amie. C'est juste un pas de plus pour prouver qu'on est ensemble.

Et après l'avoir vue aujourd'hui au match, je veux qu'elle soit toujours à mes côtés. Je n'ai aucun problème à ce qu'elle ait amené Bristol dans les vestiaires aujourd'hui, mais elle n'aurait pas eu à le faire si les gars savaient que j'étais sérieux avec Em.

Elle n'a pas encore été invitée dans la salle des femmes. C'est réservé aux femmes et aux petites amies sérieuses de l'équipe. Il y a même un endroit où les enfants peuvent jouer, ce qui serait génial pour Bristol.

Mais je ne peux pas l'inviter comme ça.

C'est un lieu sacré pour les femmes de hockeyeurs, même si je suis le capitaine de l'équipe.

J'espère qu'en la demandant en mariage, les femmes verront à quel point je suis sérieux au sujet d'Emerson et qu'elles l'inviteront à faire partie de leur cercle restreint. Je ne crois pas qu'une seule d'entre elles soit à l'origine des menaces qui pèsent sur la sécurité de Bristol, mais peut-être ont-elles vu ou entendu des choses.

Le groupe, m'a-t-on dit, est très bavard, mais aussi incroyablement proche et protecteur de son cercle intérieur. Obtenir une invitation pour Emerson n'est pas chose aisée. Je ne peux pas leur demander de l'inviter. Ça ne marche pas comme ça.

Je vais me coucher, décidant qu'il ne sert à rien d'énerver davantage Em. Elle est fatiguée. Je suis crevé. Une bonne nuit de sommeil pourrait arranger les choses.

Pourrais-je être aussi chanceux ?

SEIZE
EMERSON

JE POURRAIS MOURIR D'EMBARRAS. Ce n'est pas exagéré. Et si les regards pouvaient tuer, je serais déjà morte à cause des regards de mort que Kyler lance dans ma direction.

Je prends sur moi de répondre, pour essayer de minimiser les dégâts.

— C'est quand tu sautes sur le lit.

Les yeux de Bristol s'écarquillent.

— Tu sautais sur le lit sans moi, papa ? Tu ne me laisses jamais sauter sur le lit.

Je ne sais pas s'il est soulagé ou encore plus agité par ma réponse.

— Et tu ne vas pas commencer à sauter sur le lit. Emerson n'a pas voulu dire littéralement « sauter sur le lit ».

— Alors qu'est-ce qu'elle voulait dire ? demande Bristol avec de grands yeux curieux.

Il gémit et se passe une main dans les cheveux.

— Je dois me doucher avant l'entraînement. Tu peux la surveiller jusqu'à ce que Lia arrive ?

Je force un sourire en faisant glisser la bague de mon pouce. Elle était bien trop grande pour mon annulaire et, quelle que soit la personne à qui elle appartenait, elle voulait probablement la récupérer.

— Bien sûr. Viens, on va te préparer ton petit-déjeuner. Descends, dis-je.

Bristol se précipite dans les escaliers.

— Tu viens ?

— Une seconde.

Je tends la bague à Kyler.

— La prochaine fois, n'utilise pas ton doigt pour mesurer une bague de fiançailles.

— Merci, dit-il et il prend la bague dans sa main. Elle appartient à l'entraîneur.

— Je me doutais bien qu'elle n'était pas pour moi.

Je descends les escaliers, incapable de supporter la douleur de le regarder, de regarder la bague, de regarder tout ça, sans ressentir plus que je ne le devrais.

Pourquoi me sens-je déchirée à l'intérieur alors

que je sais que ce n'est qu'une comédie ?

Il a toujours dit clairement qu'il s'agissait d'une fausse relation. J'ai probablement juste besoin d'espace pour me vider la tête et rassembler mes pensées aussi loin que possible de Kyler Greyson.

Je me précipite dans la cuisine, je prépare le petit déjeuner de Bristol et je fais chauffer du café. Le système de surveillance indique que Lia vient d'arriver et qu'elle entre par la porte principale.

La porte d'entrée s'ouvre en grinçant.

— Bonjour !

Lia annonce qu'elle est arrivée.

— Bonjour, nous sommes dans la cuisine, dis-je en prenant une tasse et en attendant que le café ait fini de se préparer avant de le verser.

Une demi-heure plus tard, ma tablette émet un bip, mais ce n'est pas le départ de Kyler. C'est une alerte indiquant que quelqu'un est à la porte d'entrée. Il est encore en train de lacer ses baskets près de la porte.

Ce n'est pas Mitchell parce qu'il est à l'intérieur de la propriété, il attend devant.

J'attrape la tablette et j'ouvre l'application pour vérifier les images de surveillance. C'est une femme aux cheveux noirs, portant une casquette de baseball et des lunettes de soleil. On dirait qu'elle essaie de passer inaperçue, mais ça ne passe pas très bien.

— Tout va bien ?

Greyson lève les yeux vers moi quand il me voit étudier la tablette. Il a un air cool, calme et posé. Comme s'il n'était pas inquiet, et je ne sais pas si c'est parce qu'il me fait confiance ou parce qu'il ne pense pas que la menace puisse le toucher entre ces quatre murs.

Il a tort.

La surveillance n'est pas infaillible. Elle est utile comme système d'alarme, mais il n'est pas question de tirer sur quelqu'un ou de lui jeter des pierres s'il pénètre dans la propriété.

Mon travail est de protéger Bristol et Kyler. Oui, il m'a peut-être engagée uniquement pour protéger sa fille, mais s'ils sont tous les deux dans les parages, j'ai l'intention de les garder en sécurité.

— Tu la connais ? demandé-je en montrant l'écran à Kyler.

— Oui, tu peux la laisser entrer.

C'est tout ce qu'il dit. Kyler se dirige vers la porte d'entrée et l'ouvre d'un coup sec.

— Il n'y a pas de match ce soir. C'est juste un entraînement.

Bristol se précipite vers lui pour le serrer dans

ses bras et l'embrasser.

— Au revoir, papa, dit-elle en lui faisant signe de la main alors qu'il sort par la porte d'entrée et se dirige vers Mitchell.

Il franchit la porte avant que je n'aie le temps de lui demander qui elle est. Je suis sur le point de le découvrir.

Je sors sous le porche, ne voulant pas que cette femme étrange s'approche de Bristol. Même si Kyler n'est pas inquiet, il n'a répondu à aucune de mes questions sur son identité et ce qu'elle fait ici.

Elle parcourt l'allée privée en talons. Cette femme a de la classe, mais... Pourquoi n'a-t-elle pas franchi les grilles en voiture ?

Elle se penche pour avoir une vue d'ensemble de la propriété avant de poser les yeux sur moi. La brune sourit, mais c'est un peu forcé.

— Emerson, c'est ça ? demande-t-elle en me regardant de haut en bas.

Elle a l'air un peu déçue par ce qu'elle voit. Je suis encore en pyjama. Je ne m'attendais pas à recevoir de la visite.

— Oui, c'est moi. Je peux vous aider ?

Je tourne le dos à la maison, l'empêchant d'accéder à l'entrée principale et protégeant Bristol et Lia à l'intérieur.

Dans sa main droite se trouve une enveloppe scellée à la cire, avec mon prénom calligraphié. Elle me la tend et pince les lèvres.

— Si vous décidez de venir, vous devrez porter le maillot de votre fiancé.

Sans un mot de plus, elle tourne les talons et repart vers la route.

Je n'ai même pas compris son nom. J'attends qu'elle soit à l'extérieur de la propriété et que le portail métallique se referme avant d'entrer dans la maison.

— C'était Kate James ?

Lia est toujours en train de regarder par la fenêtre quand j'entre.

— C'est la femme d'Asher. Il est l'homme de main de l'équipe.

Sa femme ne me dit rien, mais je connais Asher. Il est de ma responsabilité de connaître tous les joueurs, mais je n'ai pas étudié leurs femmes parce que je ne les considérais pas comme des suspects. Je devrais peut-être le faire.

— Qu'est-ce qu'elle t'a apporté ? demande Lia en jetant un coup d'œil à l'enveloppe que je tiens.

C'est formel. Chic. J'ouvre soigneusement l'enveloppe épaisse pour découvrir une invitation à un événement privé organisé par les épouses des joueurs de hockey.

— Tu dois y aller, dit Lia. Et tu me raconteras tout après.

— Je croyais que tu n'aimais pas le hockey ?

Je fronce les sourcils en remettant l'invitation dans son enveloppe.

— Mon petit ami du lycée avait l'habitude de parler de ce sport. Je n'en sais pas grand-chose, mais elle a fait une page entière dans un de ces magazines peu vêtus, et je me souviens l'avoir surpris...

Je fais un vague signe de tête en direction de Bristol, qui nous observe toutes les deux avec impatience.

Les yeux de Lia s'écarquillent et elle cligne des yeux à plusieurs reprises, fermant la bouche, réalisant peut-être que la conversation devait se terminer, et vite.

— Nous allons te préparer pour une journée amusante au zoo, dit Lia.

— De quoi parliez-vous toutes les deux ? demande Bristol.

— Il est temps de te monter et de t'habiller, dis-je en changeant de sujet et en faisant de mon mieux pour distraire la petite.

Elle est intelligente et je n'ai pas besoin qu'elle

raconte à Kyler tout ce qu'elle a entendu.

J'envoie un texto à celui-ci pendant qu'il est en route vers les gars pour l'entraînement.

Invitation reçue. Elle a parlé de porter ton maillot. Dois-je en prendre un au magasin ?

Il répond immédiatement par texto.

Absolument pas. Ce n'est pas acceptable. Je t'apporterai un des miens pour que tu le portes. Quand a lieu la réunion ?

Je ne me sens pas prête pour un événement avec les femmes de hockey, mais il va falloir que j'y arrive si je veux être invitée dans la salle des épouses, où les femmes bavardent avant le match et pendant l'entracte.

Demain.

Il ne me répond pas. Ce n'est pas très important, il est probablement arrivé à l'entraînement avec les autres, mais un « à plus tard » ou un « au revoir » aurait été le bienvenu.

Je range mon téléphone et me dépêche de monter me doucher et de m'habiller pour accompagner Lia et Bristol à leur sortie.

— Tu n'es pas obligée de venir avec nous, dit Lia. Je te promets que je peux m'occuper de Bristol toute seule pendant une journée.

C'est ce qu'elle pense ? Que j'espionne la nounou ou quelque chose comme ça ?

— Je sais, mais j'aime passer du temps avec vous.

Je suis persuadée que Mitchell pourrait gérer n'importe quelle situation avec Bristol, mais il les conduit au zoo, il ne les accompagne pas dans tout le parc.

— Tu n'as pas de travail à faire ? demande Lia, les sourcils pincés.

Elle pose trop de questions, et je suis reconnaissante quand mon téléphone portable nous interrompt. Sauf que c'est ma sœur. Et je ne lui ai pas parlé depuis que j'ai commencé à travailler pour Kyler.

— Hey, Amber, dis-je, et je peux déjà sentir la chaleur piquante de l'électricité venant de l'autre ligne.

— Tu ne m'as pas dit que tu voyais quelqu'un ! Et maintenant tu es fiancée ?

J'aspire une grande bouffée d'air. Ce n'est pas une conversation que je veux avoir devant Bristol, même si elle finira par l'apprendre. Elle et la nounou ont peut-être manqué la grande annonce de Kyler sur la glace quand il s'est agenouillé, mais les nouvelles vont vite dans cette ville.

Et dès que Lia entendra la nouvelle, elle ne

manquera pas de la commenter. Ce qui veut dire que je devrais l'écraser bien avant qu'elle n'ait le vent en poupe d'une autre manière. Sauf qu'elle n'est pas censée savoir que ce que Kyler et moi avons est faux.

Je gémis. C'est devenu incontrôlable et bien trop compliqué. Je ne veux pas décevoir Bristol ou la mettre dans l'embarras en lui faisant croire que je serai sa mère un jour. Ce n'est pas juste pour elle.

Mais Kyler n'aurait jamais dû le suggérer non plus.

Nous sommes tous les deux à blâmer. Ce n'est pas entièrement sa faute. J'ai accepté.

— C'est nouveau, dis-je en sentant le regard de Lia sur moi.

Elle est prête à partir, et maintenant ils m'attendent.

— Je peux te rappeler plus tard ?

— D'accord, mais tu me devras des détails. Même les plus croustillants et dégoûtants !

Je mets fin à l'appel avec ma sœur et je suis les filles jusqu'à la voiture. Mitchell est déjà de retour à la maison après avoir déposé Kyler à l'entraînement ce matin.

— Où est-ce qu'on va ? demande le chauffeur en aidant Bristol à monter sur la banquette arrière.

Je m'assure qu'elle est bien attachée avant de

boucler ma propre ceinture. Je laisse la nounou s'asseoir à l'avant. Pour une raison que j'ignore, il me semble naturel de m'asseoir à côté de Bristol, comme si c'était ma fille. C'est aussi le meilleur moyen pour moi de la protéger en la gardant près de moi.

Nous passons une bonne partie de la journée à explorer le zoo, à nous régaler de popcorn et de sucreries avant de rentrer à la maison pour préparer le dîner. Mitchell passe prendre Kyler en rentrant du zoo.

Il ouvre la porte arrière d'un coup sec, surpris de nous voir toutes entassées à l'intérieur.

— Qu'avez-vous fait aujourd'hui ? demande Kyler en attachant sa ceinture de sécurité alors que Mitchell traverse le parking et s'engage dans la circulation.

— Nous sommes allées au zoo, proclame Bristol en poussant son pingouin sur mes genoux pour que son père puisse le voir.

Elle ne le laisse pas tomber entre ses mains, le serrant fermement avant de le ramener pour se frotter le nez dessus.

— Je parie que vous avez gâté ma petite Bristol.

— Je ne suis pas petite, dit Bristol en le regardant fixement.

—Comment s'est passée ta journée ? demandé-je en le poussant du coude.

— Bien. L'entraînement s'est bien passé. Rien de très excitant. Et toi ?

Il me regarde avec un sourire sincère, et mon estomac se serre. C'est difficile de faire la part des choses entre les sentiments, ceux qui ne sont pas réels, quand il me regarde comme si rien d'autre n'avait d'importance, et que ses yeux fixent mon âme.

Mon souffle se bloque dans ma gorge.

— Une journée ordinaire au zoo.

Je veux lui parler de l'appel d'Amber et du fait que Lia va sûrement entendre les ragots. Nous devons régler ce problème avant que Bristol n'en entende parler.

Il doit sentir mon hésitation, car son front se fronce et il attrape ma main, entrelaçant nos doigts.

Nous ne sommes pas exposés. Lia ne regarde pas, et nous sommes loin du stade, de ses coéquipiers et des femmes de hockey.

— Ma sœur a appelé ce matin, chuchoté-je en baissant la voix.

La radio nous permet d'avoir un peu d'intimité, même si Bristol est assise à côté de moi.

— Ah oui ? Quelque chose de spécial ?

— Elle regarde la télévision, dis-je en espérant que cela suffise à lui indiquer ce dont nous devrons discuter une fois rentrés chez lui.

Il hausse les épaules avec nonchalance.

— C'était inévitable. Quelqu'un que tu connais allait découvrir notre existence, chérie.

Il me serre la main.

— Détends-toi.

Mitchell s'arrête devant la maison et nous sortons tous de la voiture.

Je me dirige d'abord vers l'intérieur, pour m'assurer que la maison est toujours sécurisée. Kyler me talonne, suivi de Lia et de Bristol.

J'enlève mes chaussures et je monte les escaliers.

— Où vas-tu ? demande Kyler.

— Je vais simplement commencer le dîner, dit Lia en aidant Bristol à enlever ses chaussures. As-tu besoin que je fasse quelque chose avant ?

— Je parlais à ma fiancée.

Kyler me fixe du regard.

L'air s'échappe de mes poumons et les yeux de Lia s'écarquillent.

— Vous êtes fiancés ?

Elle n'a pas l'air de comprendre que Kyler se concentre entièrement sur moi, et pour la première fois, cela m'effraie.

— Qu'est-ce que ça veut dire ?

Bristol nous regarde, assise sur le banc à côté de la porte d'entrée. Elle donne de grands coups de pied et remue les orteils, sans chaussures. Ses chaussettes sont dépareillées, mais l'enfant ne semble pas s'en soucier. Connaissant Bristol, elle a probablement insisté pour porter une chaussette licorne et une chaussette lapin.

Lia ferme rapidement la bouche et pousse Bristol dans la cuisine.

— Et si tu m'aidais à préparer le dîner ?"

— Je ne veux pas cuisiner, se plaint Bristol. C'est ton travail.

— Tu peux me faire un dessin pendant que je cuisine ? suggère Lia en la guidant hors du couloir et dans la cuisine, ce qui nous permet d'avoir un peu d'intimité.

— J'essayais d'éviter cela, dis-je en faisant un geste vers la cuisine avec Lia et Bristol.

— A l'étage.

Il m'attrape la main en montant l'escalier et j'ai bien envie de le repousser, mais je ne le fais pas.

Je ne sais pas trop à quel jeu il joue, et pire encore, je déteste le fait que ça puisse me plaire.

J'aime Kyler. Du moins, je pense que c'est la raison des papillons dans mon estomac noué. Je me mordille la lèvre inférieure tandis qu'il m'entraîne dans sa chambre.

Ça sent lui. Chaleureux, boisé et enivrant.

— Assieds-toi.

Son seul mot est un ordre, et il démêle sa main, me faisant signe de m'approcher de son lit.

Ce n'est vraiment pas une bonne idée.

— Je vais me lever, dis-je.

Ma bouche devient sèche et ma langue sort, essayant de me sauver de l'embarras quand je parle.

Kyler hausse les épaules comme s'il se moquait de savoir si je m'asseyais ou si je restais debout. Il essaie de me mettre à l'aise. Eh bien, ça va être compliqué.

— On vient de dire à ta fille qu'on était fiancés. Enfin, techniquement, c'est toi qui l'as fait, dis-je.

Je ne suis pas du genre à rejeter la faute sur les autres, mais cette fois-ci, c'est lui qui a tout fait.

— Et je lui expliquerai tout plus tard. Mais j'ai passé une bonne journée et je voulais la fêter avec toi.

Ma voix me trahit, car elle ressemble plus à un grincement.

— Dans ta chambre ?

Je suis sûre que mes joues ont rougi, et je recule, essayant de garder une bonne distance entre nous.

Non pas parce que je n'ai pas confiance en Kyler. La vérité, c'est que je ne me fais pas confiance.

Comment le pourrais-je quand je l'ai entendu la nuit dernière ?

Il a gémi mon nom.

Et j'ai pensé que c'était peut-être dans son sommeil. Il avait peut-être fait un mauvais rêve, mais j'ai ouvert la porte discrètement, et il ne dormait vraiment pas.

Heureusement, il ne m'a pas vue.

Tomber sur votre patron en train de faire ça et de gémir votre nom n'est pas négociable. S'il me surprend à le regarder, je dois démissionner.

Ce n'est pas comme si je n'avais jamais fantasmé sur Kyler. Mais il y a le monde imaginaire enfermé dans ma tête et le monde réel. Ces deux-là ne peuvent pas entrer en collision.

— Tu as l'air terrifiée, dit Kyler, et le sourire disparaît de son visage. Merde. Je ne pensais pas... Je suis désolé.

Il s'éloigne de moi, laissant beaucoup d'espace entre nous.

Je fronce les sourcils et secoue la tête.

— De quoi tu parles ?

— Je ne veux pas que tu penses que je suis comme ce salaud de Clemens, qui...

Je l'interromps. Je sais ce qu'il a fait. Je ne veux pas qu'il me le rappelle ou qu'il ait pitié de moi. Je croise les bras sur ma poitrine.

— Cette idée ne m'a jamais traversé l'esprit, Greyson.

Il a l'air blessé. Je pensais qu'il aurait l'air soulagé.

— Quoi ?

Je demande pourquoi il me fixe.

— Tu m'appelles Greyson quand tu essaies de mettre de la distance entre nous.

— Je n'avais pas remarqué.

Il a probablement raison.

— Tu m'appelles Ryan.

— Rarement, répond-il.

Je ne discute pas parce que cette bataille, il l'a gagnée. Je me tiens près de la fenêtre, à côté de son lit.

— Alors, et maintenant ? demandé-je.

— Dis-moi la vérité, Em. As-tu des sentiments pour moi ?

J'expire lourdement.

— C'est une question tendancieuse, dis-je.

—As-tu des sentiments pour moi, Em ? me demande-t-il à nouveau.

— Tu es mon patron. J'évite de répondre à la

question.

— Nous avons une fausse relation. C'est facile de la faire paraître réelle.

Je traîne les pieds et je regarde ailleurs.

— Pourquoi ? As-tu des sentiments pour moi ?

Kyler ne recule pas. Je jure que cet homme n'a aucune peur, aucun sentiment de crainte, ni le fait que sa réponse pourrait tout faire foirer.

— Comment pourrais-je ne pas en avoir ? Tu es magnifique, drôle et très douée avec Bristol.

Cela pourrait facilement être des traits de caractère entre amis.

— Je suis le garde du corps de ta fille.

Kyler hausse les épaules.

— Oui, je t'ai engagée. Je le sais bien. Ça ne veut pas dire que je n'ai pas de sentiments pour toi, Em. Mais si tu ne ressens pas la même chose, tu n'as qu'à le dire.

— Tu me mets beaucoup de pression, dis-je.

— J'ai compris.

Il acquiesce et ouvre la porte de la chambre avant de sortir.

J'expire une grande bouffée d'air et je jette un coup d'œil dans la pièce. Qu'est-ce qui vient de se passer ?

DIX-SEPT

KYLER

EMERSON EST distante depuis que je l'ai coincée dans ma chambre. J'aurais peut-être dû choisir une autre pièce, mais je ne pense pas que le résultat aurait changé.

Je ne lui demandais pas de m'épouser, juste de m'avouer si elle avait des sentiments pour moi. Sa réponse sans engagement a été un coup de massue suffisant pour me faire comprendre que cette relation était entièrement fausse, comme je l'avais demandé. Je m'en suis pris à moi-même, à cent pour cent, en suggérant un faux rendez-vous et en la prenant de court lorsque j'ai fait ma fausse demande en mariage. Ce n'est pas mon heure de gloire en termes de communication, mais au moins elle me parle encore. Elle m'envoie des textos pour me dire que tout va bien à la maison, qu'il n'y a pas de nouvelles menaces, qu'il n'y a pas de suspects.

Je n'ai pas reçu d'autre lettre à l'arène, mais ce n'est qu'une question de temps. Je doute que la menace soit terminée alors qu'il peut si facilement me manipuler pour que je fasse ce qu'il veut parce que je ferais n'importe quoi pour protéger Bristol.

Em se tient dans la cuisine, dos à moi. Elle porte mon maillot avec un legging noir et je ne peux m'empêcher de ressentir une certaine fierté. C'est ce que je voulais quand elle est venue au match. Je ne ferai pas deux fois la même erreur. Elle gardera le maillot et le portera à chaque match auquel elle assistera, pour que tout le monde dans les tribunes et dans l'équipe sache qu'elle m'appartient.

Je m'approche d'elle, je prends une tasse dans le meuble et je me sers une tasse de café fumante.

— Mon maillot te va bien.

Elle rit nerveusement et se retourne, levant un sourcil.

— Porte-le au prochain match auquel tu assisteras. Et le suivant. Et ainsi de suite.

Elle boit son café à petites gorgées et acquiesce.

— Je devrais me préparer et sortir. Je ne veux pas faire attendre les femmes de hockey. Es-tu sûr que

Bristol sera en sécurité avec Lia aujourd'hui ? Mitchell peut-il garder un œil sur elles ?

— Ne t'inquiète pas.

J'enroule mes bras autour de sa taille et elle se fige. Son corps se crispe sous mon contact. Au moins, nous n'avons pas à faire semblant aujourd'hui devant les autres. Même si, pour être honnête, j'ai un peu envie de faire ça avec elle. Peut-être que je me montrerai après quelques heures pour voir comment tout le monde traite ma fiancée. Je pourrai alors lui voler un baiser.

— Je dois y aller.

Em se détache de mon étreinte, et c'est comme si la pièce avait baissé de plusieurs degrés.

Depuis quand suis-je devenu un homme obsédé par une femme ? Sans parler de la garde du corps de ma fille.

Je me passe une main dans les cheveux et je me dépêche de boire le reste du café dans ma tasse. Je devrais éviter la caféine vu ce qu'elle me fait ressentir à l'intérieur, mais peut-être qu'un petit coup n'est pas si mal. Après tout, ce n'est pas comme si j'allais la voir avant au moins deux heures.

Bristol descend les escaliers en trombe, pas le moins du monde tranquille. La nounou est en congé aujourd'hui - je ne peux pas m'attendre à ce qu'elle travaille sept jours sur sept. Même si elle était prête à faire des heures supplémentaires, je ne veux pas qu'elle s'épuise.

Je devrais probablement donner plus de temps libre à Em aussi.

— Papa!

Bristol couine en glissant dans la cuisine avec ses chaussettes roses duveteuses.

— On peut aller faire du patin à glace aujourd'hui ?

— Laisse-moi y réfléchir, dis-je d'un ton taquin en affichant un grand sourire. Oui !

La petite adore la glace, mais je ne sais pas si elle essaie de suivre mes traces parce qu'elle pense que c'est ce qu'elle est censée faire. L'année dernière, elle a rejoint une équipe de hockey pour enfants, mais elle n'aimait pas trop courir après le palet ou être compétitive

C'est peut-être dû au fait qu'une des autres filles l'a frappée avec sa crosse. Ce n'était pas volontaire, mais le hockey est un peu plus agressif que ce à quoi ma Bristol est habituée.

J'ai suggéré de faire du patin à glace avec d'autres enfants ou du patinage artistique de compétition, et elle m'a tiré la langue en me disant non. Je ne crois pas qu'il faille la pousser à bout. Cela fonctionne avec certains enfants, mais pas avec Bristol.

— Emmie peut-elle venir avec nous ? demande Bristol.

Elle s'installe au comptoir de la cuisine, attendant le petit déjeuner.

Je prépare une fournée de crêpes, prenant mon temps ce matin, profitant d'un peu de temps de qualité avec ma fille.

— Emmie a des projets pour aujourd'hui, dis-je en mélangeant la pâte à crêpes pendant que Bristol m'interroge.

Le sourire de la petite grandit.

— Qu'est-ce qu'elle a prévu ? C'est un rendez-vous ?

Mon estomac se serre à la question de ma fille.

— Qu'est-ce qui te fait dire ça ?

— Elle est jolie, dit Bristol en haussant les épaules. Mais tu ne sors pas avec elle, papa ?

Je me mords la langue. Ce n'est pas le moment de révéler à Bristol qu'Em et moi ne faisons que simuler cette relation pour le monde entier. Mais un jour ou l'autre, je vais devoir le lui dire. J'ai la nausée rien qu'en pensant à la déception qu'elle ressentira quand elle réalisera que la seule raison pour laquelle Em est là, c'est parce que je l'ai payée pour qu'elle le soit.

— Liam, à l'école, a dit qu'Emmie était ma mère. Je lui ai dit qu'il avait tort, que les papas pouvaient avoir des petites amies.

— Liam, Liam Moretti ?

N'est-ce pas le gamin dont nous sommes censés dîner avec les parents, un repas que j'ai évité ? Heureusement, mon emploi du temps m'a permis de ne pas faire de projets, mais je ne sais pas si cela va durer encore longtemps.

Bristol continue de jacasser.

— C'est le garçon de l'école qui est stupide et qui m'a insultée. Il pense que parce que son père est grand et dur, il peut dire tout ce qu'il veut. Je lui ai dit que c'était un menteur. Emmie n'est pas ma mère, mais il n'arrête pas de dire qu'il l'a entendu de la bouche de son père et de sa mère.

J'expire un grand coup et j'allume la cuisinière pour faire chauffer la poêle et préparer des crêpes. Comment expliquer cela à ma fille sans lui mentir ? Suis-je un mauvais père pour lui avoir déjà caché la vérité sur Em ?

Je ne veux peut-être pas l'effrayer avec les menaces, mais je ne peux pas continuer à jouer la comédie.

— Em n'est pas vraiment ma petite amie, dis-je en espérant que Bristol puisse comprendre.

Ses sourcils se froncent.

— C'est ma maman ?

— Non, ma chérie. Ta maman vit dans une autre ville, loin de New York, dis-je. Mais nous avons peut-être dit aux parents de Liam qu'Emerson est ta mère.

Les yeux de Bristol s'écarquillent et elle halète, se couvrant la bouche des deux mains.

— Tu as menti !

Elle ne semble pas particulièrement contrariée par le fait qu'Emerson ne soit pas ma petite amie. Elle est plus fascinée par le mensonge que j'ai raconté.

— Tu as raison. Je n'aurais pas dû faire ça. C'est mal de mentir.

Je ne veux pas que Bristol pense que c'est bien de mentir.

Elle me montre la cuisinière pour que je me souvienne de travailler sur les crêpes. Je mets un peu de beurre dans la poêle et je le regarde grésiller avant d'ajouter quelques boules de pâte.

— Em peut être ma maman ? J'aime bien l'avoir près de moi. Elle est très gentille. J'aime bien Nounou Lia aussi, mais Em est si drôle. Elle me fait rire jusqu'à ce que je me fasse pipi dessus.

Je glousse sous mon souffle.

— C'est pour ça que Lia fait des lessives en plus ?

— Je plaisante, papa. Je ne suis pas un bébé.

Nous terminons le petit-déjeuner et j'emmène Bristol à la patinoire. Elle patine toute seule depuis l'âge de trois ans, et elle maîtrise parfaitement le patinage à reculons et les pirouettes. Elle est emmitouflée dans une écharpe, un bonnet et une épaisse parka. Il ne fait pas vraiment froid, mais elle insiste pour s'habiller en fonction de la température de la patinoire

— Est-ce que tu peux garder cette petite discussion entre nous deux ? demandé-je.

Je déteste l'obliger à garder des secrets, mais je ne veux pas qu'elle dise quoi que soit aux enfants de l'école ou même à la nounou.

Bristol affiche un sourire malicieux.

— Pas de promesses.

Je lui lance un regard appuyé pour lui montrer que je ne plaisante pas.

— D'accord, mais seulement si tu réponds à cette question, papa. Est-ce que tu l'aimes ?

DIX-HUIT
EMERSON

DÈS QUE J'ENFILE le maillot de Kyler, je suis entourée de son odeur. Le maillot ne pue pas, du moins pas comme s'il l'avait porté pendant plusieurs matchs sans le laver, mais il sent uniquement Greyson. C'est musqué, boisé et épais. J'essaie de ne pas inspirer profondément, comme si je me défonçais en portant son maillot. Qu'est-ce qui ne va pas chez moi ?

Heureusement, personne n'est là pour le remarquer. Je sors de la maison aussi vite que possible, et Mitchell me dépose à la collecte de nourriture avec les femmes de hockey. Dire que je suis nerveuse est un euphémisme.

Ce ne devrait pas être une grosse affaire. C'est juste une autre mission pour me rapprocher de ces femmes, découvrir ce qu'elles savent et qui pourrait menacer Kyler et Bristol. Mais dès que j'arrive à l'événement, elles se tiennent à l'extérieur, vêtues des maillots de leurs maris et, pour certaines, de rien d'autre en dessous. Peut-être des shorts ou des caleçons. C'est difficile à dire. Quelques-unes d'entre elles portent des jeans, et je me sens bizarrement habillée en portant le maillot de Greyson.

Il est censé être mon fiancé, mais ce n'est qu'une comédie, et je ne sais pas combien de temps je vais pouvoir continuer à jouer la comédie. Ne vous méprenez pas. Je gagne beaucoup d'argent en faisant ça. Après avoir travaillé pendant près de deux mois avec Greyson, j'ai un solde important sur mon compte courant. Je n'ai pas encore réfléchi à ce que je ferai du million de dollars une fois que nous nous serons séparés. Et je ne crois pas qu'il soit maudit. C'est de la superstition.

Les femmes ont des chaussures et des sacs à main de marque. Leur maquillage est impeccable et leurs cheveux ont l'air d'avoir été coiffés par un professionnel toute la matinée avant de participer à la collecte de nourriture. Je ne me sens pas à ma place, si ce n'est le maillot que je porte.

L'air extérieur est frais. Il est encore tôt, et bien

que le soleil soit levé, il n'a pas encore écrasé la journée de sa chaleur.

— Emerson, tu es venue, dit Kate, et elle arbore le faux sourire qu'elle avait quand elle m'a tendu l'invitation.

Elle est mignonne et grande, et je ne peux presque rien distinguer de son corps parce qu'elle nage dans le maillot de son mari. Elle a aussi des jambes de rêve car elle les montre en ne portant pas de pantalon.

— Bien sûr, merci de m'avoir invitée.

On me présente rapidement aux autres épouses de hockey, et c'est un interrogatoire poli alors qu'elles me posent cent et une questions sur la façon dont Kyler et moi nous sommes rencontrés et sur ce que je pense du fait qu'il joue au hockey professionnel.

— On ne se contente pas d'épouser son homme, dit Ava. Tu te maries avec lui et avec le sport.

C'est la femme de Parker Montgomery, que je n'ai pas encore rencontré en dehors de la glace. Je l'ai aperçu pendant le match, et il a été bon, mais toute l'équipe l'a été aussi.

Je ne sais pas grand-chose de ce sport, si ce n'est qu'il s'agit de lancer un palet et de l'envoyer dans le but. Mais je fais attention à ne pas dévoiler ce secret avec les épouses.

Je passe l'heure suivante à bavarder avec les femmes pendant que nous préparons des boîtes pour la collecte de nourriture et que nous les distribuons. Une équipe de journalistes s'arrête quelques minutes pour prendre des photos pour leur article. Ils sont en train d'écrire le nom de chacun, en s'assurant que l'orthographe est correcte, lorsque Kyler arrive par derrière et m'entoure de ses bras. Son souffle chatouille mon cou tandis qu'il m'effleure la peau, provoquant des picotements chauds dans tout mon corps.

— J'aime ce maillot sur toi, murmure Kyler assez fort pour que les autres femmes de hockey l'entendent.

J'imagine qu'il le fait exprès, qu'il se donne en spectacle pour tout le monde. La femme qui s'occupe de la presse prend quelques photos supplémentaires de nous deux, avec un sourire radieux, comme si nous venions d'illuminer sa journée. Merveilleux. Sauf que je ne me sens pas en extase parce que je crains que notre photo ne soit le point culminant de l'article. La dernière chose que je souhaite, c'est que les autres épouses soient jalouses ou déclenchent un crêpage de chignon.

Kyler me fait tourner dans ses bras et me plonge en arrière, m'embrassant passionnément, me coupant le souffle. J'entends le claquement, le claquement, le claquement de la caméra qui nous regarde tous les deux. Il n'y a pas de moment privé quand votre faux fiancé est un joueur de hockey professionnel.

— Tu n'étais pas obligé de faire ça, dis-je en jetant un coup d'œil à Ava.

La photographe recule, vérifie son travail avec l'appareil photo avant de s'en aller, manifestement satisfaite de sa journée. Elle a obtenu la photo dont elle avait besoin.

Ava est vraiment souriante et heureuse de nous laisser être au premier plan pour la photo.

— Oh, je vous en prie. Cela fera bonne presse pour l'équipe, et c'est une chose que vous devez savoir sur nous. Nous sommes des sœurs. Nous nous protégeons mutuellement et nous veillons sur nos familles. Nous ne sommes pas en compétition les unes avec les autres, jamais. Il y en a assez sur la glace avec les autres équipes.

— C'est bon à savoir, dis-je en expirant un rire.

J'ai envie de me détendre, mais le fait d'être enveloppée dans les bras de Kyler me donne des papillons.

— Bonjour Emmie, lance Bristol de l'autre côté de la table.

Je ne l'ai pas vue, Kyler ayant détourné mon attention. Elle porte son maillot des Ice Dragons, mais au lieu de Greyson au dos, il y a écrit Papa. Elle s'appuie sur la table et pose ses mains sur son menton avec un sourire malicieux.

— Papa dit que tu as fait semblant avec lui.

Je tousse, choquée par les mots qui sortent des lèvres de Bristol. Le sol peut-il m'engloutir et m'enterrer ? Je ne suis pas prête à affronter la gamine et ses petits commentaires insolents. Et est-ce qu'elle sait au moins ce qu'elle a dit ou ce que ça veut dire ? Elle a six ans. Bien sûr, elle ne sait pas ce que signifie « faire semblant ». Mais toutes les femmes de hockey me regardent, bouche bée, yeux écarquillés. Et j'ai envie de mourir.

Kyler se détache de moi et grimpe sur la table, sans prendre la peine de faire le tour de l'autre côté.

— Je ne fais pas semblant, dis-je aux dames.

Je me force à sourire, mais le seul soulagement que j'éprouve est que la journaliste ne soit pas encore là car, que Dieu me vienne en aide, l'image de Kyler serait probablement ruinée. Je ne sais même pas comment réagir à la petite crise de Bristol. Est-ce qu'elle pense que ce qu'elle a dit est drôle ? Est-ce que quelqu'un l'a poussée à le faire ? Qui ?

Kyler attrape Bristol et la chatouille sans pitié, lui rendant le sentiment de torture que nous endurons tous les deux à cause de ses paroles.

— Papa, non ! s'écrie-t-elle en riant et en se tortillant sous son emprise.

Les femmes de hockey ne semblent pas gênées par les chatouilles incessantes de Bristol, mais seulement par les mots qui ont franchi les lèvres de l'enfant.

— Ne t'inquiète pas, dit Ava en souriant, et je vois qu'elle essaie de ne pas rire. Ce que j'ai dit tient toujours. Nous ne faisons pas de commérages les unes sur les autres. Une fois que tu es invitée, tu es l'une d'entre nous pour la vie.

Mais Je n'ai été invitée qu'à l'organisation d'une collecte de nourriture par les épouses des joueurs de hockey, mais pas à l'événement principal. Kate glousse sous son souffle.

— Comme si nous n'avions pas toutes fait semblant avant de rencontrer nos maris ?

Elle se mord la lèvre inférieure et plisse le nez.

— S'il te plaît, dis-moi qu'il t'a amenée à O...

— Oh, s'il vous plaît, arrêtez, dis-je, souhaitant que cette conversation prenne fin.

J'apprécie qu'elles essaient d'être amicales, mais elles ne m'aident pas. Du moins, Kate n'aide pas. Si elle essaie de donner des conseils ou quelque chose comme ça, peut-être qu'il ne faut pas le faire pendant la collecte de nourriture, quand il y a des invités qui s'approchent de la table pour ramener des cartons à leur voiture.

Kyler libère finalement Bristol de son emprise, en reposant ses pieds sur le sol.

— Ne m'embarrasse plus. C'est compris ? dit-il à sa fille.

Elle tire la langue.

— Papa, tu n'as pas répondu à ma question à la patinoire. C'était une revanche.

Il a élevé un adorable petit monstre, et si cela ne faisait pas partie de mon travail, je m'en moquerais. Mais personne ne doit savoir que nos fiançailles sont aussi fausses que notre relation.

Nous terminons la collecte de nourriture et Ava me prend à part tandis que Kyler et Bristol se dirigent vers la voiture. Mitchell nous attend.

— Au prochain match, tu nous rejoindras dans la salle des épouses, dit Ava.

— Wow, merci.

Je ne m'attendais pas à cette invitation aujourd'hui. Je pensais que les femmes en discuteraient peut-être lors du prochain match ou d'un événement social où elles se retrouveraient.

— J'en serais ravie.

— Amene Bristol avec toi. Il y a une salle de jeux pour les enfants pendant l'entracte et des toilettes. Nous avons entendu parler de ce qui s'est passé lors du dernier match.

Ava s'esclaffe et me serre dans ses bras.

— Et ne t'inquiète pas pour Greyson et le fait de devoir faire semblant. Nous parlerons la prochaine fois quand il ne sera pas là. Nous irons au fond des choses.

— Je te promets que notre vie sexuelle est parfaite, dis-je.

J'imagine que c'est le cas avec lui. Ce n'est pas comme si nous étions déjà passés à l'acte.

— Ce n'est pas grave si ce n'est pas le cas. Tu n'as pas besoin de mentir. Et je te promets que ça restera entre nous, les filles.

Elle relâche son emprise sur moi et me salue avant de se diriger vers le véhicule qui l'attend. Aucune de ces dames ne s'est déplacée seule. Elles ont toutes un chauffeur qui les escorte jusqu'à l'événement.

Je me dirige vers le véhicule et Greyson en sort, me laissant m'installer sur le siège du milieu à côté de sa fille.

— Elle met ma patience à l'épreuve, grommelle-t-il dans son souffle.

— Et c'est une première ?

Je me glisse sur la banquette arrière et tente d'atténuer la tension entre le père et la fille.

— Tu aimes mon papa ? demande Bristol dès que je m'assois à côté d'elle à l'arrière.

Je boucle ma ceinture et jette un coup d'œil à Kyler.

— J'aime toutes sortes de choses chez lui, comme le fait qu'il soit gentil avec toi. Il a aussi un grand sens de la mode, dis-je en montrant le maillot que je porte.

Bristol a la tête penchée et me regarde fixement.

— Papa m'a dit que tu faisais semblant.

— Tu lui as dit ? demandé-je, en jetant un coup d'œil à Kyler.

— Oui, elle a aussi appris par Liam qu'on avait dit à ses parents que tu étais sa mère.

— Oh.

J'inspire un grand coup. Ça, c'était entièrement de ma faute.

— Ce n'est pas grave. Je veux dire, je pense

qu'elle sait qu'il faut que ça reste entre nous, dit Kyler.

Bristol secoue la tête.

— Non. J'ai promis si tu répondais à ma question, et tu n'as pas répondu.

— Quelle était cette question ? demandé-je, en jetant un coup d'œil entre eux.

Je n'arrive même pas à comprendre comment cette conversation entre eux a pu avoir lieu. Kyler lance un regard à sa fille, l'avertissant silencieusement de ne pas répondre à ma question.

— J'ai demandé à papa s'il t'aimait.

Kyler expire un grand coup, et je ressens exactement la même chose. Enfin, peut-être pas la même chose. Je ne sais pas ce qu'il ressent pour moi. Seul Bristol a posé une question très délicate qu'aucun de nous n'est prêt à aborder. Il ne peut pas m'aimer parce que ce que nous avons n'est pas réel. C'est la vérité, mais je ne veux pas l'exprimer non plus. Je ne sais pas pourquoi cela me fait mal et me rend triste, mais c'est le cas.

— Je vais mettre de la musique, propose Mitchell, et je n'arrive pas à savoir s'il essaie d'améliorer la situation ou simplement de nous donner de l'intimité à tous les trois, à l'arrière.

— Bon choix, murmure Kyler.

———

Lia est partie pour la journée, Kyler prépare donc le dîner et je garde un œil sur Bristol pour m'assurer qu'elle ne s'attire pas d'autres ennuis. Je me dirige vers la cuisine pour nous prendre de l'eau quand Kyler jette un coup d'œil distrait dans le réfrigérateur. Il ne semble pas me remarquer.

— Tu peux nous apporter deux bouteilles d'eau ?

Il prend les bouteilles d'eau dans le frigo et me les tend, tout en fermant la porte.

— Tout va bien ? lui demandé-je.

L'air entre nous est étouffant et trop compliqué. Non pas que l'un d'entre nous ait fait quelque chose de mal pour qu'il en soit ainsi. La journée a été éprouvante. Demain sera meilleur, j'en suis sûre.

— Oui, je réfléchissais.

Est-ce qu'il m'évite ?

— Je t'ai fait travailler dur. Tu devrais prendre plus de temps pour toi."

Son commentaire me surprend.

— Quoi ?

— Tu travailles sept jours sur sept, Em. Tu devrais prendre du temps pour toi. Sortir. T'éloigner de Bristol et de moi pendant quelques heures.

Mes sourcils se pincent.

— Même si je voulais faire ça, je ne peux pas sortir sans être vue. Les gens savent qui je suis, lui rappelé-je. Tous les paparazzis et les tabloïds feront leur couverture de mon visage si je sors en public.

— Ca te dérange ?

Il ouvre le frigo pour se servir une bière. Il fait sauter la capsule et boit une gorgée. La cuisine est un peu étouffante, et son regard brûlant ne fait rien pour me refroidir. Au contraire.

— L'attention ne me dérange pas. Ce n'est pas comme si j'en avais envie, mais ça ne me dérange pas.

— C'était le cas l'autre jour quand ta sœur a appelé.

Il me rappelle le malaise que j'ai ressenti lorsque Amber m'a contactée pour me dire qu'elle avait entendu parler de nos fiançailles.

Il n'a pas tort.

— Je n'aime pas mentir à ma sœur. Et ce n'est pas juste un petit mensonge.

—Je suis curieux de savoir comment tu vas réagir quand toute ta famille va découvrir les fiançailles. Tu as parlé à ta sœur, mais tu n'as appelé personne d'autre pour t'expliquer.

— Je n'ai pas à me justifier auprès de qui que ce soit.

Son regard se crispe.

— Non, je suppose que tu n'as pas à le faire. J'ai juste pensé que si tu voulais aller faire du shopping ou rencontrer ta sœur, je te donnais ta soirée.

Avec peu de préavis.

— Je ne pense pas qu'Amber sera disponible ce soir.

J'ouvre la bouche et la ferme rapidement. Il est difficile de ne pas parcourir du regard chaque centimètre de lui. Il est magnifique et je déteste que mon corps commence à se rendre compte de l'attirance qu'il y a entre nous.

— Qu'est-ce qu'il y a ? demande-t-il en remarquant mon hésitation.

— Tu veux que je parte pour quelques heures. Tu as un rendez-vous galant ?

— Avec ma main.

Mes yeux s'écarquillent et Kyler s'esclaffe.

— C'est une blague. Détends-toi. Avec qui pourrais-je sortir, Em ? La presse s'est emparée de nos fausses fiançailles. Mon agenda social n'est pas vraiment en plein essor.

Il boit une gorgée de sa bière.

—Tu es une denrée très prisée dans le monde des rencontres.

Je devrais me taire. Je ne me rends pas service en

lui disant ce que je pense. Cela ne fera que compliquer les choses entre nous.

— Tu penses ?

Il penche la tête, son regard ne quitte pas le mien. C'est comme s'il me fixait droit dans les yeux, et cela me réchauffe. Comme si rien d'autre au monde ne comptait que moi, à ce moment précis.

Mon corps réagit à sa présence. Comme un aimant, je suis attirée vers lui. Même si je ne le veux pas, l'attraction est indéniable. Et à en croire son regard lourd, il le veut aussi.

— Je dois énumérer toutes les raisons pour lesquelles je pense ça ? dis-je, et je ne suis pas sûre que c'était exactement ce qu'il demandait, mais d'une certaine manière, ma bouche s'est mise à fonctionner rapidement d'elle-même, et je devrais la fermer d'un coup sec.

— On pourrait faire ça, dit Kyler. Tu as dit que j'étais une denrée très prisée.

Je suis persuadée que je rougis parce que la pièce est plus chaude de plusieurs degrés et que son attention ne m'a pas quittée.

— C'est ce que j'ai dit, dis-je.

— Tu évites la question.

Il me pousse doucement à le lui dire et

s'approche d'un pas. Ses mains entourent ma taille et il me plaque contre le mur.

Je suis reconnaissante pour le mur. Il me soutient pratiquement en ce moment.

— C'est ce que je fais, dis-je avec un sourire en coin.

Ses lèvres tombent sur mon oreille, en sucent le lobe, son souffle chatouille mon cou. Je ferme les yeux, savourant la sensation qu'il m'offre, la chaleur qui envahit mon corps et mes sens.

— Réponds à la question, M&M.

Je glousse à son surnom.

— Tu es gentil, murmuré-je alors qu'il m'embrasse de l'oreille jusqu'au cou. Généreux.

— Mhmm.

Il m'embrasse dans le cou et ses lèvres se déplacent sur ma clavicule.

Mes doigts effleurent son cou et son dos, je veux qu'il se rapproche.

J'ai des picotements à l'intérieur. Chauds et détendus, ses doigts effleurent mes hanches et se glissent sous ma chemise. Les coussinets de ses doigts taquinent ma peau, caressant le bas de mon dos.

— Tu fais passer ta fille en premier. Certaines femmes trouvent cela attirant.

— Quoi d'autre ? murmure-t-il, laissant ses doigts glisser sur mon ventre tandis que ses lèvres continuent de taquiner mon cou.

Je veux qu'il embrasse plus bas, qu'il enlève ma chemise et mon pantalon et qu'il explore chaque centimètre de mon corps.

Mes yeux se ferment et je me délecte des sensations de chaleur qui me parcourent le corps. Le fait de ne pas fixer son regard intense me permet d'exprimer plus facilement mes sentiments.

— Tu es passionné dans tout ce que tu fais, dis-je, et il écarte mes cuisses, glissant sa jambe entre les miennes.

Ma bouche s'ouvre et je sursaute lorsque le frottement de sa bite se fait contre mon centre.

— Passionné ?N marmonne-t-il contre mon oreille, son souffle est chaud et picote.

Chaque mot est rauque. Je m'essouffle déjà en répondant à sa question.

— Avec le hockey, ton enfant, tout.

J'ai de plus en plus de mal à parler, ma tête s'embrume.

Il me mordille le cou, se frotte à moi, et mes mains tombent sur ses fesses, l'agrippant à travers son jean tandis qu'il se frotte contre moi.

Ma tête tombe en avant tandis que la chaleur se répand en moi, me faisant souffrir et palpiter.

— Putain, murmuré-je dans mon souffle.

— Pas encore, murmure Kyler, qui se frotte à moi avec nos vêtements encore en place.

D'une main, mes ongles s'enfoncent dans son épaule, de l'autre dans son cul, le serrant plus fort.

Je gémis, et je ne sais pas si c'est parce qu'il veut dire qu'on ne va pas passer à la chambre à coucher tout de suite ou s'il ne veut pas me laisser jouir tout de suite. Quoi qu'il en soit, c'est une torture, car je suis délicieusement à la limite avec lui, et il me rapproche de l'oubli.

— Tu veux jouir ?

Il me caresse le cou, son souffle dans mon oreille.

Je hoche la tête et je respire à perdre haleine. Ses hanches se tortillent et me taquinent.

— Regarde-moi, ordonne-t-il.

Mes yeux s'ouvrent paresseusement. C'est une lutte pour se concentrer, pour voir ce qui est juste devant moi, quand je suis proche du bord du gouffre et qu'il pousse avec sa bite dure comme le roc pressée contre ma chatte.

Il me faut toute ma force mesurable pour laisser mes paupières s'ouvrir et le regarder.

— Tu es à moi , murmure-t-il, couvrant mes

lèvres, capturant ma bouche, ma langue, poussant en moi comme s'il s'agissait de sa bite.

Ses hanches poussent et la friction entre nous est comme un feu d'artifice alors que mon corps tremble et que mes parois intérieures se resserrent, à la recherche de sa bite.

— Je te veux en moi, râlé-je entre deux baisers.

Il grogne et se crispe, et le monde autour de nous disparaît.

— C'est la chose la plus sexy qu'on m'ait jamais dite, murmure Kyler en déposant un baiser dans mon cou, sur ma joue et enfin sur mes lèvres.

Je ne veux pas douter de ses paroles, mais personne n'a jamais rien dit de plus sexy. Vraiment ? C'est un joueur de hockey professionnel. Je suis sûr qu'il peut avoir toutes les filles qu'il veut. Et même s'il me veut, je suis sûre qu'il a plus d'expérience.

Il dégage son genou d'entre mes cuisses, mais il ne me lâche pas. Je ne sais pas s'il a peur que je m'enfuie ou s'il veut savourer tout cela un peu plus longtemps.

Kyler porte son doigt à mon menton, levant mon regard vers le sien. Son souffle est lourd et épais tandis qu'il m'embrasse paresseusement et à bout de souffle.

— On devrait se calmer, murmuré-je en posant mon front contre le sien. Le dîner sera bientôt prêt.

Mes yeux se ferment et je m'imprègne de son parfum, de son toucher, de la rémanence de l'orgasme avec lui.

— Papa.

Bristol entre dans la cuisine, sa tablette à la main.

— Ca ne fonctionne pas.

Bien qu'il se défasse de mon étreinte, il ne recule pas.

— Donne-la-moi, dit Kyler.

Bristol lui tend l'appareil, et il fait un redémarrage forcé lorsque le bouton d'alimentation ne fonctionne pas.

Sa fille me regarde fixement, penchant la tête curieusement en attendant de récupérer sa tablette.

— Tu as embrassé mon papa ?

Coupable. Je me mords la lèvre inférieure.

Dois-je répondre ?

Elle me fixe, attendant que je réponde, et les mots ont disparu de mon vocabulaire. Je ne peux même pas hocher la tête. Je suis comme cette tablette, figée.

DIX-NEUF
KYLER

MA FILLE A UN TIMING IMPECCABLE, même si nous avons de la chance qu'elle ne soit pas entrée plus tôt. Je tourne le dos à Bristol autant que possible parce que je ne suis pas sûr que mon pantalon ne soit pas la preuve de ce que nous venons de faire.

— Papa embrassait Em, dis-je pour répondre à la question de ma fille.

J'ai fini de lui mentir, et même si je ne sais pas ce qu'Emerson et moi avons entre nous, l'étincelle est réelle. Je ne peux pas m'en éloigner comme ça.

Pas quand nous prétendons être fiancés.

Je le regretterais si je ne poursuivais pas quelque chose avec elle.

Je tends à ma fille la tablette qui a été redémarrée et qui est maintenant prête pour elle.

— Va jouer. Le dîner sera prêt dans moins d'une heure.

Elle se précipite avec sa tablette. Elle fait une fixation sur un certain nombre de nouvelles applications, ce que je n'encourage pas d'habitude, mais la nounou m'a assuré qu'elles étaient très éducatives et que son professeur avait demandé aux enfants de les télécharger pour travailler leurs compétences à la maison.

— Où en étions-nous ? dis-je en reportant mon attention sur Em.

— J'étais sur le point d'aller à la salle de bain et de me nettoyer un peu, dit-elle.

Elle fronce le nez et dépose un baiser sur mes lèvres avant de me contourner.

J'attends qu'Em soit à l'étage en train de se changer et que ma fille soit préoccupée avant d'entrer dans la buanderie. J'attrape un nouveau pantalon de survêtement dans la sécheuse. Je suis dos à la porte lorsqu'elle s'ouvre en grand et qu'Em me regarde fixement.

Elle s'excuse rapidement et referme la porte de la buanderie en claquant la porte.

J'ouvre la porte, à moitié nu, et j'attrape son bras.

— Viens ici, grogné-je, je la tire à l'intérieur avec moi et je ferme la porte derrière elle.

Il n'y a pas de serrure, mais il y a moins de chances que Bristol nous trouve dans la buanderie que n'importe où ailleurs dans la maison.

Ce n'est pas comme si Em ne m'avait pas vu nu. Ma bite a été entourée de ses lèvres douces et pulpeuses, mais c'était il y a bien trop longtemps.

— Qu'est-ce que tu...

Je la coupe quand mes lèvres écrasent les siennes dans un autre baiser brûlant. Elle laisse tomber les vêtements sales qu'elle tenait sur le sol. Ses bras s'enroulent autour de moi, m'attirant plus près, plus étroitement.

— Tu me donnes l'impression d'être un adolescent, lui murmuré-je à l'oreille.

Elle jette un coup d'œil à ma bite qui grossit.

— Déjà ?

— Qu'est-ce que je peux dire ?

Je souris.

— Tu m'excites.

— C'est ce que toutes les filles veulent entendre, me taquine Em en se retirant, déposant un baiser sur mes lèvres. Je suis venue ici pour faire la lessive.

— Tu es sûre que tu ne m'espionnais pas ?

Elle rit et se penche, attrapant ses vêtements

sales et les miens sur le sol et les jetant dans la machine à laver. Je ne peux pas m'empêcher de fixer son cul pendant tout ce temps. Elle met la machine à laver en marche avant de se retourner pour me faire face.

— Tu m'as cernée. Je t'ai suivi ici pour pouvoir faire ce que je voulais avec toi, dit Em.

— Femme, grogné-je, le cœur battant la chamade dans ma poitrine.

— Quoi ?

Elle arbore ce sourire avec fierté et s'approche, réduisant l'écart entre nous. Ses lèvres sont entrouvertes et son souffle doux me taquine tandis qu'elle me fixe dans les yeux.

A-t-elle la moindre idée de l'excitation qu'elle me procure ? Les sentiments qu'elle attise sont comme un feu qui brûle une ville entière.

Mes doigts tirent sur sa taille, l'attirant contre moi.

— Mets un pantalon, me taquine-t-elle en me lançant mon pantalon de survêtement qu'elle a récupéré en haut du sèche-linge.

Je relâche mon emprise sur elle et j'enfile le jogging noir.

Elle me regarde et expire un grand coup.

— J'ai besoin d'une douche froide, avoue-t-elle.

Je dois tenir jusqu'à la fin du dîner avec ta fille assise à la table, inconsciente de ce qui se passe.

Em fait un geste entre nous.

— Je crois qu'elle est déjà au courant.

— Qu'on s'est embrassés, dit Em. Bien sûr. Mais le fait que je veuille te sauter dessus ?

Je connais déjà la réponse, mais j'aime l'entendre la dire.

— Tu veux faire l'amour avec moi ? lui demandé-je.

Ses joues deviennent cramoisies et elle acquiesce.

— Oui. Tu ne vas pas me faire attendre le mariage, n'est-ce pas ?

Les fausses fiançailles.

Pendant un moment, tout cela m'a semblé réel, et ce que nous avons partagé n'était pas faux. Mais ses mots me ramènent à une réalité brutale.

Le sourire tombe et je secoue la tête.

— Non, Em. Je ne te ferais jamais attendre. Je ne voudrais pas te priver d'un quelconque plaisir, jamais.

— C'est une promesse ?

Elle traîne les pieds, et tandis qu'elle me fixe, je peux sentir l'hésitation s'insinuer comme un épais brouillard.

J'ai suffisamment côtoyé Em ces deux derniers mois pour lire en elle. C'est un livre ouvert, même si elle ne s'en rend pas compte.

— Quand Bristol sera au lit, je te prouverai à quel point j'ai envie de toi.

— Ça me plairait bien, murmure-t-elle. Beaucoup.

————

Le dîner semble s'éterniser et Bristol refuse d'aller se coucher. Je jure que c'est comme si ma fille voulait que je ne m'envoie pas en l'air.

Dans le passé, quand je voulais coucher avec une femme, je m'assurais que Bristol n'était pas à la maison, ou je me tapais une nana chez elle.

Ni l'un ni l'autre n'est une option, et la seconde ne m'attire plus.

— Je ne suis pas fatiguée. Je veux jouer à un jeu vidéo, dit Bristol. Il y a un jeu de paintball qui a l'air très amusant. On peut le télécharger ?

— Absolument pas !

Je n'arrive pas à croire à la suggestion de Bristol à cette heure-ci.

— S'il te plaît, papa. C'est bientôt mon anniversaire. Ça peut être un cadeau d'anniversaire.

— Ton anniversaire est dans six mois.

Je n'arrive pas à croire cette gamine. Je jure qu'elle essaie juste de me rendre fou ce soir. Est-ce qu'elle a un radar qui détecte que je veux du temps d'adulte ?

— A l'étage, tout de suite !

Je lui crie dessus.

Elle grogne et monte les escaliers jusqu'à sa chambre.

— Brosse-toi les dents !

Em est en train de lire un livre ou du moins de faire semblant de s'y intéresser. Je ne crois pas l'avoir vue tourner une page en vingt minutes, mais j'ai aussi été distrait par un monstre d'un mètre.

Elle lève les yeux de son livre.

— Tu veux que je t'aide ? demande-t-elle.

Ce n'est pas à elle de discipliner ma fille, mais pour l'instant, Bristol ne veut pas m'écouter. Je ne sais pas si elle teste ses limites ou ma patience.

— Non, donne-moi juste quelques minutes.

Je suis Bristol à l'étage, vérifiant qu'elle est bien dans la salle de bains en train de faire ce qu'on lui demande.

— Cinq minutes de plus, papa ? demande-t-elle en plissant ses jolis yeux bleus.

— Tu as déjà dépassé l'heure du coucher.

Je ne négocie pas avec elle et elle finit par m'écouter. Je la borde et je ferme la porte de la chambre avant de redescendre tranquillement.

Em est toujours recroquevillée sur le canapé avec son livre.

— Bristol est enfin au lit, dis-je en m'approchant d'Em.

Elle tend un doigt pour me faire comprendre qu'elle veut que je patiente un peu. Elle tourne la page de son livre et la déchire.

— Tu es ce genre de personne.

— Et toi, tu ne l'es pas ?

Em referme le livre et le serre contre sa poitrine.

Je la fixe en essayant de ne pas sourire.

— Je ne pense pas pouvoir coucher avec quelqu'un qui déchire les pages de...

J'essaie de voir le titre, mais elle le serre contre sa poitrine.

— C'est vrai ? Je te promets que ce n'est pas ton livre que j'ai déchiré.

Ses jambes sont recroquevillées, et je les retire de sous elle, la forçant à s'allonger sur le canapé tandis que je la chevauche.

— Laisse-moi voir ce que tu lis, dis-je en reculant le livre de quelques centimètres, mais je peux deviner le genre grâce à la couverture d'une femme à moitié nue.

— Ça a l'air chaud.

Elle glousse, et je vois bien qu'elle est nerveuse. Elle n'a pas besoin d'être avec moi. Je jette son livre par terre et elle sursaute en voyant que j'ai malmené son roman. Le même livre qu'elle a déchiré. Mes hanches poussent les siennes dans le canapé, la coinçant sous mon poids. J'adore la sensation de son corps sous moi.

Son visage rougit et ses yeux écarquillés me fixent.

— Tu es un monstre, dit-elle en riant. Je n'arrive pas à croire que tu aies jeté mon livre !

Le sourire qui couvre son visage me fait désirer ses lèvres sur les miennes.

Je me penche, l'embrasse, la goûte. Je savoure chaque moment passé seul avec Em. Elle est comme une drogue, et je deviens lentement accro à chaque dose que je prends lorsque mes lèvres effleurent sa peau chaude.

Nous prenons notre temps, nous explorons nos corps respectifs. Je ne veux rien précipiter avec Em. Il n'y a aucune raison de le faire quand je veux passer le reste de ma vie avec elle.

Elle n'est pas seulement une fille avec qui je

cherche à passer du bon temps ou à s'ébattre dans les draps. Je veux tout savoir d'elle.

Em gémit lorsque mes lèvres descendent le long de son cou et de son corps, et elle soulève et enlève le haut qu'elle portait, me donnant une vue complète de ses seins magnifiques. Elle ne portait même pas de soutien-gorge en dessous.

Je gémis. Je jure que je n'avais pas l'intention de la baiser ce soir, mais mon corps a d'autres idées. J'abaisse ma bouche sur un sein et mon autre main joue avec son téton.

Elle gémit et halète. Les sons remplissent l'air de la nuit. Nous devrions probablement déplacer cela dans la chambre, mais ma fille essaie probablement encore de s'endormir.

Au moins, en bas, il y a moins de risques qu'elle nous entende. Et Em n'est pas la plus silencieuse en ce moment.

Je ne me plains pas. Je descends son legging avec sa culotte, l'admirant comme si elle était une œuvre d'art.

— Arrête de me fixer, dit-elle en souriant. Mets-toi à poil, ou je te le fais payer.

Je ne peux m'empêcher de lui sourire.

— C'est une menace ?

Je penche la tête, curieux de savoir ce qu'elle

pourrait faire si je ne me déshabille pas rapidement.

— Offre tentante, M&M.

Elle se penche vers moi et me mord les lèvres de manière ludique, nous retournant. Je la laisse prendre le dessus ; j'aime voir ce côté dominant d'Em. Il y a quelque chose de très excitant à voir une femme prendre les choses en main. Surtout une femme dont je suis en train de tomber amoureux.

Je gémis lorsqu'elle s'empare de ma bouche et lâche ma lèvre inférieure. Elle se met à cheval sur mes hanches et tire sur ma chemise, la libérant et la jetant à travers la pièce.

Mes doigts se dirigent vers ses seins, et elle attrape mes paumes, les poussant vers le canapé.

— Laisse moi d'abord gouter à ta bite.

Je gémis, et le simple fait de l'entendre parler de cette façon me rend encore plus dur.

— Tu me tortures, gémis-je.

— J'en doute.

Elle sourit et soulève ses hanches, m'aidant à retirer mon pantalon et mon caleçon, libérant ainsi mon érection.

Em passe sa langue sur ses lèvres avant de se pencher et d'approcher sa bouche de ma bite.

— Putain de merde, marmonné-je.

Je penche la tête en arrière. Mes doigts se

faufilent dans ses cheveux. J'avais oublié à quel point c'était agréable d'avoir la bouche et la langue d'une femme autour de ma bite.

Je jure qu'Emerson me fait la meilleure pipe que j'ai jamais eue dans ma vie. Elle taquine mon gland avec sa langue, léchant et suçant de la bonne façon, avec la pression parfaite.

Les mots me manquent tandis qu'elle enfonce ma queue plus profondément et que ses doigts jouent avec mes couilles. J'essaie de m'accrocher, de faire en sorte que ce moment ne se termine pas trop tôt.

— Em.

Je lui grogne dessus alors que la sensation d'oubli se rapproche.

— Tu dois arrêter, lâché-je dans un avetissement.

Je ne veux pas qu'elle s'arrête, mais je ne suis pas non plus prêt à mettre fin à notre nuit. La dernière chose que je veux, c'est qu'elle soit déçue ou qu'elle dise aux femmes de hockey qu'elle n'a même pas eu à faire semblant parce que j'ai joui le premier et que je l'ai laissée en plan.

Elle libère sa bouche de ma bite et grimpe le long de mon corps, me taquinant, planant, et me donnant envie de plonger en elle.

Je glisse mes doigts entre nous, taquinant ses

plis. Elle est trempée et prête, mais je n'ai pas l'intention de la priver de quoi que ce soit pour l'instant.

Em me sourit, les paupières mi-closes, elle s'efforce de se concentrer.

— Kyler, c'est génial , murmure-t-elle en m'embrassant. Mais je veux ta bite en moi.

— Je le veux aussi, murmuré-je.

— Préservatif ?

Je sors de sous elle sur le canapé et je me dépêche d'aller chercher un préservatif dans l'autre pièce. Je n'ai rien prévu. En avoir un en bas n'était même pas prévu ce matin. Je déchire le paquet d'aluminium et j'enfile le préservatif sur ma queue.

Cette fois, je prends les devants, mes lèvres sur les siennes, la poussant sur le canapé, nos fronts pressés l'un contre l'autre, déjà à bout de souffle.

— Tu es sûre ? lui demandé-je, ne voulant pas la pousser trop loin si elle n'est pas prête.

Après tout ce qu'elle a traversé, je ne voudrais jamais la forcer à quoi que ce soit.

— Je suis sûre que j'ai déjà envie que tu me baises, dit Em.

Elle écarte les jambes et se penche en avant, s'approchant de mon corps.

Je passe deux doigts sur sa fente. Elle est

trempée, et je les plonge dans son humidité, pour m'assurer qu'elle est prête.

— S'il te plaît, murmure-t-elle, et on dirait qu'elle me supplie de la baiser.

Je glisse lentement ma bite dans sa chaleur. Elle est serrée et Em grimace.

— Continue, dit-elle quand je m'arrête.

— Je ne veux pas te faire de mal.

— Tu ne pourrais jamais me faire de mal, dit Em.

J'écrase ses lèvres avec les miennes et je pousse plus fort, plus profondément en elle.

Elle enroule ses jambes autour de moi, prenant chaque centimètre de moi dans sa chaleur.

Mon cœur bat la chamade rien qu'en sentant la connexion, la proximité avec elle. Je tombe amoureux d'elle.

Lentement, je me retire avant de m'engouffrer à nouveau dans sa chatte, la remplissant complètement de moi. Ses ongles griffent mon dos, mon épaule, mes fesses. Elle m'agrippe, me tire et m'enfonce encore plus profondément.

— Encore.

Ses doux râles m'encouragent.

Chaque respiration est bruyante et vocale. Je couvre ses lèvres avec les miennes, la faisant taire alors que nous sommes tous les deux proches du bord. Nous devons rester silencieux. Nous ne sommes pas les seuls dans la maison.

Ses entrailles tremblent et elle s'accroche à ma bite, gémissant dans ma bouche lorsque je l'enfonce plus profondément et que je la sens se défaire.

Je suis avec elle, basculant dans l'oubli, jouissant en elle.

———

Nous nous endormons sur le canapé, enlacés l'un à l'autre.

La lumière du matin me réveille, tout comme mon téléphone qui vibre dans la poche de mon pantalon sur le sol. Je détache mon corps de celui d'Em.

Je m'excuse, je n'aime pas la réveiller. Nous devrions nous habiller et être décents lorsque Lia entrera ou que Bristol dévalera les escaliers.

J'attrape mon téléphone et me racle la gorge, essayant d'avoir l'air le plus éveillé possible quand je lis l'identité de l'appelant. C'est Fitzgerald.

Qu'est-ce qu'il peut bien vouloir à cette heure-ci ?

— Allô ?

Je réponds d'une voix bourrue.

— Ne me dis pas que je t'ai réveillé, Greyson.

Il n'a pas l'air content, et ça ne m'étonne pas. Il n'est jamais de bonne humeur. Il porte sa mauvaise attitude comme si elle faisait partie de son ensemble. Il n'existe qu'en noir.

— Que puis-je faire pour vous ? lui demandé-je.

Je ne suis pas prêt à admettre que, oui, il m'a réveillé. Normalement, j'aurais couru avant l'aube ou fait de la musculation pour faire circuler le sang. Mais la nuit dernière avec Em a suffi à faire battre mon cœur à tout rompre, et je rattrape un sommeil bien mérité.

— J'ai besoin de toi dans mon bureau dans trente minutes. Tu peux le faire ?

Mitchell n'est prévu que plus tard, et je ne suis pas sûr de pouvoir le convaincre de venir me chercher à temps. Je vais devoir prendre les clés et conduire l'un des véhicules du garage.

— Oui, je peux faire ça.

Je ne demande pas de quoi il s'agit. Honnêtement, je n'en ai aucune idée. Il pourrait s'agir du contrat. J'espère qu'il m'offre une année supplémentaire au minimum, même si je préférerais que ce soit un contrat solide de trois ans. Je n'ai jamais eu besoin d'un agent. Je suis probablement le seul joueur à avoir choisi de ne pas avoir d'agent parce que le dernier agent et moi n'étions pas d'accord.

Il essayait de me faire signer un contrat avec le plus d'argent possible. Je voulais simplement jouer au hockey avec les Ice Dragons. C'était aussi simple que cela. Il ne voulait pas écouter le client, moi, alors je l'ai viré.

Je suis tout à fait capable de négocier le contrat tout seul. Mais c'est la première fois que je dois le faire. La dernière fois, l'offre est arrivée, et nous nous sommes disputés à propos du contrat jusqu'à ce que je me rende seul chez Fitzgerald et que je le signe dans le dos de mon agent.

Cela ne s'est pas bien passé.

Avec le recul, c'est peut-être là qu'a commencé le conflit entre Fitzgerald et moi. Je ne cède pas à la pression de l'autorité. Je fais mon propre chemin.

Je raccroche et attrape mon caleçon sur le sol, je l'enfile en même temps que j'attrape mes vêtements et que je lui jette ceux d'Em quand elle se lève. La couverture du canapé s'étend sur son corps nu.

— Tu es pressé ce matin, dit-elle en me regardant avec curiosité.

— Fitzgerald veut que je le rencontre dans trente minutes.

— Peux-tu te rendre à l'arène aussi rapidement ? C'est à l'autre bout de la ville.

Je grimace, et je n'ai même pas le temps de répondre à sa question que je monte me changer.

Elle ouvre d'un coup sec la porte de ma chambre alors que j'enfile mon jean. J'aurais opté pour un costume si j'avais su sans l'ombre d'un doute qu'il s'agissait d'un rendez-vous contractuel, mais nous avons aussi un entraînement dans quelques heures. Et quand j'en aurai fini avec l'entraînement, je voudrai porter quelque chose de confortable.

— Devrais-je contacter Mitchell ? Ou peut-être que je devrais venir avec toi pour m'assurer que Fitzgerald ne prépare pas quelque chose de sinistre, dit Em.

— Tu resteras ici avec Bristol.

J'attrape un t-shirt noir et l'enfile avant de m'asseoir au bord du lit pour enfiler mes chaussettes.

— Je vais prendre la voiture et me rendre à l'arène.

Elle me regarde, silencieuse et curieuse.

Je me lève et me passe une main dans les cheveux. Je passe rapidement dans la salle de bains pour me brosser les dents et m'assurer que je n'ai pas l'air de sortir du lit ou du canapé.

— J'ai l'estomac noué, dit Em.

— Pourquoi ?

J'éteins la lumière de la salle de bains et je passe devant elle.

— C'est probablement rien, mais je ne pense pas qu'il soit normal qu'il t'appelle dans son bureau à six heures du matin.

Elle jette un coup d'œil au réveil sur ma table de chevet.

Je sors de la chambre d'un pas vif, je descends les escaliers et j'attrape mes baskets.

— Ce n'est pas grave. Je suis sûr que ça fait partie de sa routine de connard.

— Il y aura quelqu'un d'autre ? demande Em.

Je lui jette un coup d'œil en attrapant les clés accrochées au mur près du garage.

— C'est la patinoire. Il y a beaucoup de monde, même à six heures du matin. Ça ira.

Je l'embrasse rapidement sur les lèvres.

— Occupe-toi de Bristol, et je t'appellerai quand je saurai ce qu'il veut. D'accord ?

Je me précipite dans le garage et j'appuie sur le bouton pour ouvrir les portes.

Em m'observe depuis le chambranle de la porte, les bras croisés sur sa poitrine. Elle n'a pas l'air contente.

Oui, moi non plus. J'aurais préféré rester blotti contre elle ce matin.

Je saute dans le véhicule et sors par la porte principale, me dirigeant à toute allure vers l'arène. J'aurai de la chance si j'y arrive en trente minutes.

Je me gare dans le garage privé, et bien que je ne l'utilise pas habituellement, j'ai une carte d'accès qui me permet d'entrer. Mon rythme de marche ressemble plus à de la course lorsque je me dépêche de traverser le garage et d'entrer à l'intérieur. J'utilise ma carte d'accès pour entrer dans le bâtiment et je me dépêche de traverser le hall et plusieurs couloirs jusqu'à ce que j'atteigne le bureau de Fitzgerald.

Mon rythme ne ralentit que lorsque je suis à deux portes, pour ne pas avoir l'air de courir dans les couloirs. Il s'agit de garder son sang-froid et d'avoir l'air calme et posé. Je ne ressens rien de tout cela, mais je refuse de le laisser voir ma mascarade.

La porte de Fitzgerald est ouverte et je frappe à la porte en m'avançant dans l'embrasure.

— Monsieur, dis-je, et les mots sont amers sur ma langue, essayant de masquer le dégoût que j'éprouve pour cet homme.

— Ferme la porte, entre et assieds-toi.

Il me fait signe de m'asseoir sur la chaise vide en face de son bureau.

Je ferme discrètement la porte. Il ne me remercie pas d'être venu si rapidement, ni même d'être venu tout court. Je ne m'attendrais jamais à entendre un « merci » sortir de bouche.

— Tu sais pourquoi je t'ai fait venir dans mon bureau, Greyson ?

Son ton me donne l'impression d'être dans le bureau du principal. Il est condescendant, et je suis prêt à me faire gronder par cet homme.

Je ne fais pas semblant de savoir pourquoi.

— Non, monsieur.

Je force les mots, essayant de lui donner le respect qu'il veut, même s'il ne le mérite pas.

— Tu peux m'expliquer ceci ? demande-t-il en poussant un morceau de papier blanc sur son bureau.

Il est griffonné de la même écriture qu'auparavant.

Une autre menace.

Perds le match, ou Bristol meurt.

VINGT
EMERSON

LIA M'ENVOIE un texto pour me dire qu'elle est en retard et coincée dans les embouteillages.

Ce n'est pas grave. Mon travail consiste à assurer la sécurité de Bristol, alors je ne m'inquiète pas trop. Bristol n'a pas école, et j'essaie de trouver quoi faire avec elle cet après-midi.

Peut-être que quand Lia sera là, elle aura une suggestion. Nous avons fait le zoo, le musée d'art et le parc récemment. Avec le beau temps qui permet de profiter de quelques activités en plein air, nous avons fait ce que nous pouvions pour en profiter.

Je suis en train de préparer des crêpes pour Bristol quand mon téléphone sonne.

— C'est Nounou Lia ? demande Bristol avec des yeux pleins d'espoir.

Elle n'aime pas beaucoup mes crêpes, mais je jure que je suis les instructions de la boîte quand je les fais. Elles ne sont juste pas aussi moelleuses que ceux de Lia.

— C'est ton père.

J'appuie sur le bouton pour décrocher et je prends l'appel.

— Allô ?

— Em, c'est moi.

Il y a beaucoup de bruit et d'agitation en arrière-plan. Il est dans les vestiaires ?

— Qu'est-ce qui se passe ? demandé-je, ressentant une urgence dans la nécessité de son appel.

S'il n'y avait rien d'urgent, il aurait simplement envoyé un SMS pour me dire que Fitzgerald est un crétin.

Le bruit de fond et les bavardages se poursuivent avant que je puisse entendre distinctement ses mots, et le bruit derrière lui diminue. Il doit aller dans une autre pièce.

— J'ai besoin que tu viennes à la patinoire.

— Oui, bien sûr. Je peux appeler Mitchell pour qu'il m'y emmène ce matin dès que Lia sera là. Elle est en retard.

— Je pense qu'à ce stade, tu n'as qu'à amener

Bristol avec toi. Et j'ai aussi besoin que tu amènes cette note.

— La note ? répété-je, jetant un coup d'œil à Bristol, essayant de rester discrète pour ne pas effrayer son enfant.

— Oui.

Un souffle lourd s'échappe de mes lèvres.

— Y a-t-il eu une autre menace ? demandé-je, mon estomac se nouant à l'idée qu'une nouvelle menace ait été proférée à l'encontre de Kyler.

— Oui, quelques mots.

— Je fais des crêpes pour Bristol. Elles sont presque prêtes...

— Éteins la cuisinière et laisse ça. Lia peut nettoyer. Je vais chercher quelque chose à manger pour Bristol quand tu seras là.

L'urgence dans son ton est indubitable.

— D'accord.

Il met fin à l'appel avant que je puisse poser d'autres questions.

Les crêpes sont à moitié cuites.

— Monte te préparer. Ton père a besoin de nous à l'arène ce matin.

— Pourquoi ? demande Bristol.

Je secoue la tête.

— Je ne sais pas.

— Et le petit déjeuner ? demande-t-elle.

— Si tu te dépêches de te préparer, je vais les terminer, et tu pourras en emporter un avec toi.

Bristol n'a pas l'air convaincue, mais elle se précipite dans les marches, ses pas résonnant dans la cage d'escalier. J'augmente la température de la cuisinière. Je vais devoir me dépêcher de m'habiller quand les crêpes seront terminées, mais je ne veux pas laisser la cuisinière sans surveillance. Et je sais que Kyler m'a dit de l'éteindre, mais écouter Bristol se plaindre de sa faim pendant le trajet jusqu'à l'arène n'est pas non plus une bonne option.

La sonnette de l'entrée retentit, et la tablette indique qu'un invité a ouvert la porte d'entrée. J'attrape la tablette et vérifie les images de surveillance pour voir qui est arrivé en premier.

Mitchell.

C'est probablement mieux ainsi. Je pourrais envoyer un message à Lia quand nous partirons avec lui.

Je retourne les crêpes qui commencent à brûler, et Bristol descend les escaliers en trombe.

— Je suis prête ! clame-t-elle fièrement.

Elle se précipite dans la cuisine, vêtue d'un t-shirt à pois et d'un pantalon léopard.

Elle tient ses chaussettes en forme de licorne,

qu'elle enfile en s'asseyant à la table de la cuisine. J'attrape des serviettes et une bouteille d'eau pour elle, puis j'envoie un message à Mitchell.

— Peux-tu entrer ?

La porte d'entrée fait un déclic.

— Tout va bien ? demande Mitchell.

— Je dois m'habiller, et les crêpes ont besoin d'une minute de plus sur le feu.

Mitchell trouve le chemin de la cuisine.

— Je m'en occupe.

Il me jette un coup d'œil.

— Va te préparer. Greyson nous attend.

Je sors de la cuisine en courant et Bristol ricane. Je me dépêche de monter à l'étage et d'entrer dans ma chambre, me déshabillant de mon pyjama pour enfiler un legging noir et un t-shirt trop grand.

Je dois faire la lessive, ce que j'avais prévu de faire aujourd'hui. J'attrape la note que Kyler m'a demandé d'apporter, qui est enfermée dans une enveloppe en plastique transparent. Je l'ai fait envoyer à l'équipe de Tactique de l'Aigle pour vérifier s'il y avait des empreintes digitales ou de l'ADN sur le papier.

Il n'y avait rien. Pas la moindre empreinte partielle. Ils m'ont renvoyé l'original, au cas où j'aurais besoin de le comparer à un autre échantillon.

C'est sûrement pour ça que Greyson veut que je l'apporte à l'arène.

J'aurais pensé qu'il en discuterait à la maison entre nous, à moins que quelqu'un ait vu quelque chose. Est-il possible que Fitzgerald soit à l'origine des menaces ?

Je jette l'enveloppe dans mon sac à main, hors de la vue de Bristol. Elle est assez grande pour lire et je ne veux pas l'effrayer.

Kyler a tout fait pour cacher cela à sa fille, et je suis d'accord avec lui. Elle n'a pas besoin de savoir qu'un monstre menace sa vie.

Je me dépêche de descendre et Mitchell conduit Bristol dans le couloir. Il lui tient des pancakes et une bouteille d'eau pendant qu'elle met ses baskets.

— Prête, madame ? demande Mitchell alors que je monte les escaliers deux par deux.

Je ne suis pas ravie qu'on m'appelle madame, mais je ne discute pas. Je ne suis pas une vieille dame.

— Oui.

Il ne me reste plus qu'à mettre mes chaussures. Je mets mon sac à main en bandoulière et j'attrape mes chaussures, je les enfile et je les étire pendant que nous nous hâtons vers la voiture.

Une fois sur la banquette arrière, j'envoie un message à Lia pour lui dire que nous avons changé de plan et que nous devons nous retrouver à la patinoire. Elle pourra peut-être venir chercher Bristol au stade et passer la journée avec elle à explorer la ville.

La circulation est dense et lente sur le chemin de la patinoire. Bristol a ainsi le temps de finir ses crêpes, même si elle se plaint sans cesse qu'elles sont meilleures avec du sirop et que c'est Nounou Lia qui les fait le mieux.

Nous nous arrêtons à l'entrée arrière du stade, l'entrée privée, et lorsque nous entrons, un agent de sécurité et un policier nous jettent un coup d'œil.

— Nous sommes ici pour Kyler Greyson.

L'agent de sécurité jette un coup d'œil à sa feuille.

— Noms.

— Je suis Emerson Ryan, et voici Bristol Greyson, sa fille.

— J'ai besoin d'une pièce d'identité pour vous, Mme Ryan, dit l'agent.

Mitchell attend dans la voiture, s'assurant que nous entrons à l'intérieur avant de partir.

Je fouille dans mon sac à main, attrape mon portefeuille, et montre mon permis de conduire à l'officier de police.

— Relation avec M. Greyson ? demande-t-il.

— Elles sont avec moi, dit Kyler, se plaçant derrière l'officier.

— Nous faisons juste notre devoir de surveillance.

L'officier s'écarte, nous laissant entrer dans le bâtiment.

— Qu'est-ce qui se passe ? demandé-je, en parlant à voix basse.

Il prend Bristol dans ses bras, la tenant de manière protectrice alors que nous marchons l'un à côté de l'autre dans le couloir.

— Bristol, ma chérie, je veux que tu tiennes compagnie à oncle Jasper. Tu peux faire ça ? demande Kyler alors que nous approchons des vestiaires.

— Bien sûr, papa.

Elle l'accompagne dans le vestiaire, et je me tiens à l'entrée de la pièce. Les gars sont assis en train de discuter, mais aucun d'entre eux n'est en train de se déshabiller ou d'enfiler sa tenue de jeu.

Confiant que Bristol est entre de bonnes mains, Kyler prend ma main et m'entraîne dans le couloir.

— Qu'est-ce qui se passe ? lui demandé-je, soulagée de l'avoir pour moi seule pendant une minute.

— Fitzgerald a trouvé une autre note.

J'aspire l'air de mes poumons. Je me doutais bien qu'il y avait une nouvelle menace. Quelle autre raison aurait-il pu avoir pour me demander d'apporter la première note ? Mais il ne m'était pas venu à l'esprit que quelqu'un d'autre aurait pu la trouver en premier.

— Qu'a-t-il dit ?

— Pas grand-chose. Il a impliqué la ligue et la police.

Je jure sous ma respiration.

— Qu'est-ce que cela signifie pour ta carrière ?

— Quand ils découvriront que j'ai perdu un de mes anciens matchs pour protéger ma fille, ça me coûtera tout.

— Et tu leur as dit que ce n'était pas la première menace que tu recevais ?

Une petite partie de moi souhaite qu'il ait menti pour son propre bien.

— Je leur ai tout dit, Em. Comment j'ai engagé un garde du corps pour protéger ma fille. La ligue, la police, Fitzgerald, ils voudront te parler.

Je ne peux pas leur donner beaucoup

d'informations nouvelles. Je commence par m'asseoir avec Fitzgerald dans son bureau. Il est disponible et prêt à me poser des questions comme si j'étais un de ces joueurs.

— Pourquoi n'êtes-vous pas allé voir la police ? demande Fitzgerald.

Kyler est dehors dans le couloir, parlant encore avec la police, leur montrant la note que j'ai apportée.

Il n'y a que moi et Fitzgerald dans son bureau. Jusqu'à présent, il s'est montré moins dégoûtant et horrible que je ne le pensais, compte tenu de la façon dont Greyson parle de cet homme.

— Je fais aussi partie d'une équipe qui mène des enquêtes privées. J'ai été formée à Quantico. Appeler la police aurait mis Bristol encore plus en danger. Ce n'était pas ce que Kyler voulait, monsieur.

— Ce n'était pas à vous de décider, dit-il brusquement.

Il me fixe comme s'il attendait que je dévoile un autre secret.

Je ne parle pas de nos fausses fiançailles avec lui. Ce ne sont pas ses affaires. Et qu'il soit au courant ou non, cela n'a rien à voir avec les menaces.

Enfin, Fitzgerald ouvre la bouche.

— J'ai vu qui a déposé la menace dans la boîte aux lettres de Greyson.

— Quoi ?

Mes yeux s'écarquillent, le choc se lit sur mes traits. Il y a des fois où je peux garder mon sang-froid, prétendre que je ne suis pas surprise par une nouvelle, mais cette révélation me fait bondir de mon siège.

Je suis debout, le fixant comme s'il avait perdu la tête.

— Vous l'avez dit à Greyson ? A la police ? A quelqu'un d'autre ? lui demandé-je.

— Je ne l'ai pas fait parce que cela me met dans une situation difficile. Asseyez-vous, dit Fitzgerald en faisant un geste du doigt vers la chaise.

Les cheveux de l'homme sont gominés, gras, et son costume hors de prix est trop serré.

Je ne veux pas m'asseoir, mais je veux aussi connaître tous les détails, et je préférerais que Greyson les entende aussi. Au moins un autre témoin, parce que s'il le nie plus tard, je suis foutue.

Je ne peux pas enregistrer notre conversation avec mon téléphone portable. Ce serait illégal.

— Qui a remis la note menaçante ? lui demandé-je, en m'accrochant à chacun de ses mots.

Un rictus visqueux se dessine au bord de ses

lèvres.

— Vous n'aimeriez pas le savoir ?

Mon estomac se retourne.

— C'est ce que j'ai demandé.

Il tapote ses doigts l'un contre l'autre, se détendant sur sa chaise. Sa suffisance se dégage de lui comme un brouillard et me donne la nausée sans même que j'aie entendu sa demande.

— Qui a délivré la note ?

Je ne joue pas à ce petit jeu. C'est l'avenir de Greyson qui est en jeu, et la vie de sa fille est menacée.

Il recule sa chaise.

— Venez vous assoir sur mes genoux, dit Fitzgerald.

— Pardon ?

— Je ne demande pas une pipe. Asseyez-vous sur mes genoux.

— Je ne préfère pas.

Quel sale type !

— Oh, allez. J'ai compris que vous faisiez semblant avec Greyson. Vous ne pouvez pas me dire que c'est réel. Je peux vous faire passer un bon moment. Sans attaches. Sauf si tu aimes être attachée, bébé.

Je me lève, ne voulant pas supporter son

harcèlement sexuel un instant de plus.

— Pose ton joli petit cul si tu veux que je sauve la carrière de ton mec.

Je reste bouche bée et je repose mes fesses sur la chaise.

— C'est une bonne fille. J'aime que tu suives mes ordres.

—Putain de porc.

Je ne joue pas à ces jeux d'esprit avec lui, ni à ces jeux de baise. Peu importe ce qu'il en pense, je ne vais pas me laisser aller à ses fantasmes dégoûtants.

Fitzgerald hausse les épaules, pas le moins du monde consterné par ma suggestion.

— Tu vas t'asseoir et tu ne bougeras pas ton joli cul si tu veux que Greyson joue pour les Ice Dragons l'année prochaine.

Il ouvre son pantalon et sort sa bite.

Je lui demande de la ranger.

S'il s'approche de moi avec sa bite, j'attrape le coupe-papier et je le poignarde là où il faut.

Mais il ne bouge pas, si ce n'est sa main, avec laquelle il pompe sa bite en me regardant fixement.

Je n'en peux plus de ses conneries. Je me lève et me dirige vers la porte.

— Si tu quittes cette pièce, Greyson ne jouera plus jamais au hockey pour aucune équipe.

Il respire difficilement alors qu'il continue à se branler.

— Je vais vous dénoncer pour harcèlement sexuel, dis-je, et je sors mon téléphone de mon sac à main pour prendre une photo de sa main sur sa bite.

— C'est ta parole contre la mienne. Je leur dirai que tu m'as dragué et que tu m'as supplié de me regarder me faire plaisir. Une fille de rien du tout qui a la réputation de crier au loup pendant l'amour, raille-t-il. Je suis au courant de ton petit coup avec Clemens.

Mon sang se glace et je me raidis.

— Je vois que j'ai touché un point sensible, dit Fitzgerald en souriant.

Ses yeux sont rivés sur moi tandis qu'il continue à branler sa bite avec son poing.

— Je peux détruire la carrière de Greyson. La ligue l'interroge aujourd'hui, ainsi que moi. Tout ce qu'il faut, c'est que je leur dise qu'il a triché à un match, et il sera exclu pour de bon.

Il grogne et je détourne le regard, refusant de regarder son acte pathétique de harcèlement sexuel.

— Je vous ai filmé, dis-je en serrant mon téléphone dans ma main. Votre parole contre la mienne ou pas, ça ferait quand même un sacré gros titre. Le directeur général des Ice Dragons de la NHL se fait prendre la main sur la queue alors qu'il discute de menaces à l'encontre d'une fillette de six ans.

— Je ne suis pas un putain de pervers, grogne-t-il.

— Non, vous êtes juste un prédateur sexuel. Parce que c'est tellement mieux, dis-je sarcastiquement.

Je prends encore une photo.

— Profitez d'être aux infos, parce que votre carrière est finie.

Je me dirige vers la porte, lui tournant le dos, la main sur la poignée.

— Attendez ! me crie-t-il.

Je grimace, j'ai vraiment envie de sortir de son bureau.

— C'était mon frère.

— Quoi ?

Je me retourne et je grimace en voyant qu'il a toujours la main autour de sa bite, mais qu'elle est devenue flasque.

— Rangez ce petit cornichon.

Je fais un geste vers sa bite.

Il grogne et la remet dans son pantalon.

— La menace. Elle venait de mon frère, James Fitzgerald.

JE FINIS de parler à nouveau avec la police. Les membres de la ligue arrivent à midi pour discuter de la situation.

Ils ont été mis au courant des menaces qui pèsent sur ma fille, mais c'est tout ce dont ils ont été informés. Le reste doit être discuté en détail.

Emerson quitte le bureau de Fitzgerald en claquant la porte.

C'est à peu près ce qui se passe avec lui chaque fois que je suis obligé de le rencontrer.

Je n'étais pas ravi de la laisser seule dans la pièce avec lui, mais il est plutôt inoffensif.

Elle claque la porte de son bureau en partant, et ses joues sont enflammées. Je lui jette un coup d'œil. Ses mains tremblent et elle les croise sur sa poitrine.

— Montre-moi les toilettes, dit-elle.

C'est plutôt une demande, et je ne suis pas sûr qu'elle ne va pas être malade.

— Par ici, dis-je en me précipitant dans le couloir, et elle est à mes côtés.

Même avec ses jambes plus courtes et ses pas plus petits, elle me suit facilement. Il est clair qu'elle est pressée.

Je l'accompagne jusqu'à la porte des toilettes pour dames, et elle se précipite à l'intérieur. Je l'attends, me demandant ce qui se passe. Je lui laisse quelques minutes d'intimité avant de frapper à la porte.

— Em ?

Pas de réponse.

Je frappe à nouveau et passe la tête à l'intérieur. Je n'ai vu aucune autre femme entrer.

Elle renifle et fixe son reflet devant le miroir.

— Qu'est-ce qui s'est passé ? lui demandé-je, sentant qu'elle hésite.

Ses yeux se révulsent et sa mâchoire se crispe. Elle ne me répond pas, et je ne sais pas si son silence vaut mieux. Parce que maintenant, je n'arrête pas de penser à ce que Fitzgerald a pu lui dire.

— Il t'a agressée ? demandé-je, en entrant dans

les toilettes des femmes et en laissant la porte se refermer derrière moi.

Em me jette un coup d'œil et son silence me dit que oui.

Il y a de la souffrance dans ses yeux, de la douleur qui irradie d'elle en vagues qui me font comprendre qu'il s'est passé quelque chose de grave dans le bureau de ce connard.

— Il t'a touchée ? grogné-je, me rapprochant d'Em, et elle se fige.

Je vois l'expression de choc et de peur sur son visage.

— Je vais le tuer, putain, grogné-je, et je me mets à tourner sur mes pieds, sortant des toilettes pour aller dans le couloir.

— Attends.

La voix d'Em est douce et fragile alors qu'elle court pour me rattraper.

— S'il te plaît, ne fais rien de stupide.

— Stupide ? répété-je.

Je m'arrête de marcher et je la regarde fixement.

— Qu'est-ce qu'il t'a fait, Em ?

Je vois bien qu'elle me cache quelque chose, et la rage brûle en moi, j'ai besoin de la protéger. Elle est comme une famille pour moi.

— Il ne m'a pas touchée, dit-elle.

— Il ferait mieux de ne pas l'avoir fait !

Je ne peux pas contenir ma voix ni la colère qui coule dans mes veines. Je continue à marcher, mes pas sont lourds alors que je m'enfonce dans le couloir.

— Je t'en prie, ne le fais pas. Il va ruiner ta carrière !

— Je me fiche de ma putain de carrière, Em. Je me soucie de toi !

Elle m'attrape le bras. Son toucher est doux et apaisant, elle me tire pour que je m'arrête de marcher et que je lui fasse face. Je plonge mon regard dans le sien, transi et apaisé par sa présence. Mais il suffit que je pense à Fitzgerald pour que je me retrouve à cent pour cent, prêt à lui casser la figure.

Et je ne sais même pas ce qu'il a fait, si ce n'est qu'il a dépassé les limites de l'acceptable. Je n'ai jamais vu Em aussi brisée et fragile. Et elle n'était pas comme ça avant d'entrer dans son bureau.

— Ne fais rien, dit Em, la voix douce.

Il y a quelques officiers au bout du couloir. Plus nous restons à cet endroit, à quelques portes du bureau de Fitzgerald, plus nous perdons notre intimité.

Elle prend avec précaution son téléphone portable dans son sac à main.

— Si je te montre ça, je ne veux pas que tu paniques.

— Paniquer ?

Là, elle me fait vraiment peur.

— Qu'est-ce que c'est ? demandé-je, en lui arrachant son téléphone portable des mains.

— Fitzgerald a fait quelque chose d'inapproprié pendant que j'étais dans son bureau, dit-elle.

Em a l'air nerveuse et serre les lèvres l'une contre l'autre.

— Je peux porter plainte auprès de la police. Mais si tu le touches, ils t'arrêteront, prévient-elle.

— Ne t'inquiète pas pour moi, dis-je.

Son téléphone portable est verrouillé et je le lui montre, attendant qu'elle le déverrouille.

— Promets-moi de ne pas te battre avec lui ou de ne pas le toucher quand tu verras la photo, dit-elle.

Je ne ferai pas une promesse que je ne pourrai pas tenir.

— Quel est le code pour déverrouiller ton téléphone ?

— Promets-moi, Greyson.

Ses yeux sont remplis de douleur alors qu'elle

me fixe, et mon cœur se brise en un million de petits morceaux.

— Je t'aime, Em. Je ne promets rien que je ne ferai pas.

Son souffle se bloque dans sa gorge.

— Tu m'aimes ? demande-t-elle.

Je n'ai même pas réalisé les mots que j'ai prononcés jusqu'à ce qu'elle les répète. Je me frotte la nuque nerveusement. Il est vrai que mes sentiments sont plus forts pour elle que pour n'importe qui d'autre, en dehors de Bristol, et c'est une toute autre sorte d'amour.

Je souris et évite la question. Je ne suis pas prêt à la répéter.

— Quel est le code d'accès de ton téléphone ?

Elle offre un sourire de travers à travers la douleur de son regard et secoue la tête.

— Je ne veux pas que tu t'en prennes à Fitzgerald.

— Si c'est si grave que ça, alors dis-le moi.

Je déteste qu'on me laisse dans l'ignorance. Je la fixe, repoussant une mèche de cheveux derrière son oreille.

— Dis-moi ce qui s'est passé.

— Je ne veux pas, dit-elle, et ses joues s'enflamment encore plus. Je sais qui a fait ça

Em se dégage de mon emprise et se précipite dans le couloir, dans la direction opposée au bureau de Fitzgerald et aux officiers de police qui enquêtent sur la récente menace.

— Quoi ?

Je ne comprends pas bien sa déclaration, à moins qu'elle n'ait un rapport avec Fitzgerald, et que ce soit la raison pour laquelle elle est si secouée.

— Qui ?

J'ai besoin d'une confirmation de sa part avant de perdre la tête.

— Le frère de Fitzgerald.

La bile se répand dans mon estomac, me donnant la nausée alors qu'elle s'agite encore et encore. Je suis reconnaissant de n'avoir rien mis d'autre dans mon ventre ce matin. Je n'ai même pas encore bu de café. Cette journée ne cesse de s'améliorer.

— Qu'est-ce que tu veux dire ? Son frère est à l'origine des menaces contre Bristol ? demandé-je, en fixant Em.

— James Fitzgerald.

Ce nom me retourne l'estomac. J'aurais dû me rendre compte du lien. Peut-être que je n'ai pas voulu le voir ?

— Il joue pour les Bruisers, grogné-je, dégoûté

par l'homme qui pense qu'il est acceptable de menacer une fillette de six ans.

Bien sûr, nous, les joueurs de hockey, nous menaçons sur la glace, nous nous battons pendant un match, mais nous ne nous en prenons jamais aux enfants de qui que ce soit.

C'est une limite à ne jamais franchir.

— Qui peut bien faire ça ? grogné-je. Menacer un enfant ?

Je suis en colère et j'ai envie de frapper quelqu'un au visage. Pour l'instant, la cible la plus proche est le propriétaire et son frère, Brent Fitzgerald.

Emerson ne me laisse pas passer devant elle dans le couloir. Elle est petite mais puissante, elle me bloque carrément, elle ne me laisse pas passer.

— Tu le regretteras, dit-elle. Il y a une demi-douzaine de flics prêts à te faire arrêter si tu tentes quoi que ce soit.

— C'est de sa faute ! Fitzgerald a donné l'accès à son frère, fulminé-je entre les dents serrées.

Ma lèvre supérieure se crispe en un grognement, et mes mains se serrent en poings le long de mon corps.

— On va faire un tour, dit Emerson en m'attrapant par le bras et en m'entraînant dans la direction opposée, dans le couloir.

— Lâche-moi, dis-je en me dégageant de son emprise. Il mérite...

— Qu'est-ce qu'il mérite, Kyler ? demande-t-elle, ses yeux rencontrant les miens, sans jamais les quitter. Tu veux le frapper ? C'est ça ? Lui casser la gueule ? Et après ?

Ma mâchoire se crispe, mais mon silence est tout ce que je peux lui donner sans crier et passer devant elle en trombe pour aller dans le bureau de Fitzgerald.

— Je veux le tuer, grogné-je, sans avoir peur d'exprimer ma colère.

Elle connaît la peur qui m'a secouée ces derniers mois, alors que je m'inquiétais pour ma fille.

— Tu n'es pas le seul, dit-elle, mais sa voix est plus douce, plus calme.

Elle prend ma main et entrelace nos doigts. Son contact est apaisant, et j'expire une bouffée d'air, la colère se dissipant lentement sous l'effet de son seul contact.

Bon sang.

— La police va vouloir te parler, dit-elle.

— Je le sais. Je leur ai déjà dit tout ce que je savais.

Je m'appuie contre le mur et ferme les yeux.

— La ligue va me mettre dehors.

— Quoi ?

Les doigts d'Em effleurent ma joue et mes paupières s'ouvrent lentement pour la fixer. Son corps est à quelques centimètres du mien, me coinçant contre le mur.

— C'est contre les règles de la ligue de faire ce que j'ai fait, dis-je.

— Tu n'avais pas le choix.

— Bien sûr que si. J'aurais pu aller voir la police il y a des mois, quand la première menace a été proférée. Au lieu de cela, j'ai engagé un garde du corps et j'ai fait ce que les notes exigeaient de moi.

Son regard se crispe et elle serre les lèvres.

— Mais tu aimes le hockey. Qu'est-ce que tu vas faire si la ligue ne te laisse pas jouer ?

EMERSON

JE ME DIRIGE vers le vestiaire pour trouver Bristol pendant que la ligue interroge Kyler. Je frappe fermement à la porte.

— Vous avez intérêt à être décents, dis-je en poussant la porte.

Bristol est assise sur le banc et rigole en me voyant entrer les yeux à moitié cachés. Je jette un coup d'œil à travers mes mains, m'assurant que je ne suis pas sur le point d'entrer dans quelque chose que je ne peux pas voir.

Mais vu qu'une fillette de six ans traîne dans les vestiaires, je suppose que j'ai le droit d'entrer.

— Comment ça s'est passé ? demande Jasper.

Il est assis à côté de sa nièce, et ils sont plongés dans une méchante partie de claquement de mains.

Elle tire la langue et saute du banc pour courir dans le couloir des vestiaires.

— Où vas-tu ? demandé-je après elle.

— Les toilettes !

Jasper secoue ses mains.

— Je la laissais gagner jusqu'à ce que je me rende compte qu'elle frappe aussi fort que son père. Kyler et moi jouions à ce jeu quand nous étions enfants, et il gagnait toujours. Comment va-t-il ?

— Il tient le coup. Il est avec la ligue en ce moment, il explique tout. Qu'est-ce que tu sais de tout ça ? lui demandé-je.

— Je savais qu'il y avait une menace contre sa fille, et c'est pour ça qu'il t'a engagée, mais la menace réelle, il l'a gardée secrète. Il n'a pas voulu me dire ce qui se passait, et j'ai supposé que ça avait à voir avec Ashleigh. Je ne l'ai jamais aimée.

— Pourquoi ça ?

Jasper s'étire et jette un coup d'œil en direction des toilettes. Il ne veut sans doute pas que sa nièce entende notre conversation.

— Elle était un peu trop critique à mon goût. Mais je n'ai jamais pensé qu'elle serait suspecte.

— La bonne nouvelle, c'est que nous avons un suspect.

— Suspect de quoi ? demande Bristol en revenant vers le banc.

J'échange un regard rapide avec Jasper. C'est une conversation qui doit changer rapidement.

— Pour notre jeu de meurtre et de mystère, dit Jasper. Tu te souviens du jeu que je t'ai acheté pour Noël l'année dernière ?

— Tu l'as acheté pour papa, dit Bristol. Et je suis trop petite pour jouer.

— C'est vrai, dit Jasper en hochant la tête. Peut-être dans quelques années, ma fille.

Il lui ébouriffe les cheveux et se lève.

— Je vais m'équiper et patiner. Tu veux te joindre à moi ?

Les yeux de Bristol s'illuminent.

— Oui !

— Et toi ? demande Jasper. Tu veux te joindre à nous ?

J'inspire nerveusement et mon souffle se bloque dans ma gorge.

— Je n'ai fait du patin à glace qu'une seule fois, quand j'étais petite, et je n'étais pas très douée.

— Je peux t'apprendre, dit Bristol. C'est facile.

— Quelle est ta taille ? demande Jasper.

— Trente-huit.

Il fait mentalement le calcul et revient avec des

patins d'hommes pour moi et une paire pour Bristol. Les siens ont des autocollants et sont lavande. Les miens sont noirs avec des lacets blancs.

Nous laçons nos patins et Jasper me lance un sweat-shirt qui se trouve dans le casier en bois de Kyler.

— Tu risques d'avoir froid sur la glace, dit-il.

J'imagine que Kyler ne verra pas d'inconvénient à ce que j'emprunte un de ses sweat-shirts. Je l'enfile et son odeur me parvient. Je suis Bristol et Jasper qui sortent des vestiaires et se dirigent vers la patinoire en suivant Bristol et Jasper avec précaution.

La discussion sur le suspect avec Jasper devra attendre.

Il m'attrape la main, m'aidant à me stabiliser alors que je m'agrippe à tous les orifices proches pour m'y accrocher. Je ne veux pas tomber sur le cul et me ridiculiser.

— Tu te débrouilles, dit Jasper.

— Vraiment ?

Je ris, pas du tout confiante dans ce que nous sommes en train de faire. Je devrais surveiller et protéger Bristol, pas me donner une commotion cérébrale quand je tomberai sur la glace, ce qui est inévitable.

— Oui, dit Bristol avec le plus grand sourire que

j'aie jamais vu. Il suffit de suivre ce que je fais.

Elle glisse sur la glace avec aisance et tourne sur elle-même de reculer.

Putain, je ne peux pas suivre ça. Il faut de la concentration pour glisser d'un pied puis de l'autre sur la glace.

— Si j'avais su que tu ne savais pas patiner, dit Jasper. Je t'aurais proposé de prendre des cours bien plus tôt. On aurait pu surprendre mon frère avec un numéro sur la glace et le rendre vraiment jaloux.

Il y a un ton taquin dans sa voix, et même si j'imagine qu'il aime mettre son frère en colère, je n'ai pas l'impression qu'ils se battent pour des filles.

— Il ne sait pas à quel point je suis mauvaise sur la glace. Mais il m'a demandé une fois si je savais patiner, dis-je.

— Et tu lui as dit la vérité ? demande Jasper.

Il me tire vers le centre de la patinoire et m'aide à garder l'équilibre et à me concentrer sur mes mouvements.

— Je n'allais pas lui mentir.

— Les petits mensonges ne sont pas vraiment des mensonges, dit Jasper. Et je suis honnêtement choqué qu'il ait accepté de sortir avec toi. Il avait juré qu'il ne poserait jamais les yeux sur une femme qui ne savait pas patiner et qui n'aimait pas le hockey.

Je glousse.

— Je ne connais rien au hockey et je suis nulle en patinage. C'est un mariage parfait, dis-je en plaisantant.

— Ces deux choses peuvent s'arranger.

Il me lâche la main mais patine à mes côtés, s'assurant que je suis stable.

Je suis lente, mais je ne suis pas tombée sur la glace... pour l'instant.

Bristol s'approche de nous et me jette un coup d'œil.

— Tu es lente, dit-elle.

— Merci, petite, marmonné-je alors qu'elle s'éloigne et fait d'autres pirouettes, tournant rapidement.

— Kyler a-t-il déjà pensé à la faire participer à des compétitions de patinage sur glace ? demandé-je.

— Elle déteste les sports de compétition. La pression l'atteint, et elle part faire son propre truc. Bristol est un peu un esprit libre.

Je l'observe sur la glace, sans avoir l'air de me soucier du fait que nous nous trouvons de l'autre côté de la patinoire.

— J'ai remarqué.

Il y a plus d'agitation et de bruit alors que

plusieurs autres coéquipiers se dirigent vers la glace avec leurs crosses de hockey et un palet, s'entraînant pour leur prochain match. Jasper devrait être en train de faire ça au lieu de nous garder, Bristol et moi, sur la glace, mais j'apprécie sa patience.

— Nous devrions laisser de l'espace aux garçons, dis-je.

Mes chevilles me font mal et je ne veux pas interférer avec l'entraînement. Je fais signe à Bristol de venir vers moi, mais elle se contente de me répondre et de danser sur le rythme qu'elle a dans la tête.

C'est mignon, mais aussi un peu inquiétant quand j'essaie d'attirer son attention et que je ne suis pas assez douée en patins à glace pour lui courir après.

— C'est bon, on peut partager la patinoire pour un moment. Ce sera bien d'apprendre aux garçons à ne pas se battre avec tous les joueurs qui les font trébucher et se mettent en travers de leur chemin.

Je rétrécis mon regard.

— Il n'y a pas de problème. Bristol et moi pouvons attendre sur le banc.

Jasper secoue la tête.

— Vous pouvez, mais vous ne le ferez pas. Ma nièce est heureuse, et je ne veux pas que ce qui s'est passé aujourd'hui l'affecte, dit-il. Elle va sûrement entendre les gars parler, ou Kyler quand il en aura fini avec l'entretien de la ligue.

Nous passons encore une heure sur la glace, et mes chevilles sont maintenant très douloureuses, mais je ne veux pas me plaindre. Les gars se sont cognés contre la vitre au moins une douzaine de fois. Ils portent leur équipement complet, mais même ainsi, ça doit faire plus mal que ma petite gêne à la cheville.

— Ryan ! Jasper !

Kyler nous appelle et je fronce les sourcils, ne sachant pas pourquoi il utilise mon nom de famille. J'ai la redoutable impression qu'il met de la distance entre nous, alors que nous n'avons même pas parlé de ce qui s'est passé avec la ligue.

— On dirait que ton fiancé a fini, dit Jasper. . . . .!!!!!!!!!!!!!!!!!!!!!!!!!!!!!!!!!!!!

— Papa !

Bristol couine et patine jusqu'au banc. Il ouvre la porte et la laisse sortir de la patinoire.

Il me faut encore quelques minutes pour y arriver, et Jasper est à côté de moi, s'assurant qu'au moins, si je tombe, il y a quelqu'un pour m'aider à me remettre sur mes pieds.

— Tu apprends à patiner ? me demande Kyler

quand je descends de la glace.

— Quelque chose comme ça.

Il nous ramène au vestiaire, et dès que nous sommes à l'intérieur, je m'assois sur le banc et je me débarrasse de mes patins.

— Comment ça s'est passé ? demandé-je, en essayant de ne pas inquiéter Bristol, mais je veux savoir ce qui se passe.

— J'ai été suspendu pour le reste de la saison.

Sa mâchoire est serrée et il aide Bristol à enlever ses patins.

— La NHL ne veut pas rendre publique la raison de ma suspension, car cela pourrait compromettre l'intégrité du jeu. L'équipe a prévu une conférence de presse pour cet après-midi, et on s'attend à ce que je fasse une déclaration à la presse et que je leur dise que je prends le reste de la saison pour me concentrer sur ma famille.

— Attends, dit Jasper en enfilant son équipement. Tu es absent jusqu'à la fin de la saison ?

Kyler acquiesce.

— C'est seulement quelques matchs de plus. Nous n'avons aucune chance de participer aux playoffs. Je vais prendre une douche et me préparer pour la conférence de presse. J'aimerais que Bristol et toi soyez là, dit-il en me fixant.

— Tu veux que je sois à ta conférence de presse ?

Je suis surprisee et je suis sûre que cela se voit sur mon visage. J'essaie de garder mon sang-froid, car il n'y a aucune raison pour que je sois là, si ce n'est pour apporter mon soutien.

Je mets mes baskets et Bristol fait de même, assise à côté de moi. Je jette un coup d'œil d'elle à Kyler.

J'ai tellement de questions sur l'homme qui menaçait la petite, mais je dois attendre que nous soyons seuls pour les poser.

Et surtout, que va-t-il se passer maintenant que sa fille n'est plus en danger ?

Il s'attend sûrement à ce que je prenne mes affaires chez lui et que je déménage. Il n'y a aucune raison que je continue à vivre avec lui sous son toit. Ma responsabilité en tant que garde du corps de Bristol est terminée.

Plus tard dans l'après-midi, je me tiens à côté de Bristol, sa main dans la mienne. Mitchell nous a préparé des vêtements pour la conférence de presse. Bristol porte une robe à imprimé vichy. Je porte une jupe noire et un chemisier assorti. Kyler porte un costume.

Elle s'accroche à ma main et se tortille, mal à l'aise.

— On peut rentrer à la maison ? murmure la petite en me fixant.

Nous sommes à l'arrière-plan, sur le côté, pour les photos et pour que la presse nous fasse passer pour une famille pendant l'interview. Il est debout sur le podium et répond aux questions posées par plusieurs journalistes.

Lorsqu'il est arrivé, nous étions à ses côtés, mais il est seul sur le podium et nous attendons patiemment qu'il termine son discours.

— Merci à tous d'être venus ici aujourd'hui, dit Kyler dans le micro. Je sais que cela va vous surprendre, mais je vais prendre le reste de la saison pour me consacrer à ma famille. Comme vous l'avez peut-être entendu, la sécurité de ma famille a récemment été menacée, et bien que la police ait trouvé le suspect, l'ait arrêté et l'ait inculpé de nombreux crimes, je pense qu'il est dans l'intérêt de ma famille de prendre un peu de temps à la maison.

La foule discute, puis un journaliste prend le micro.

— Quels types de menaces ont été proférés ? demande-t-il.

La mâchoire de Kyler se crispe.

— Le genre qui menace un enfant, dit-il.

Bristol me serre la main.

— De quoi parle papa ?

Je lui fais signe de baisser le ton. Pourquoi Bristol et moi sommes-nous ici si Kyler va parler des menaces ? On essayait de la protéger de tout ça.

Les journalistes sont de plus en plus bavards.

Le micro est passé à un autre homme.

— Y a-t-il d'autres raisons pour lesquelles vous avez décidé de repousser votre carrière juste avant les playoffs ?

Kyler rit.

— J'aimerais bien dire que les Ice Dragons joueront les playoffs cette saison, mais nous n'avons aucune chance, étant donné notre dossier.

Un doux grondement de rire se fait entendre dans la foule.

— Je peux vous assurer que je serai de retour la saison prochaine, dit Kyler.

Le bruit redouble et il fait signe au public de se calmer. Il est difficile de savoir s'il a entendu la question ou s'il a décidé d'y répondre avant qu'un journaliste ne la pose. Il y a beaucoup de voix qui se disputent l'attention.

— Non, je n'ai pas encore reçu de contrat, mais je suis en négociation avec le propriétaire actuel des Ice Dragons.

Est-il en négociations ou ce qu'il fait est-il une

tactique pour faire avancer sa carrière l'année prochaine ? Voudra-t-il même revenir chez les Ice Dragons après ce qui s'est passé avec le frère de Fitzgerald ?

Fitzgerald est un vrai connard, qui sort sa bite et essaie de me mettre mal à l'aise. Il a réussi à le faire, mais je ne veux pas que cela affecte les chances de Kyler avec l'équipe dans laquelle il veut être, celle où joue son frère.

— D'autres questions ? demande Kyler.

Les discussions reprennent de plus belle, puis il couvre le micro et fait signe à Bristol et à moi de le rejoindre. Je suppose que c'est pour une photo, qu'il essaie d'exploiter cet angle du mieux qu'il peut. La ligue lui donne l'occasion de protéger sa carrière, même si elle n'a d'intêret que pour elle-même.

— J'ai une annonce à faire, dit Kyler. Comme beaucoup d'entre vous le savent, voici ma fiancée et ma fille.

Il nous présente à la presse.

Au premier rang, Kyler répond à une question posée par l'un des journalistes.

— Il est de notoriété publique que vous êtes un riche milliardaire et que vous n'avez pas besoin de l'argent de la NHL pour pratiquer ce sport. Avez-vous envisagé d'acheter une équipe dans la ligue ?

Il sourit, et ses épaules semblent se détendre à sa question.

— Si je le faisais, ce serait contraire aux règles.

— Alors, quand prendrez-vous votre retraite ? demande-t-elle, pour approfondir la question.

Il se penche vers le micro.

— Je n'ai pas l'intention de prendre ma retraite, ni maintenant, ni dans un avenir proche, dit-il en précisant sa position.

— Ce n'est qu'une courte pause. Deux semaines pour me consacrer à ma famille qui s'agrandit.

— Une famille qui s'agrandit ? demande la femme. Cela signifie-t-il que vous attendez un autre enfant ?

Les yeux de Bristol s'écarquillent et, bien que parfois elle ne soit pas totalement attentive à ce qui se passe, cette fois-ci, elle saisit chaque mot.

— Je vais être grande sœur ? demande-t-elle en poussant un cri d'excitation.

Il ne fait aucun doute que tous les journalistes ont entendu son excitation, et certains d'entre eux ont même réussi à la filmer.

— Pas de commentaire, dit Kyler, mais il est trop tard.

La rumeur s'est échappée, et il n'y a aucune chance de tenir cette monstruosité en laisse.

JE FINIS par payer Lia pour la journée, mais je la laisse rentrer chez elle plus tôt que prévu. Bristol étant en sécurité à l'arène et Em gardant un œil sur elle, il n'y a vraiment aucune raison de demander à la nounou d'aller chercher Bristol. Mais maintenant, je regrette de ne pas avoir Lia à la maison pour nous préparer un bon dîner ou pour garder Bristol le soir.

J'aurais bien besoin d'un peu de temps seul pour parler avec Em. Je ne veux pas qu'elle pense que la nuit dernière était un incident isolé.

Je ne veux pas de sexe sans attaches. Avec Em, je veux tout ce qu'il y a à avoir.

Je finis par commander le dîner, et Mitchell est assez généreux pour aller le chercher et le ramener à la maison avant de partir pour la nuit.

Bristol m'aide à mettre la table et, une fois le dîner arrivé, je monte à l'étage pour trouver Em, qui semble se cacher de moi depuis notre retour de l'arène.

Je frappe fermement à la porte de sa chambre, qui s'ouvre en grinçant. La serrure n'était pas bien fixée. Elle est debout à côté du lit, sa valise ouverte et les tiroirs de la commode ouverts, elle plie ses vêtements et range ses affaires.

— Tu prépares un voyage ? lui demandé-je.

Elle n'a jamais parlé d'aller quelque part, mais elle a certainement de l'argent après les deux derniers mois où je lui ai versé un salaire à six chiffres.

Elle lève les yeux vers moi et son regard se trouble.

— Pas exactement.

— Qu'est-ce que ça veut dire ? demandé-je en entrant dans sa chambre.

Je jette un coup d'œil à son sac, curieux de savoir si elle emporte des vêtements d'été pour la plage ou si elle prévoit d'aller quelque part dans les montagnes et a besoin de vêtements plus chauds pour le climat.

Elle a tout mis dans un seul sac, de ses maillots de bain en haut à ses pulls en dessous.

— Le contrat est terminé, Kyler. J'ai terminé mon travail maintenant que James Fitzgerald a été arrêté et qu'il est derrière les barreaux. Toi et ta fille êtes en sécurité.

— C'est de ça qu'il s'agit ? Tu n'as pas à partir.

— Je n'ai pas à partir ?

Elle rit nerveusement et se mord la lèvre inférieure.

— Pour qui jouons-nous à faire semblant maintenant ?

— L'équipe pense que nous sommes fiancés.

— Et ?

Elle tient son soutien-gorge noir en dentelle dans ses mains, le plie en deux, mais ne le met pas dans sa valise. Elle le tripote.

— Nous savions qu'il avait une date de péremption. Mais aucun de nous ne savait quand ce serait.

J'aimerais pouvoir lui dire qu'elle a tort, mais ce n'est pas le cas. Je ne lui ai pas demandé de m'épouser par amour ; tout cela faisait partie d'une farce pour que Fitzgerald renouvelle mon contrat.

Ce qui n'a pas fonctionné.

J'attends toujours un coup de fil de sa part, mais ce qu'a dit le journaliste me démange depuis le moment où j'ai quitté l'arène. La propriété.

Je pourrais être propriétaire d'une équipe de la NHL.

J'ai des fourmis dans les jambes à l'idée d'être responsable de l'équipe, de virer Fitzgerald et d'engager un nouveau directeur général pendant que je serais au conseil d'administration.

Je pourrais aussi le faire virer pour avoir agressé Emerson. Je ne suis pas sûr de ce qu'il a fait, elle ne m'a pas montré les photos, mais connaissant sa réputation, c'était vulgaire, offensant et non professionnel.

Mais j'aime jouer sur la glace, et je devrais m'asseoir et regarder derrière la vitre ou sur le banc. Je ne suis pas encore prêt à raccrocher mes patins. Dans quelques années, ce ne sera peut-être pas un si mauvais investissement. Et j'ai eu l'impression que cet argent était maudit. Au moins, je l'investirais dans quelque chose que j'aime.

Et si je ne gagne jamais un centime de plus, je m'en moque parce que j'aime le hockey.

— Et si je ne veux pas que notre relation ait une date d'expiration ? dis-je, en me rapprochant d'Em.

— Hier soir, c'était génial, mais ce que nous avons n'est pas réel, dit-elle en me rappelant notre entente.

Celle où je mets des tonnes d'argent sur son compte.

— Mes sentiments pour toi sont réels.

Elle place le soutien-gorge noir dans sa valise et croise les bras sur sa poitrine.

— Tu ne veux pas que je parte parce que tu seras en congé jusqu'à la prochaine saison et que tu aimes ma compagnie.

Je souris.

— J'aime ta compagnie, dis-je en posant mes mains sur ses hanches. J'aime aussi tout ce qui te concerne. De la façon dont tu souris et dont ton vertige illumine tes yeux et ton visage au balancement impertinent de tes hanches quand tu marches. Tu es la femme la plus honnête et la plus authentique que je connaisse. Tu dis ce que tu penses et tu sais toujours ce que tu veux.

— Je ne...

Je l'embrasse pour faire taire ses protestations. C'est doux et chaud, et mes doigts caressent ses hanches tandis que je la rapproche de mon corps.

— Tu ne veux pas de moi, murmure-t-elle.

— Je te veux. Depuis longtemps, dis-je. Hier soir, il ne s'agissait pas seulement de passer du bon temps avec la garde du corps.

Elle baisse les yeux, évite mon regard et sourit d'un air penaud.

Est-ce que je la rends nerveuse ?

— Je me suis amusée hier soir, murmure-t-elle, et mon estomac se tord, attendant qu'elle me déçoive.

Est-ce que ça ne veut rien dire pour elle ? Peut-être qu'elle voulait juste s'amuser un peu, puisque ça faisait longtemps.

— Mais ?

Elle secoue la tête.

— Pas de mais. Je me suis juste amusée.

— Et c'est tout ce que tu veux ? supposé-je.

Ses yeux se rétrécissent.

— Je n'ai pas dit ça. Tu mets des mots dans ma bouche.

— Parce que tu ne communiques pas avec moi, dis-je.

Je me passe la main dans les cheveux et recule d'un pas. Comment se fait-il que cette femme pour laquelle j'éprouve des sentiments si forts m'irrite également ?

— Tu es un joueur de hockey professionnel, Greyson. Notre relation est fausse.

— Le sexe d'hier soir sur le canapé était bien réel, dis-je. Tout comme l'orgasme que je t'ai donné.

Elle rougit, et je sais pertinemment qu'elle n'a pas simulé un seul gémissement hier soir.

— Ce n'est pas la question.

— C'est vrai ?

Je pousse plus fort, ne voulant pas qu'elle s'éloigne de moi. Je me rapproche, et cette fois, elle recule quand je la coince entre moi et le mur.

— J'aurais pu dire à tout le monde que tu attendais mon bébé pendant la conférence de presse.

Ses yeux se rétrécissent comme deux poignards acérés.

— Tu n'aurais pas fait ça.

— Ça m'a traversé l'esprit après le commentaire de Bristol, dis-je.

— C'est diabolique.

— Ou peut-être ce que je veux.

Je me rapproche, et son souffle se bloque dans sa gorge.

— Tu auras mon bébé, Em. Nous nous marierons. Et tu me laisseras vénérer ton corps et me donner ton cœur parce que tu m'aimes.

Ses yeux sont sombres. Ses lèvres se froncent tandis qu'elle expire doucement. Une rougeur s'est répandue sur ses joues et sa poitrine. Le désir est écrit sur elle, et la façon dont elle me regarde me dit qu'elle me veut, qu'elle veut cette vie que j'ai décrite.

— Quoi d'autre ? murmure Em, et son souffle est chaud contre ma joue. Qu'est-ce que tu vois se passer pour nous ?

Mon regard se resserre, et je vois le désir et l'excitation lorsqu'elle me fixe avec tant de chaleur et d'affection.

— Tu vas devoir attendre et voir, Em.

Elle se penche et presse doucement ses lèvres sur les miennes. Le baiser est doux, chaste, questionnant ce que nous sommes, et plein d'incertitude. Je ne veux pas qu'elle ait des doutes sur nous, sur mes sentiments pour elle.

J'approfondis le baiser, je la rapproche, je la serre plus fort, je lui fais sentir mon érection à travers mon pantalon.

— Tu es la seule femme que je désire, murmuré-je contre ses lèvres. Et je pense que tu devrais déménager.

Ses sourcils se pincent et sa lèvre inférieure s'avance. C'est l'expression la plus adorable qui soit, et j'ai envie d'embrasser l'inquiétude sur ses lèvres.

— De ta propre chambre et dans la mienne.

———

Nous sortons officiellement ensemble.

Lia a promis de garder Bristol pendant que j'emmène Em à un vrai rendez-vous.

— Je ne peux pas promettre qu'il n'y aura pas de paparazzi qui nous suivront, lui rappelé-je en passant la tête dans notre chambre pendant qu'elle se prépare.

— Dehors , crie-t-elle en désignant la porte. Tu n'es pas censé me voir comme ça.

— Ce n'est pas un mariage, dis-je en haussant les épaules.

Mais bon sang, elle est sublime. La robe noire et rouge épouse son corps de la meilleure façon possible.

Je me déplace, mal à l'aise, quand je sens ma bite tressaillir dans mon pantalon. Pas maintenant, mon garçon. Il y a plein de temps pour ça plus tard.

J'ai envie de la faire boire et manger. Elle mérite un vrai rendez-vous. Un rendez-vous où l'on ne se tient pas la main et où l'on ne se force pas à sourire parce que les invités essaient de déchiffrer le statut de notre relation. Ce n'est pas un spectacle que nous donnons pour impressionner quelqu'un d'autre.

Il y a bien une personne que j'aimerais impressionner, et c'est Emerson. Cela ne sera pas difficile, vu que je suis milliardaire, mais elle m'a fait promettre rien d'extravagant. Je ne l'emmènerai pas à Paris pour un petit-déjeuner matinal ou à Aruba pour une promenade de minuit sur la plage.

Bon sang de bonsoir. Ces deux choses étaient sur ma liste de « rendez-vous avec Em ».

J'essaie donc de faire quelque chose de normal. Je ne suis pas du tout normal quand il s'agit de sortir avec des femmes. J'ai un enfant. Et voyons les choses en face. Em vit avec moi.

Je veux plus d'elle.

Plus de cette romance sauvage avec Em, donc ce soir, il s'agit de deux personnes normales qui sortent à New York pour un rendez-vous normal. Elle m'a fait respecter un budget.

Cent dollars.

Je suis tenté de glisser quelques billets de cent dollars supplémentaires dans mon portefeuille parce que son budget n'est pas réaliste pour moi. Voyons les choses en face, une bouteille de vin coûte au moins le double de cette somme. Si l'on ajoute les hors-d'œuvre, le dîner, et si nous allons dans un endroit où l'entrée est payante, comme une promenade au zoo ou au musée, mon budget est déjà épuisé.

Cent dollars suffiront à peine à couvrir le dîner.

Je veux que cette soirée soit spéciale pour Em, et même si je suis tout à fait d'accord pour que les choses ne soient pas extravagantes, je veux aussi lui offrir du vin et un dîner.

Cette fille n'en a pas après mon argent. Je veux dire, bien sûr, je l'ai payée six chiffres par mois pour qu'elle fasse semblant de sortir avec moi, mais elle a mérité chaque centime. Surtout quand je l'ai demandée en mariage sur la glace et qu'elle n'avait aucune idée de ce que je faisais.

Les médias pensent toujours que nous sommes fiancés. Il y a des rumeurs de grossesse, mais nous n'en avons pas parlé aux médias. J'ai évité leurs questions, et maintenant que je ne suis plus en froid avec la ligue, je suis à l'abri, et les médias n'ont plus envie de me harceler. Ils ont obtenu leur interview et sont passés à autre chose.

Leur attention s'est récemment portée sur James Fitzgerald, qui n'a répété qu'une seule phrase à la presse : « Pas de commentaire ». Il a depuis été arrêté pour avoir menacé ma fille, parmi d'autres accusations criminelles.

Il s'avère que je ne suis pas le seul joueur de hockey qu'il a fait chanter et qui a un enfant. La ligue a discrètement suspendu ces joueurs également. Ils ont tous pris des congés pour être avec leur famille et soutenir leurs enfants. D'autant plus que nous avons tous un point commun : nous sommes des pères célibataires.

Mon téléphone vibre dans ma poche et je me dirige vers le couloir, laissant Em finir de se préparer. C'est Fitzgerald, le propriétaire véreux qui a au moins fait une chose décente de sa vie - il a admis que son frère était à l'origine des menaces.

— Greyson, dis-je en répondant au téléphone.

— Je n'étais pas sûr que tu prennes mon appel, dit Brent.

— Pourquoi ? Parce que vous avez harcelé sexuellement ma fiancée ou que votre frère a menacé ma fille ?

Un silence s'installe sur la ligne. Il semble que je l'ai rendu muet. C'est une première.

— Elle t'a montré la photo sur son téléphone ? dit Fitzgerald, qui souffle. Je suis surpris que tu ne l'aie pas portée à la connaissance de la ligue.

Em ne m'a jamais montré de photo, mais je sais bluffer comme les meilleurs d'entre eux.

— Je devrais peut-être le faire. Vu que votre frère m'a baisé et que vous essayez de me baiser...

— D'accord. Je vais le faire.

— Quoi ?

Je ne suis pas sûr de ce qu'il veut faire.

— Tu veux un contrat avec les Ice Dragons l'année prochaine. Je le ferai, dit Fitzgerald.

Je déplace le poids de mes pieds et m'appuie contre le mur du couloir. Ce n'est pas comme ça. Ce n'est pas comme ça que j'imaginais les négociations de mon nouveau contrat avec Fitzgerald. Je ne suis pas du genre à faire du chantage et à conclure des accords douteux. Ce n'est pas comme ça que je joue, et ce n'est pas ce que je veux pour m'engager avec les Ice Dragons une année de plus.

— Je veux votre démission, dis-je.

— Aucune chance, Greyson.

Il rit comme si j'avais fait la suggestion la plus ridicule du monde.

— Même avec les photos que ma fiancée a sur son téléphone ?

Il se racle la gorge.

— Des photos ? Elle en a pris plus d'une ?

— Bien sûr, dis-je, l'air ferme et confiant dans mon bluff. Elle en a plusieurs et une vidéo.

— Putain de merde, marmonne Fitzgerald un peu trop fort.

La porte de la chambre s'ouvre et Em a l'air spectaculaire avec sa robe noire et rouge jusqu'aux genoux qui l'enserre aux bons endroits. Le rouge met en valeur ses seins et je ne peux m'empêcher de la regarder, stupéfait de la voir si belle.

— Qui est-ce ? murmuré-t-elle en pointant mon téléphone du doigt.

— Je dois y aller, dis-je à Fitzgerald, tout en gardant le contrôle de la conversation. Vous m'enverrez le contrat et vous me donnerez votre démission à la fin de la saison.

— Et si je dis non ?

Em me prend mon téléphone des mains avec un sourire en coin.

— J'enverrai à la presse les photos et la vidéo de votre bite dans vos mains.

Mes yeux s'écarquillent et elle met fin à l'appel. Je ne sais pas si c'était intentionnel ou si elle a accidentellement raccroché, mais heureusement qu'elle l'a fait, sinon mon bluff aurait été ruiné.

— Il a fait quoi ?

Je suis prêt à me rendre à l'arène et à lui casser la gueule.

Em pose une main sur mon avant-bras.

— C'est bon. Je m'en suis remise.

— Eh bien, pas moi !

Je me dégage de son emprise et je descends les escaliers à grands pas.

— Kyler, attends, m'appelle-t-elle.

Les pas d'Em sont doux et légers, descendant les escaliers tandis que je mets rapidement mes chaussures et me dirige vers le garage.

Je ne peux pas supporter l'idée de ce que ce salaud a fait à Em. Je n'étais peut-être pas là pour elle quand Clemens l'a forcée, mais je ne vais certainement pas laisser Fitzgerald s'en tirer en harcelant sexuellement Em ou n'importe qui d'autre.

Elle prend son sac à main et ses chaussures à talons, et m'emmène à toute vitesse vers la sortie. Elle saute sur le siège avant à côté de moi avant que je puisse sortir de l'allée.

— Tu ne vas pas gâcher notre rendez-vous en t'arrêtant à la patinoire, dit Em.

Elle enfile ses chaussures une fois assise du côté passager du SUV.

Ses mots me transpercent. J'ai donné congé à Mitchell pour qu'Em et moi puissions avoir une soirée en tête-à-tête. Et maintenant, je suis sur le point de gâcher notre soirée spéciale en me concentrant sur Fitzgerald.

Mes mains s'agrippent fermement au volant et

j'appuie sur le bouton du garage. La porte se lève lentement.

— Qu'est-ce que je suis censé faire ? Le laisser harceler d'autres femmes ? Montre-moi la vidéo. Les photos. J'ai besoin de le voir, Em.

— Je ne pense pas que ce soit une bonne idée.

Elle serre son sac à main sur ses genoux.

— Sortons, faisons un bon dîner ensemble comme nous l'avions prévu, s'il te plaît.

Je me frotte le front, l'estomac agité.

— Tu mérites qu'on s'occupe de toi, Em. Qu'on te protège.

— Je ne veux pas que tu te battes contre Fitzgerald.

Elle est ferme dans sa réponse, et sa prise ne se desserre pas sur son sac à main.

J'exhale un lourd soupir.

— Je pourrais peut-être suggérer que nous fassions une partie sur la glace ensemble. Je suis sûr qu'il a ses patins d'antan.

— Pourquoi ? Pour que tu puisses lui mettre une raclée sur la glace ?

Em sourit en me regardant fixement, secouant la tête.

— Non, c'est non. Tu ne vas pas te battre à ma place. Je peux m'occuper de son petit cul. D'ailleurs, je l'ai fait quand j'étais dans son bureau. Tu dois laisser tomber.

— Comment suis-je censé laisser tomber ? Il a admis s'être masturbé avec toi dans la pièce !

— C'est un pervers, dit Em. Le karma le rattrapera. Mais il a fait une chose de bien.

Je refuse de voir son point de vue.

— C'est un sale pervers.

— Et il a admis avoir vu son frère déposer le mot de menace dans ta boîte aux lettres, dit Em, la voix douce et calme.

Elle pose sa main sur mon bras et la fait glisser jusqu'à mes doigts, entrelaçant nos mains.

Son contact est doux et apaisant, comme une drogue qui calme ma colère et mon adrénaline. Comment diable fait-elle cela ?

— Je le déteste, fulminé-je entre mes dents serrées.

— Ne gaspille pas ton énergie avec lui. Il n'en vaut pas la peine, bébé.

— Bébé ?

Je lui jette un coup d'œil, surpris par ce terme affectueux.

Em hausse les épaules.

— J'essaie juste, dit-elle.

Elle me serre la main et relâche ses doigts, ses

mains se refermant sur son sac à main pour le protéger.

— Maintenant, où m'emmènes-tu pour ce rendez-vous bon marché ?

Je glousse et secoue la tête.

— Tu vas devoir attendre et voir.

LE DÎNER EST ABSOLUMENT DÉLICIEUX. Assise en face de Kyler, je n'arrive pas à croire qu'il ait trouvé ce joli petit restaurant italien.

Les prix sont abordables, ce qui répond aux exigences que j'ai fixées pour qu'il ne dépense pas plus de cent dollars pour notre rendez-vous. C'est encore beaucoup d'argent, mais pour lui, ce n'est rien. Il s'est plaint de mon budget plusieurs jours avant notre rendez-vous.

Je m'attendais à ce qu'il paie le dîner à l'avance ou qu'il m'emmène dans un endroit chic et que le restaurant paie la note parce qu'il est ami avec le chef. Il n'a fait ni l'un ni l'autre.

Je suis impressionnée.

Je suis aussi amoureuse, ce qui me rend nerveuse

et étourdie en sa présence. Je fais de mon mieux pour garder mon sang-froid. C'est Kyler Greyson, l'homme pour qui je travaillais comme garde du corps de sa fille et avec qui j'ai eu une fausse histoire d'amour, mais maintenant, c'est pour de vrai.

La pression est bien là, du moins pour moi. Je veux être à la hauteur de ses attentes. Et c'est difficile quand je jure que toutes les filles dans la rue tournent la tête, ou qu'il y a des chuchotements à l'intérieur et des regards quand les gens le reconnaissent.

Cela ne semble pas perturber Kyler le moins du monde, ou peut-être qu'il ne le remarque plus. Cela fait des années qu'il est sous les feux de la rampe.

Kyler nous commande un dessert à partager, et il est divin. Je n'ai jamais goûté un chocolat aussi bon de ma vie. Apparemment, j'ai manqué quelque chose.

Il sourit en me regardant lécher la cuillère.

Est-ce qu'il est vraiment en train de s'exciter en me regardant manger ? Le bout de ses oreilles est rouge et ses yeux se sont assombris tandis qu'il me fixe.

Je jette un coup d'œil sur le dessert.

— Tu vas en reprendre ?

Kyler se déplace sur son siège.

— Je m'amuse beaucoup à te regarder lécher cette cuillère, avoue-t-il.

Je suis sûre que son commentaire me fait rougir et je baisse les yeux en souriant nerveusement. Pourquoi me donne-t-il l'impression d'être à nouveau une adolescente ? Je ne suis pas nerveuse en présence de garçons ou lors de rendez-vous. Mais avec lui, mon estomac s'agite et mon cœur s'emballe.

Son regard est intense lorsqu'il m'observe, et je jette un coup d'œil au loin, remarquant qu'une femme assise à une autre table, seule, nous observe.

— Tu as une admiratrice secrète, dis-je en faisant un signe de tête vers la brune assise seule à une table à quelques mètres de là.

— Laisse-la regarder, dit-il, le regard entièrement fixé sur moi.

Il ne jette même pas un coup d'œil derrière lui. Cela ne le dérange pas le moins du monde.

— Je la reconnais, murmuré-je, essayant un instant de repérer l'endroit où je l'ai déjà vue.

Il faut une minute pour que les rouages se mettent en place. Elle était à l'extérieur de Briarwood il y a plusieurs mois. J'ai supposé qu'elle attendait son enfant.

Les sourcils de Kyler se pincent, il jette un coup

d'œil par-dessus son épaule et aspire une bouffée d'air.

— Tu la connais ? lui demandé-je.

Le léger son qu'il émet m'indique que oui. Qu'il est surpris de la voir.

— Oui, murmure-t-il.

Elle se lève, s'approchant de la table pour nous rejoindre.

— Ashleigh, dit-il.

C'est la mère biologique de Bristol.

Mes doigts se crispent sur la cuillère et je la regarde fixement. Elle a les yeux les plus bleus, tout comme Bristol, et un sourire chaleureux.

— Que fais-tu à New York ? demande Kyler.

Elle se tient au bord de la table. Je suis reconnaissante qu'il n'y ait pas d'autre chaise, sinon elle pourrait s'inviter à notre table et interrompre notre rendez-vous. Mais techniquement, elle est en train de l'interrompre.

Qu'est-ce qu'elle veut ?

La question de Kyler est plus gentille, lui demandant ce qu'elle fait à New York. Moi, je lui demanderais ce qu'elle veut, putain, et pourquoi elle nous dérange.

Je suis un peu morose en ce moment, je la regarde. Elle a une peau parfaite, ses cheveux sont magnifiques et son corps me fait encore plus envie.

J'avale une nouvelle bouchée du dessert au chocolat. Ce n'est pas exactement ce dont j'ai besoin, mais je rumine ma jalousie. Je peux admettre ce que je ressens, au moins à moi-même.

Je garde les lèvres closes, laissant Kyler et Ashleigh parler.

— Je voulais voir Bristol, dit Ashleigh d'une voix douce et fragile.

Elle ne semble pas menaçante, mais ça ne veut rien dire.

— Tu as pris la décision de m'accorder la garde complète, dit Kyler, la mâchoire crispée.

Ashleigh lève les mains.

— Je te promets que je ne cherche pas à changer ça, mais parfois je me demande comment elle va. J'ai vu Antonio Moretti à son école. Es-tu sûre qu'elle est en sécurité en l'envoyant à Briarwood ?

— Je m'en occupe, dit Kyler. Le plus gros problème que j'ai avec lui en ce moment, c'est que Bristol et son fils, Liam, ne s'entendent pas en classe. Non pas que cela te concerne.

— Je suis sa mère, murmure Ashleigh.

Kyler secoue la tête.

— Non, tu es sa mère porteuse.

Elle grimace.

— J'aime Bristol. Tu sais que j'ai toujours voulu ce qu'il y avait de mieux pour elle.

Kyler fixe Ashleigh, la laissant finir de parler.

— Je t'ai accordé la garde complète parce que je pensais que c'était dans son intérêt. Mais je m'inquiète qu'elle soit dans la même classe, et que se passera-t-il s'ils font un arbre généalogique ou s'ils se renseignent sur les tests ADN et se rendent compte qu'ils sont apparentés ?

— Ils ont six ans, répond Kyler. Son arbre généalogique n'inclura pas ta famille, et ils n'apprendront pas l'ADN avant quoi, le lycée ?

— Ça pourrait être au collège, rétorque Ashleigh.

— Très bien. Bristol est à l'école primaire. Nous avons beaucoup de temps, et je ne pense pas que les enfants vont comparer les échantillons entre eux.

— Je m'inquiète juste pour elle.

— Et tu crois que je ne m'inquiète pas ? Qu'on ne s'inquiète pas ? dit Kyler, en faisant un geste vers moi.

Je ne suis pas sûre de devoir participer à cette conversation. Je reste silencieuse, le laissant s'occuper d'Ashleigh. Je n'ai pas l'impression d'être à ma place.

— Pourquoi es-tu là ? demande Kyler, entrant dans le vif du sujet.

— Je veux juste la voir.

— Est-ce que tu vas te battre avec moi pour la garde ? demande-t-il, allant droit au but.

Ashleigh secoue la tête pour dire non.

— Je ne ferais pas ça à Bristol ou à toi. Je sais que tu es un bon père. J'ai vu aux infos que vous étiez fiancés.

Elle me regarde enfin comme si je n'étais pas assise là depuis cinq minutes.

— Félicitations.

— Tu n'es pas venue ici pour nous féliciter, dis-je, en ayant finalement assez.

J'ai essayé de me tenir à l'écart de la conversation, mais c'est difficile avec ces deux-là devant moi.

La brune soupire.

— Non, je suppose que non. Je veux que Bristol soit retirée de Briarwood.

— Ce n'est pas à toi de faire ce choix, dit Kyler. Elle aime son école et elle s'en sort bien. Je ne la changerai pas.

Je peux entendre la tension qui s'échappe de sa voix, et j'attrape la main de Kyler à l'autre bout de la table, pour essayer de le calmer.

— Tu es d'accord avec elle ? demande-t-il en se retirant quand je touche sa main.

— Non, je ne suis pas d'accord. Mais nous ne savons pas non plus où nous serons l'année prochaine. Ton contrat est terminé. On pourrait te proposer un contrat avec une autre équipe dans un autre État.

— Je ne veux pas jouer pour une autre équipe, dit Kyler.

Il me prend la main et la serre.

— Je joue pour les Ice Dragons et Bristol continuera d'aller à Briarwood.

Ashleigh ouvre et ferme la bouche plusieurs fois. Je ne sais pas si elle est sans voix ou si elle se rend compte qu'elle ne peut pas gagner une dispute avec Kyler Greyson.

Elle se retourne vers sa table, dépose quelques billets de vingt, puis prend son manteau et sort.

— Eh bien, c'était quelque chose, murmuré-je.

Kyler détache sa main de la mienne. Il boit une gorgée de son verre et fait signe à la serveuse de s'approcher.

— On peut voir votre carte des vins ?

Pendant le reste de la soirée, Kyler est beaucoup plus calme et réservé que ce que j'ai l'habitude de voir. Il boit un verre de vin rouge et me propose la carte des vins. Je décline l'offre et il n'insiste pas, ce que j'apprécie.

Il règle l'addition, puis nous marchons quelques rues jusqu'à Central Park. Il semble toujours perdu dans ses pensées, probablement en train de trop analyser ce qui s'est passé avec Ashleigh tout à l'heure.

— Tu veux en parler ? lui demandé-je, en le poussant du coude pendant que nous marchons.

— Fitzgerald m'a proposé un contrat pour l'année prochaine, dit Greyson, les mots épais et lourds, comme s'il n'était pas heureux de la nouvelle.

— C'est ce que tu voulais, n'est-ce pas ? lui demandé-je, en me tournant vers lui.

Nous nous arrêtons de marcher et j'attrape ses mains, essayant de lui apporter un peu de réconfort. C'est quelque chose qu'il doit décider par lui-même, ce qu'il attend de sa carrière.

— C'était le cas. C'est vrai, soupire Kyler. Je ne sais plus. Après ce qui s'est passé avec Bristol et avoir découvert que c'était le frère de Fitzgerald, je suis déchiré.

— Comment ça ?

Je lui fais signe de s'asseoir avec moi sur l'un des bancs voisins.

Il s'assoit et je me rapproche de lui, nos jambes

se frôlant. Je pose ma main sur sa cuisse, essayant de le rassurer.

— Fitzgerald restera mon manager général si je signe avec les Ice Dragons. C'est un porc, dit Kyler en levant les yeux vers moi.

— Et le karma lui rendra la monnaie de sa pièce en temps voulu.

— Je n'arrête pas de penser à le faire virer.

— Tu veux que je le dénonce pour ce qu'il a fait dans son bureau ? demandé-je.

Kyler secoue la tête.

— Tu ne mérites pas ce genre d'attention de la part des médias.

Il se penche en avant et joint les mains.

— J'envisage d'acheter l'équipe.

— Est-elle à vendre ?

— Tout a un prix, bébé.

Il me regarde avec un sourire en coin et me donne le même surnom que celui que je lui ai donné tout à l'heure.

Je lui donne un coup de coude amusant.

— Bébé ? On ne peut pas faire plus original ?

— D'accord, on peut retourner à M&M.

Il glousse et se frotte les yeux en riant.

Je lui pince le bras.

—Je ne suis pas un bonbon enrobé de chocolat.

— Mais tu pourrais l'être, dit-il en me regardant de la tête aux pieds. J'ai de la sauce au chocolat dont je pourrais recouvrir ton corps nu et lécher...

Je me penche vers lui, capturant ses lèvres, y goûtant, mes doigts s'emmêlant dans ses cheveux. J'essaie de lui offrir du réconfort, de la chaleur et de l'amour parce que je ne veux pas qu'il traverse tout cela seul.

— Et ta carrière de hockeyeur ? Peux-tu jouer et être propriétaire d'une équipe ?

Kyler soupire.

— Non, ce serait contraire aux règles de la ligue. Je pourrais peut-être nommer quelqu'un de confiance comme propriétaire et continuer à jouer, mais je devrais consulter un avocat.

— Tu peux me nommer.

Il rit de ma suggestion.

— Ma fiancée, qui ne connaît rien au hockey ?

— Je sais que tu es le meilleur joueur de la ligue, dis-je avec un sourire malicieux.

Il passe un bras autour de mes épaules et me rapproche de lui.

— C'est gentil, chérie. Mais tu ne connais rien au hockey. Je suis le meilleur joueur des Dragons, mais il y a d'autres talents.

— Ce n'est pas vrai, dis-je. Tu ne te donnes pas assez de crédit.

Il m'attire sur ses genoux, et c'est sans équivoque, la bosse de sa bite qui me pique. Il a une lueur malicieuse dans les yeux, et je passe mes doigts dans ses cheveux avant de me pencher pour l'embrasser.

— Alors, qu'est-ce qu'on fait, bébé ?

Kyler gémit lorsque nos lèvres se séparent.

— Je veux te ramener à la maison, murmure-t-il en posant à nouveau ses lèvres sur les miennes pour un autre baiser brûlant. Les coussinets de ses doigts effleurent mes cuisses, frôlant la peau nue tandis que ses doigts jouent avec l'ourlet de ma robe.

— Tu le fais tous les jours, dis-je en lui rappelant que nous vivons ensemble.

Il grogne en m'embrassant avec plus de force, poussant sa langue au-delà de mes lèvres. Ses doigts glissent sous ma robe, caressant l'élastique de ma culotte.

— Quelqu'un pourrait nous voir, murmuré-je.

— Laisse-les faire.

Ses lèvres couvrent à nouveau les miennes, ses doigts se faufilent sur le côté de ma culotte, et je me rapproche, désirant que son contact se fasse ailleurs.

— Je veux qu'ils sachent que tu es à moi, grogne-t-il.

— A toi ?

J'aspire l'air de mes poumons et j'ai la tête embrouillée, tirée par le brouillard d'une tempête en mer.

Ses baisers se déplacent de ma bouche à ma mâchoire tandis qu'il murmure à mon oreille :

— Écarte tes jambes pour moi, bébé.

J'inspire brusquement et je fais ce qu'il m'ordonne.

Un sourire se dessine sur son visage. Ses yeux sont sombres et s'accordent avec le ciel nocturne qui nous offre le seul soupçon d'intimité à l'extérieur.

Il n'est pas du tout tendre lorsqu'il tire ma culotte sur le côté et passe ses doigts sur ma fente.

Je gémis, incapable de m'arrêter, et ses lèvres couvrent les miennes, me faisant taire.

— Putain, souffle-t-il.

Est-il surpris par les sons qu'il a provoqués ? Mon corps ne répond qu'à lui, et là, je le veux.

— C'est toi qui as commencé, murmuré-je, luttant pour fixer son regard brûlant tandis que son pouce taquine mon clitoris.

Il sait comment s'y prendre, deux doigts effleurent mes lèvres, m'excitent, écartent mes plis.

Mes entrailles frémissent pour lui, mais il ne me remplit pas.

— C'est moi qui ai commencé, Em. Et je veux te voir jouir sur mes doigts, dans ma bouche, sur ma bite tous les soirs pour le reste de ma vie.

Je halète, et ma respiration se bloque dans ma gorge à ses mots.

— Tu aimes les paroles cochonnes, bébé ?

Un sourire se dessine sur son visage.

— Je vais baiser ta petite chatte serrée quand nous rentrerons à la maison.

Je gémis, et un doigt glisse dans ma moiteur, lui offrant mon excitation, incapable de nier ce qu'il me fait. Non pas que je veuille lui refuser quoi que ce soit.

Il retire son doigt de ma chatte et le porte à mes lèvres.

— Ouvre, ordonne-t-il.

J'écarte les lèvres et il introduit son index dans ma bouche. Je suce mon jus, ses yeux ne me quittent pas.

— Putain, bébé. Tu me donnes envie de te prendre ici et maintenant.

— Fais-le, dis-je, le défiant de me baiser sur le banc.

Il gémit, et je vois la lutte intérieure.

— On ne peut pas.

Il se lève et me soulève par-dessus son épaule.

— Kyler, qu'est-ce que tu fais ?

Je hurle de rire.

Ma chatte palpite et il me donne une fessée en me ramenant à la voiture.

— Je te montre qui est le chef.

Je jure que je l'entends grogner.

Il me dépose, me laisse marcher et nous sortons du parc. Sa main est dans la mienne, il me tient fermement, ne me perdant pas de vue.

Dès que nous atteignons sa voiture, il ouvre la porte arrière.

— Qu'est-ce que tu...

— Monte, dit-il, son regard me dévorant.

J'aspire une bouffée d'air et monte sur la banquette arrière. Il me suit et referme la porte derrière lui. Il est sur moi en quelques secondes, sa langue dans ma bouche, mes doigts dans ses cheveux.

Mes entrailles palpitent, j'ai envie de sentir sa bite, et il pousse sa langue au-delà de mes lèvres, me baisant avec sa bouche. J'ai besoin de plus. J'ai envie de plus avec lui.

Je baisse ma culotte, soulevant ma robe et lui donnant tout l'accès dont il a besoin.

— Baise-moi, dis-je en me tortillant sous lui.

Je n'hésite pas à le supplier à ce stade.

— Volontiers, râle Kyler en me regardant de haut.

Il descend, écarte mes jambes et les remonte sur ses épaules pendant qu'il baise ma chatte avec sa langue.

Il n'y a pas beaucoup d'espace, mais nous nous débrouillons, la banquette arrière est assez grande pour notre petite aventure.

Mes doigts s'agrippent à ses cheveux, à son cou, à tout ce que je peux saisir tandis qu'il enfonce deux doigts dans mon corps mouillé, me poussant et m'étirant.

Je le désire plus que je n'ai jamais désiré quoi que ce soit dans ma vie.

Je grommelle lorsqu'il m'amène au bord du gouffre, puis se retire, ses lèvres remontant le long de mon torse, poussant ma robe plus haut pour dévoiler mes seins.

— J'aime faire l'amour avec ma fiancée, dit Kyler avec un sourire malicieux.

Sauf qu'il n'est pas mon fiancé. Nous sortons juste ensemble. Et cette pensée m'échappe quand sa langue redescend sur mon clito. D'une main, il joue avec mon mamelon, et de l'autre, il enfonce trois doigts à l'intérieur, m'étirant.

Je gémis sous la pression, la montée en

puissance, l'intensité, et sa bouche qui fait ce truc qui me fait trembler et haleter.

Je me sens au bord du gouffre.

— Viens pour moi, Em, encourage-t-il, et je tire sur son pantalon, mes doigts essayant de le dégrafer et de libérer sa bite.

— Pas tant que tu ne m'auras pas baisée, marmonné-je. Je veux ta bite en moi.

Il gémit et se retire assez longtemps pour se déshabiller, poussant son pantalon autour de ses chevilles et saisissant sa bite. Il fait durer le moment, faisant glisser le sommet de sa queue sur ma fente.

— Baise-moi, si tu es un homme, lâché-je.

Il grogne et s'enfonce en moi, centimètre par centimètre.

J'agrippe la poignée de la voiture au-dessus de ma tête tandis qu'il s'enfonce plus profondément en moi. Je halète sous l'effet du mélange de douleur et de plaisir. Il est énorme et il me remplit tandis que je gémis.

— Préservatif, dis-je.

Il se retire et attrape son portefeuille, grommelant lorsqu'il retourne le préservatif et l'examine.

— Il est périmé.

Je jure sous mon souffle et pousse un gros soupir.

Je surveille régulièrement mon cycle. Je ne devrais pas être dans ma période de fertilité, et si c'est le cas, je m'en occuperai.

— Retire-toi, c'est tout.

Il dépose un doux baiser sur mes lèvres et redescend ma robe.

— Et si on finissait à la maison, dans un vrai lit, et que je te vénérais comme tu le mérites ?

Je gémis, mais il a raison. Nous ne devrions pas faire ça à l'arrière de la voiture. Nous sommes des adultes, pas des adolescents qui essaient de le cacher à leurs parents.

Dès notre arrivée à la maison, Kyler s'assure que la nounou est endormie dans la chambre d'amis avant de me rejoindre dans notre chambre. Ça me fait bizarre de dire que c'est notre chambre, mais j'aime bien partager son lit avec lui.

Je trouve amusant que Lia n'ait jamais demandé si nous dormions dans des chambres différentes lorsque nous faisions semblant d'être ensemble. Peut-être qu'elle a compris la mascarade, ou qu'elle a été assez polie pour ne pas demander.

J'enlève ma robe et ma culotte et je monte sur le lit de Kyler.

Je lui fais signe de me rejoindre pendant qu'il détache les boutons de sa chemise.

Il est méthodique et prend son temps, m'observant pendant qu'il se déshabille.

— Touche-toi, ordonne-t-il. Je veux voir ce que tu aimes.

Mon nez se fronce.

— Je suis là, nue, à t'attendre, et tu veux que je me masturbe ?

— Oui, c'est sexy, dit-il, et je jurerais que de la vapeur émane de lui.

J'expire nerveusement et laisse mes doigts se promener sur mon ventre, et j'écarte mes plis. Je suis encore endolorie et mouillée par notre petite aventure sur la banquette arrière de son véhicule.

— Écarte tes jambes. Je veux regarder, dit Kyler, et il laisse sa chemise toucher le sol en se dirigeant vers le lit.

J'inspire brusquement, et son regard est fixé sur ma chatte tandis que mes doigts tracent un chemin le long de mes lèvres, me taquinant, allant lentement.

Il déboutonne et dézippe son pantalon, le laissant tomber par terre. Sa bite est au garde-à-vous dans son caleçon, et il enlève le dernier fil de ses vêtements en rampant sur le lit.

Le matelas s'incline et je plie les genoux, lui offrant une vue sur les lèvres de ma chatte pendant que je me touche. Mes doigts caressent lentement mes lèvres, le sang bat fort et réchauffe mon corps de la tête aux pieds.

— Tu es toute rouge, dit-il en m'observant, une lueur dans les yeux.

Je laisse mes doigts effleurer ma chatte et je glisse le bout d'un doigt à l'intérieur, enduit de jus.

Cette fois, il attrape ma main et porte sa bouche à mes doigts, aspirant le liquide et faisant tournoyer sa langue autour de mon doigt.

Je gémis et il se met à califourchon sur moi, enfonçant mes bras dans le matelas, me clouant au sol.

— J'aime quand tu fais ce que je te demande. Te regarder te toucher, ça m'excite énormément.

Il m'embrasse.

— Ne sois pas gênée. Il n'y a aucune raison de se sentir mal à l'aise quand on se donne du plaisir.

Ses lèvres descendent le long de mon corps et il revient là où il était tout à l'heure. Cette fois, il baise ma chatte avec sa langue.

Je respire difficilement et mes doigts s'emmêlent dans ses cheveux.

La pièce est chaude. Mon corps palpite de plaisir de la tête aux pieds tandis qu'il me fait friser les orteils.

Je jure que je peux sentir le sourire sur ses lèvres lorsque mes hanches se déhanchent et se détachent du lit.

— Doucement, dit Kyler. Nous avons toute la nuit pour en profiter ensemble.

— Toute la nuit ?

Je halète, déjà essoufflée. J'ai besoin de sentir sa bite en moi. Va-t-il me taquiner toute la nuit jusqu'à ce que je sois à quatre pattes et que je le supplie de me baiser comme une gentille fille ?

— Tu m'as entendu, bébé. Toute la nuit, putain.

Il me doigte la chatte et sa langue taquine mon clitoris, faisant osciller mes hanches d'avant en arrière, ayant besoin de plus, ayant désespérément besoin d'être libérée.

— Kyler, gémis-je, son nom s'échappant de mes lèvres.

— Ne jouis pas encore. Je veux que tu jouisses avec ma bite en toi, dit-il.

Je gémis et les parois de ma chatte se resserrent sur ses doigts. Il s'éloigne, prend le préservatif et l'enfile avant de se glisser en moi.

Toutes les sensations à l'intérieur de mon corps s'emballent. J'ai des picotements partout, comme si de l'électricité courait dans mes veines.

Mes parois intérieures se contractent, se

spasment tandis que je tremble dans ses bras. Mon dos s'arque sur le matelas, l'attirant plus profondément, plus étroitement et plus loin en moi. Mes orteils se recroquevillent et je suis incapable de résister plus longtemps.

Il grogne et pousse, essayant de suivre mon rythme, et ce n'est qu'une question de secondes avant que je ne lâche prise, et qu'il ne suive de près avec un gémissement.

— Putain de merde, marmonné-je, haletant.

Kyler se détache de moi et descend du lit pour jeter le préservatif. Il se nettoie avant de se rasseoir à côté de moi et de passer un bras sur mon ventre.

— C'était bon ? demande-t-il avec un sourire en coin, comme s'il ne pouvait pas le deviner aux sons que j'émets et à la sensation des parois de ma chatte qui pressent sa bite.

Je lui donne une claque sur le bras.

— Est-ce que tu as vraiment besoin de demander ?

Je ris, et il se penche pour m'embrasser.

— On aurait dû faire ça bien plus tôt.

Il dépose de doux baisers de mes lèvres sur ma mâchoire.

— Tu as vécu sous mon toit pendant tout ce temps.

— J'en avais envie, avoué-je en refusant de détourner le regard. Mais je suis heureuse que nous ayons attendu aussi longtemps. Ça en valait la peine.

Il me rapproche de lui.

— Tout ce temps perdu alors que j'aurais pu faire ça, murmure-t-il en effleurant mon cou de ses lèvres et en traçant un chemin jusqu'à ma poitrine. Ou ça.

Sa langue effleure mon mamelon et je frissonne.

— Kyler, gémis-je, incapable de réprimer le désir qui me brûle lorsque sa bouche me taquine.

Le sourire qu'il affiche sur son visage ne faiblit pas.

— J'aime quand je te fais faire ça.

— Me faire gémir ?

Je ris et mes joues rougissent.

— Oui, quand tu gémis mon nom.

— JE N'ARRIVE PAS à croire qu'ils aient accepté de dîner avec nous, grommelé-je.

Je pensais sincèrement que les Moretti allaient annuler, nous dire qu'ils étaient malades, ou inventer une autre excuse de dernière minute pour les empêcher de se présenter chez moi.

Em refusait que nous allions dîner chez eux et craignait que si nous sortions, il s'agisse d'une embuscade.

— C'était la meilleure option, murmure Em, nous gardant toutes les deux la voix basse pendant que nous prenons le dîner dans la cuisine.

Aleksandra et son mari, Antonio, sont assis à la table avec leur fils Liam et sa sœur jumelle, Sophia.

— Qu'est-ce que vous dites ? demande Bristol.

— Prends la bouteille de limonade dans le frigo, dit Em.

— Je peux avoir du vin ? s'exclame ma fille.

Sérieusement ? Cette gamine va m'envoyer dans une tombe prématurée.

— Non, répondons-nous toutes les deux à l'unisson.

Em et moi portons les plateaux à la table pour le dîner, et nous nous asseyons enfin. Nous n'avons pas beaucoup parlé, nous excusant pour finir de préparer le dîner. Lia a participé à la recette, mais je l'ai laissée partir plus tôt parce qu'il ne fallait pas qu'elle se mêle aux Morettis.

Et Mitchell surveille la propriété depuis le bureau de la sécurité, s'assurant que la famille n'amène pas de compagnie.

La nuit est calme, presque trop calme, quand c'est la mafia qui est à table.

— S'il vous plaît, servez-vous, dit Em en faisant un geste vers la nourriture, laissant les invités se servir eux-mêmes.

Aleksandra jette un coup d'œil à son mari et sert les enfants, puis elle-même. Les enfants attendent patiemment avant de commencer à manger. Je ne pense pas que Bristol ait la même patience. Elle est assise sur ses genoux et attrape la pince pour la salade au moment où Aleksandra l'abandonne dans le bol.

Bristol empile les aliments dans son assiette et commence à manger.

Antonio et Aleksandra regardent Bristol engloutir sa nourriture avant de dire à leurs enfants de manger.

Pensaient-ils vraiment que nous pourrions les empoisonner ?

Les jumeaux attrapent leurs fourchettes et se mettent à manger, visiblement affamés, tandis que les adultes attendent que nous ayons fini de distribuer nos plats avant de passer à table.

— Kyler, on nous a dit que vous aviez pris un peu de recul par rapport au hockey, dit Antonio.

— Oui, pour être avec ma famille.

Je me force à sourire. C'est difficile de ressentir autre chose que de l'effroi avec les Moretti dans ma maison. Mais ce dîner n'a pas été choisi. Le directeur a insisté pour que nous brisions la glace ensemble, sinon les deux familles risquent d'être expulsées de l'école.

C'est un peu dur, surtout si l'on tient compte de notre généreuse contribution, mais les enfants ont du mal à s'entendre. Et peut-être qu'il y a quelque chose à dire pour trouver un terrain d'entente.

Qu'avons-nous en commun, si ce n'est que nos enfants ont le même âge et fréquentent la même école ?

— C'est bien, dit Aleksandra.

Elle prend son verre de vin, fait tourner le liquide sombre avant d'en boire une gorgée.

— J'aimerais que tu puisses faire ça, prendre du temps pour être avec moi et les enfants, dit-elle en jetant un coup d'œil à son mari.

— C'est ce que je fais. Nous sommes allés à Cancun en hiver et...

— C'était des voyages de travail, et tu le sais, dit-elle avec un sourire suffisant.

Elle joue avec lui et il n'est pas très à l'aise avec la tournure des événements.

— Quel genre de travail faites-vous ? demande Em.

— Le genre commercial. Ça vous ennuierait, répond Antonio en fixant Em. Et vous ? Vous êtes mère au foyer ou vous travaillez ?

Aleksandra donne un coup de coude à son mari.

— Être mère au foyer, c'est un travail.

Il lui jette un regard noir, mais elle n'a pas l'air de se recroqueviller. Il est clair qu'ils ont tous les deux une forte personnalité.

— Je prends un peu de temps libre en ce moment, dit Em en évitant la question.

Je suppose qu'elle ne veut pas admettre qu'elle était la garde du corps de Bristol ou que je l'ai engagée pour être ma fausse petite amie. Et dire qu'elle a déjà travaillé pour le FBI ou qu'elle a été engagée par Tactique de l'Aigle n'est probablement pas judicieux non plus.

— Vous avez fait des projets de mariage ? demande Aleksandra. Nous avons vu la demande aux informations. C'était si beau de la demander en mariage au match des Ice Dragons. Pas vrai, Antonio ?

— C'était beau, marmonne-t-il en regardant sa nourriture.

Il n'apprécie pas la conversation, mais il a l'air d'apprécier le repas, ou du moins de s'en servir comme distraction.

Em sourit aux jumeaux.

— Qu'est-ce que vous aimez faire pour vous amuser ?

Elle essaye d'orienter la conversation vers la vraie raison pour laquelle nous sommes ensemble, c'est-à-dire trouver un terrain d'entente.

— J'adore faire du vélo, répond Liam. Je veux

une moto tout-terrain pour mon anniversaire, mais papa dit que je suis trop jeune.

Il roule des yeux et je souris. J'ai déjà vu le même regard chez Bristol.

— Tu es trop jeune. Pas de VTT. Pas de motos tout-terrain. Pas avant que tu aies au moins dix ans.

Liam gémit et son nez se fronce.

— C'est dans une éternité.

— Je peux avoir une moto tout-terrain ? demande Bristol, ses yeux s'illuminant.

Je ne suis même pas sûr qu'elle sache ce que c'est, mais comme Liam ne peut pas en avoir une, elle veut sans doute lui en mettre une dans la figure.

— Non, dis-je, et Em essaie de se retenir de rire.

— Et toi, Sophia ? demande Em. Qu'est-ce que tu aimes faire pour t'amuser ?

— J'adore le patin à glace et le hockey.

— Moi aussi ! dit Bristol, les yeux écarquillés. Le patin à glace est mon sport préféré.

— Le hockey n'est pas ton sport préféré ? demandé-je, la mâchoire décrochée, en taquinant ma fille.

— Je n'aime pas jouer au hockey. Les enfants frappent fort et je n'aime pas tomber sur la glace. Ça fait trop mal.

Sophia sourit.

— Je n'aime pas jouer au hockey. J'aime le regarder. Maman m'a emmenée à un match pour qu'on puisse regarder les joueurs.

— C'est vrai ? demande-t-il en regardant sa femme.

Elle hausse les épaules d'un air innocent.

— Comme si tu n'aimais pas les pom-pom girls lors des matchs de football ?

— Je ne vais pas aux matchs de foot, dit-il en se redressant comme s'il était mieux que ça.

— Non, mais tu aimes quand même les pom-pom girls, raille Aleksandra.

Je parie que ce type fait endosser à sa femme un costume de pom-pom girl pour des jeux de rôle délirants au lit.

Antonio se racle la gorge.

— Il semble que nos filles aient un intérêt commun, le patinage sur glace.

— Sophia et moi, on peut aller faire du patin à glace ensemble ? demande Bristol.

— Liam, tu aimes faire du patin à glace ? demandé-je, en espérant que nous pourrons créer des liens entre les trois enfants, même si je me contenterais que les deux filles soient amicales l'une envers l'autre.

Peut-être que l'année prochaine, elles seront

dans la même classe, au lieu de Bristol et Liam.

Le petit garçon hausse les épaules.

— Bof. Je préfère jouer au hockey qu'au patin à glace.

Aleksandra sourit.

— Tu savais que le père de Bristol est un joueur de la NHL pour les Ice Dragons ?

Les yeux de Liam s'écarquillent.

— C'est vrai ? Ce n'est pas possible.

Je souris.

— Si, je parie que j'ai un maillot supplémentaire à ta taille.

— Je peux en avoir un aussi ? demande Sophia demande, les yeux écarquillés. Et vous pourriez signer le mien avec un cœur à côté de votre nom ?

———

Le dîner avec les Moretti s'est mieux passé qu'Em et moi n'aurions pu l'imaginer.

Sophia a fait comprendre qu'elle avait le béguin pour moi, ce qui était mignon. Je ne peux m'empêcher de me demander si cela ne vient pas de l'intérêt de sa mère pour ce sport. Et il y avait un point commun entre les filles.

Nous avons prévu un rendez-vous de patinage

pour les trois enfants, et chacun d'entre eux doit être accompagné d'au moins un parent. Je n'imagine pas Antonio laisser partir Aleksandra après avoir appris qu'elle s'intéressait au hockey.

Bien que cela ait moins à voir avec le sport qu'avec les joueurs ou, comme sa fille l'a dit plus tard, avec le plaisir des yeux.

— Pourrais-tu imaginer avoir deux enfants ? demande Em.

Elle m'aide à finir la vaisselle pendant que Bristol essuie la table de la salle à manger.

— Je ne pense pas que deux soit si mal, mais des jumeaux... Non merci. Imagine deux Bristol, dis-je en faisant un signe de tête vers la salle à manger.

— Tu as eu de la chance avec elle. C'est une bonne fille.

Un large sourire s'affiche sur le visage d'Em.

— Mais je préfère un seul enfant à la fois. J'ai une sœur cadette, Amber. Nos parents étaient beaucoup plus stricts avec moi qu'avec elle.

— Donc, tu dis que quand nous aurons un autre enfant, nous serons moins stricts avec notre petit garçon ou notre petite fille parce que nous l'avons déjà fait une fois ?

Je me rapproche, et elle serre les dents entre ses lèvres inférieures.

— Peut-être ?

Sa voix grince.

— Je pensais que tu étais assez confiante dans ta réponse.

— Je le suis, mais je suis moins sûre que nous donnerons un frère ou une sœur à Bristol, dit-elle.

Ses joues rougissent et elle se met sur la pointe des pieds pour embrasser mes lèvres.

— Pourquoi cela ?

L'hésitation que je perçois disparaît de ses traits.

— C'est difficile de tomber enceinte quand on utilise toujours un préservatif.

Elle glousse, et je sens qu'il y a plus que sa petite blague.

— Tu es en train de me dire que tu veux qu'on essaie d'avoir un bébé ?

Je saisis ses mains et entrelace nos doigts.

— Parce que j'adorerais ça.

Elle expire nerveusement.

— Mais qu'en est-il de ton équipe ? Le jeu ? Tu ne seras pas souvent là si tu signes le nouveau contrat des Ice Dragons, et je suis terrifiée à l'idée de le faire seule.

Fitzgerald m'a envoyé un contrat généreux de trois ans, mais j'ai hésité à le signer. C'est tout ce que je veux et plus encore, mais il est toujours le directeur général. Et je veux qu'il parte.

— Nous avons encore beaucoup de temps, lui dis-je.

Elle a vingt-quatre ans. Nous n'avons pas besoin de nous précipiter pour agrandir notre famille.

— Papa, ton équipe passe à la télévision, lance Bristol depuis l'autre pièce.

Je pensais qu'elle nettoyait la table dans la salle à manger, mais il semble qu'elle ait abandonné son poste pour un peu plus de divertissement.

J'allume la petite télévision dans la cuisine et je regarde les gros titres annoncer que quatre femmes se sont manifestées, accusant Brent Fitzgerald, le directeur général, de harcèlement sexuel et d'agression sexuelle.

— Qu'est-ce que ça veut dire ? demande Bristol en entrant dans la cuisine.

— Tu ne devrais pas regarder les informations. Va mettre les dessins animés.

Je préfère qu'elle ne pose pas un million de questions sur Brent Fitzgerald.

Elle se précipite dans le salon et j'augmente le volume de la télévision, en essayant d'en savoir le plus possible sur l'affaire.

Les nouvelles précisent que des poursuites

criminelles sont en cours et que Brent Fitzgerald a démissionné des Ice Dragons, avec effet immédiat.

— Qu'est-ce que cela signifie pour ton contrat ? demande Em.

— Je n'en ai aucune idée. Je peux renégocier pour obtenir plus d'argent, ou je peux tout simplement acheter l'équipe.

ÉPILOGUE

EMERSON

Il n'y avait aucune chance que Kyler refuse l'opportunité de jouer pour les Ice Dragons, et quand le nouveau directeur général lui a proposé un contrat de trois ans avec les mêmes conditions, il a sauté sur l'occasion.

Il n'a jamais été question d'argent pour Kyler. Il en a beaucoup. Et même s'il croit toujours qu'il est maudit, il l'a placé dans un trust qui fera une offre à l'équipe dès qu'il sera hors jeu.

Ses avocats insistent sur le fait qu'il ne peut pas jouer pour la NHL et être propriétaire d'une équipe de NHL en même temps. Et il aime trop être sur la glace pour raccrocher ses patins. Mais il le fera.

Il en parle tout le temps avec moi et son frère, Jasper.

C'est notre petit secret.

Et j'aime que Kyler me fasse confiance comme à une famille. Nous sommes pratiquement une famille - nous sommes toujours de faux fiancés, et depuis que nous sortons ensemble, nous avons juste gardé la fausse nouvelle de notre relation secrète un peu plus longtemps.

Personne n'a besoin de connaître la vérité. Ce ne sont pas les affaires de tout le monde.

Et honnêtement, le hockey ne me dérange pas, surtout quand je le regarde jouer. C'était sympa de rencontrer les femmes de hockeyeurs et leurs enfants. Bristol s'est fait une tonne de nouveaux amis depuis le premier jour où j'ai été invitée dans la salle des épouses. Et je me suis moi-même fait beaucoup de nouvelles amies.

Aucune d'entre elles ne sait que ce que Kyler et moi avions n'était pas réel au début. Mais c'est vrai maintenant. Cent pour cent authentique.

Bristol et Sophia sont devenues les meilleures amies du monde depuis le dîner. Une fois par semaine, nous emmenons les filles faire du patin à glace, et Liam les accompagne.

Bristol et Liam semblent s'être rapprochés l'un de l'autre. Au moins, ils ne se disputent plus à l'école, et même s'ils ne sont pas meilleurs amis, ils s'entendent bien. Je considère que c'est une victoire.

— Jasper va passer, dit Kyler. Il a rencontré une fille et veut qu'on la rencontre.

Mes yeux s'illuminent.

— Oh, il nous demande notre bénédiction ?

Je ne peux pas m'empêcher de me sentir un peu étourdie à l'idée que Jasper ait trouvé une petite amie. C'est le frère de Kyler et il fait partie de ma famille. Il mérite d'être heureux.

— C'est à peu près ça. Que dirais-tu si je préparais le repas et que tu t'occupais de la vaisselle ?

— Tu veux dire que je ne peux pas faire le dessert ? Il suffit de le mettre au four, dis-je.

Lia a préparé plusieurs tartes aux pêches pendant l'été. Nous en avons congelé quelques-unes.

— Oui, et je ne veux pas prendre le risque que tu les brûles, M&M. Je t'aime, mais ta cuisine laisse à désirer.

J'attrape le torchon et lui donne un coup sur les fesses.

Il me l'arrache des mains, me tire vers lui et me retourne pour me faire face.

— Tu essaies vraiment de me donner une fessée ?

Mes lèvres s'écartent et je ris nerveusement.

— Qu'est-ce que tu vas faire ?

Je le nargue.

Kyler met un genou à terre et sort une boîte carrée de sa poche gauche.

Je serre mes mains sur ma bouche et je le regarde fixement.

— Kyler ?

— Nous n'avons pas fait les choses correctement la dernière fois. Quand je t'ai demandé d'être ma femme, c'était entièrement pour des raisons égoïstes. J'avais des sentiments pour toi, mais ils étaient loin d'être ce qu'ils sont maintenant, M&M.

— Non.

— Quoi ?"

— Tu ne vas pas me demander en mariage et m'appeler M&M.

Je souris.

— Continue, mais avec mon vrai nom.

Il grogne.

— Emerson Ryan, me feras-tu l'honneur d'être ma femme ?

Kyler ouvre la boîte bleue et me montre la bague de fiançailles en diamant.

Mes genoux vacillent et l'air quitte soudain mes poumons. Il me faut trop d'énergie pour rester debout et mes jambes se dérobent. Je tombe à genoux, choquée. Ses bras se tendent, m'attrapent et me tirent sur ses genoux.

— Tu n'es pas censée être à genoux toi aussi, chérie, dit-il en m'embrassant.

— Tu vas me donner une crise cardiaque.

Je ris en posant ma main sur sa poitrine.

— Moi ? C'est toi qui me dis non en pleine proposition.

Le sourire ne quitte pas son visage.

Je me penche et effleure ses lèvres.

— Je ne te dirai jamais non. Mais ne m'appelle pas M&M, bébé.

— Mais c'est un terme d'affection, dit Kyler.

Une main autour de mes hanches, il me niche sur son genou. Il me montre la bague.

— Veux-tu être ma femme ?

— Oui.

Je lui donne la main et il fait glisser la bague de fiançailles à mon doigt. Elle est parfaitement ajustée.

La porte d'entrée s'ouvre et mes lèvres se posent sur celles de Kyler, sans prêter la moindre attention à l'arrivée de nos invités. Je sais qu'ils sont là, mais honnêtement, je m'en fiche.

Jasper se racle la gorge.

— Peut-être devrions-nous revenir, dit une voix féminine, que je reconnais.

Je la reconnaîtrais n'importe où.

— Amber ?

Mes yeux s'écarquillent et je manque de tomber des genoux de Kyler qui me tire pour me mettre debout.

J'essaie de comprendre comment c'est arrivé. Quand se sont-ils rencontrés ? Comment ?

Je dois rester bouche bée parce que Kyler me regarde et sourit avant de tendre la main pour se présenter à Amber. Du moins, c'est ce que je crois qu'il s'apprête à faire.

— C'est bon de te revoir, dit-il.

Kyler connaît ma sœur. Depuis quand ? Ma tête tourne, j'essaie de comprendre ce qui se passe.

Je jette un coup d'œil d'Amber à Jasper, attendant une explication.

— Tu sors avec ma sœur ?

Jasper sourit et secoue la tête.

— Nous sommes juste amis. Ton frère nous a présentés quand il a eu besoin d'aide pour choisir la bague chez Tiffany.

— Vous n'êtes que des amis ?

Je jette un coup d'œil à ma sœur, puis à Jasper.

Il hoche la tête et ma sœur se force à sourire.

— C'est vrai, juste des amis.

Quelque chose me dit qu'elle attend plus de lui, mais c'est Jasper. Il se concentre sur sa carrière, pas sur les femmes.

Je me retourne dans les bras de Kyler.

— Pourquoi ne m'as-tu rien dit ?

— Je voulais te surprendre avec la demande en mariage. Et si je t'avais dit que mon frère et ta sœur venaient, tu aurais eu des soupçons.

Il a raison. J'aurais posé une douzaine de questions et j'aurais su qu'il préparait quelque chose.

— Eh bien, tu as fait du bon travail avec la surprise, dis-je en déposant un baiser sur les lèvres de Kyler.

Je me retourne dans ses bras, face à Jasper et Amber.

— Alors, tu as dit oui ? demande Amber en jetant un coup d'œil à ma main.

Je lui montre la bague à mon doigt.

— Je suis fiancée !

CONCOURS, LIVRES GRATUITS ET PLUS DE CADEAUX

J'espère que vous avez apprécié Faux-semblants avec le Milliardaire et que vous avez aimé l'histoire de Kyler et Emerson.

Inscrivez-vous à ma newsletter Willow Fox

A PROPOS DE L'AUTEUR

Willow Fox aime écrire depuis qu'elle est au lycée (il y a bien longtemps). Ses romances de petite ville reflètent la vie dans une petite ville de l'Amérique rurale.

Qu'elle écrive des romances ou qu'elle s'assoie près d'un feu de camp pour lire un bon livre, Willow aime la magie des mots écrits.

Elle rêve d'être transportée et espère le faire pour ses lecteurs !

Visitez son site Web à l'adresse suivante :
https://authorwillowfox.com

Boss Vicieux

Boss Possessif

Boss Obsessif

Père, célibataire et autoritaire

Le Milliardaire Grincheux

Grincheux des montagnes

Le Célibataire Grincheux

www.ingramcontent.com/pod-product-compliance
Lightning Source LLC
Chambersburg PA
CBHW022241020726
47496CB00004B/1015